L'ARGENT

DANS LA MÊME SÉRIE
AUX PRESSES UNIVERSITAIRES DE FRANCE

La Conscience juive *(Colloques I, II, III)*

Face à l'histoire : le pardon *(Colloques IV et V)*

Tentations et actions de la conscience juive *(Colloques VI et VIII)*

Israël dans la conscience juive *(Colloques VII et IX)*

Jeunesse et révolution dans la conscience juive *(Colloques X et XI)*

L'Autre dans la conscience juive. Le sacré et le couple *(Colloques XII et XIII)*

Le Shabbat dans la conscience juive *(Colloque XIV)*

Solitude d'Israël *(Colloque XV)*

La Conscience juive face à la guerre *(Colloque XVI)*

Le Modèle de l'Occident *(Colloque XVII)*

Communauté musulmane *(Colloque XVIII)*

Jérusalem, l'unique et l'universel *(Colloque XIX)*

AUX ÉDITIONS GALLIMARD
(Collection Idées)

Politique et religion *(Données et débats, Colloque XXI)*

La Bible au présent *(Données et débats, Colloque XXII)*

Israël, le judaïsme et l'Europe *(Données et débats, Colloque XXIII)*

AUX ÉDITIONS DENOËL

Idoles *(Données et débats, Colloque XXIV)*

Mémoire et Histoire *(Données et débats, Colloque XXV)*

Les Soixante-dix Nations *(Données et débats, Colloque XXVII)*

COLLOQUE DES INTELLECTUELS JUIFS

L'ARGENT

Données et débats
Actes du XXVIIIe Colloque
des intellectuels juifs de langue française

Textes présentés par
Jean Halpérin et Georges Lévitte

Denoël

La publication de ce volume par le Congrès juif mondial
a bénéficié du soutien financier
de la Memorial Foundation for Jewish Culture

30, rue de l'Université, 75007 Paris
ISBN 2-207-23543-2
B 23543.3

Préface

En axant sur L'argent *le thème du XXVIIIe Colloque des intellectuels juifs de langue française, organisé à Paris en décembre 1987 par la section française du Congrès juif mondial, le comité préparatoire a pris des risques dont certains étaient calculés, d'autres non.*

Il n'est pas inutile, en effet, de rappeler que ces colloques exigent chaque fois une longue préparation et qu'en particulier le sujet doit en être forcément fixé près d'un an à l'avance. C'est dire que nous ne courons pas après l'actualité, mais qu'il arrive que l'actualité confirme notre démarche en la rejoignant — parfois de façon presque embarrassante.

Or, voilà que peu de semaines avant le colloque, à la mi-octobre 1987, sous le coup du krach boursier, l'argent — dont nous savions, bien sûr, qu'il est un fait majeur du monde contemporain (et que nous avions choisi à ce titre comme thème de réflexion) — s'est installé, jusqu'à l'obsession multiforme et multiprésente, à la une des médias, sous des aspects d'ailleurs divers et qui ne se limitent pas aux tempêtes boursières et monétaires.

Peu de jours auparavant, un grand historien, Jacques Le Goff, s'aventurait lui aussi dans cette actualité, puisque, dans les colonnes du Nouvel Observateur, *c'est comme si, d'une certaine façon, il nous suggérait à l'avance des pistes d'interrogation. Je cite, car on y reviendra dans ce volume : « Le développement de l'économie monétaire est un des phéno-*

mènes les plus importants de l'histoire médiévale. Cela ne s'est pas fait sans tensions sociopolitiques. Les États naissants se sont efforcés de mettre la main sur la monnaie. Mais c'est dans l'ordre religieux et dans celui des valeurs que le phénomène a posé des problèmes graves. Sur de nombreux points, le christianisme est ambigu; mais sur l'argent, il n'y a pas d'équivoque. Dans l'Ancien comme dans le Nouveau Testament, l'argent est maudit. [*Nous verrons dans la suite ce qu'il en est vraiment.*] *Il a fallu aux idéologues du Moyen Age, aux clercs théologiens et canonistes, trouver un compromis entre tradition chrétienne et évolution de l'économie et de la société.* »

Et Jacques Le Goff d'ajouter : « *Les deux tendances, acceptation ou refus, existent dès le* XIIIe *siècle. Je suis frappé aujourd'hui par une situation qui, sur le plan des valeurs, me paraît relativement comparable. Nous assistons à une abdication quasi générale face à l'argent...* »

Et puis, cette conclusion à laquelle ce volume apporte peut-être une manière de réponse : « *Le refus de l'argent me semble une idéologie tout aussi dangereuse que son acceptation béate.* »

La conscience juive, à travers ses enseignements et ses modalités, façonnés par l'histoire, n'a-t-elle pas un éclairage nouveau à apporter? Et ce nouveau, ne viendrait-il pas, précisément, une fois encore, du plus ancien.

Les membres du comité préparatoire ne se dissimulent pas le caractère ambitieux et périlleux, voire explosif, de l'entreprise. Ne serait-ce qu'en raison des associations d'idées que suscite forcément le choix de l'argent comme thème du Colloque des intellectuels juifs.

Il n'est pourtant pas tout à fait indifférent que le programme du centre catholique d'études de Genève ait été ouvert, un mois avant ce colloque, par une conférence-débat intitulée : « *Économie : les chrétiens et l'argent* », *animée par M. Philippe de Weck, ancien président de l'une des très grandes banques suisses.*

L'une des principales leçons qui se dégagent de ce volume, c'est que l'argent n'est pas la seule richesse. Ne serait-il pas, pourtant, devenu aujourd'hui, dans le monde entier, à l'Ouest comme à l'Est, au Nord comme au Sud, la seule valeur à être encore vraiment prise au sérieux par tous ? Claude Riveline, d'entrée de jeu, pose la question de façon percutante et explique pourquoi et comment le Colloque des intellectuels juifs doit s'efforcer de « transformer les états d'âme en états d'esprit », particulièrement sur un sujet aussi complexe et, en apparence tout au moins, aussi provocant. En réalité, il s'agissait surtout, pour nous, de provoquer la réflexion.

Si nous avons réussi à éclairer ce thème, sinon évidemment de façon exhaustive, mais du moins dans des directions multiples — biblique, talmudique, hassidique, bien sûr, mais aussi juridique, historique, philosophique, psychanalytique, sociale et économique —, nous le devons à la cohérence, fut-elle contradictoire, qui s'est bâtie spontanément à travers la diversité des orateurs et à la faveur de leur écoute réciproque d'une rare qualité. Cette cohérence est, dans son exposé, bien mise en lumière par Gérard Worms.

*Il est juste de rappeler que l'argent et sa place dans la société occidentale avaient déjà été évoqués de façon éclairante par André Amar, lors du XVII*e* Colloque, en 1976, consacré au* Modèle de l'Occident[1]. *Incidemment, les hommes d'argent [...] parlé étaient Harpagon, le banquier Saccard [...]irotteau…*

[...]te, et nous avons choisi une [...]est vrai que les Fugger ou les [...]rotestante (ou catholique), les [...]tant d'autres marquent à leur [...]de l'économie, il nous est apparu [...]s l'origine, une relation moins [...]ec l'argent. Il était donc légitime [...]ent à dire sur ce sujet, à partir de [...]e leur expérience historiquement [...]nde entier se révèle ou se dévoile

[...]ches traditionnelles, des regards [...]terrogations sur l'actualité, nous [...] comme de surcroît — à briser [...] faut bien le reconnaître, ont fait [...]ticulier depuis le Moyen Age. Mais

[...], Paris, 1977, p. 118-121.

Colloque des intellectuels juifs
L'ARGENT

Erratum

A la page 14, 3e paragraphe, lire :
ligne 2 : André Neher
ligne 3 : 22 octobre/12 heshvan (omethe 1988).

il est plus important encore d'essayer de comprendre comment l'enseignement juif et sa mise en pratique dans la vie quotidienne pourraient aider à remettre l'argent à sa place dans la société.

La question a été posée à plusieurs reprises ici de savoir s'il y avait, ou non, une attitude ou un comportement spécifiquement juifs face à l'argent et à l'économie. Cette question appelle, nous a-t-il semblé, une réponse affirmative, même si elle doit rester nuancée.

*Outre ce qu'ont dit Georges Hansel et Gilles Bernheim sur les attitudes juives du temps où les communautés juives avaient encore une autonomie de gestion et de juridiction, il y a le poids de la sagesse que nous avons reçue, alors même que ce poids est parfois, en effet, lourd à porter. Certes, la Torah et le Talmud sont éloignés dans le temps; et ils s'inscrivent dans des structures qui peuvent paraître archaïques. Sont-ils pour autant dénués d'actualité très topique? N'ont-ils pas, au fil des siècles, avec l'histoire elle-même, gardé une forte pertinence et créé des cadres de référence, des modes de comportement? La leçon d'Emeric Deutsch, en particulier, ne montre-t-elle pas qu'ils ont façonné à la longue une espèce d'*Homo œconomicus *juif, un peu comme Max Weber et Richard Tawney l'avaient montré pour ce qu'ils appelaient l'esprit du protestantisme dans le comportement de tous les jours?*

La sagesse juive serait ainsi à l'origine d'un certain conditionnement *mental, même s'il peut parfois paraître inconscient ou caché.*

Cela irait bien au-delà de ce que nous lisons dans le traité Baba Metzia *42a : « Un homme doit toujours garder sa fortune sous trois formes : un tiers en immobilier, un tiers en marchandises et un tiers en avoirs liquides. » Ces trois formes diffèrent l'une de l'autre par le degré de liquidité, de risque et de rentabilité à court terme — de sorte que l'on peut voir déjà dans ce conseil talmudique une théorie des placements.*

Il y a bien plus. En réalité, ce ne sont pas seulement, ni peut-être surtout, les conditions ou les pressions extérieures qui expliquent les attitudes juives. En d'autres termes, les réponses juives face à l'argent et à l'économie ne sont pas seulement des réactions à la contrainte externe; elles sont aussi actives et endogènes. Comme on l'a dit, les attitudes et le comportement vis-à-vis de la pauvreté, de l'argent, de la finance, du commerce, de l'entraide sociale, sont déterminés par les conceptions juives de l'homme associé au Très-Haut dans l'œuvre de création et, à ce titre, gestionnaire de celle-ci, du devoir de sanctification des actes de la vie, de la reconnaissance des droits d'autrui à la propriété, du sentiment de précarité dans ce monde-ci, des exigences de justice. Tout cela n'est pas qu'utopie, même quand la réalité n'est pas toujours conforme à la loi.

Un économiste africain, Albert Tévoédjré[1]*, ne s'y est pas trompé qui, après avoir cité les Proverbes (30,8-9) : « Ne me donne ni indigence ni opulence, laisse-moi gagner ma part de pain, de crainte qu'étant comblé, je n'apostasie et ne dise : " Qui est Dieu ? ", ou encore qu'étant indigent, je ne dérobe et ne profane le nom de Dieu », rappelle, avec Lionel Stoléru*[2]*, que, pour Maimonide, l'idée essentielle est que le seul élément commun à tous les hommes est bien la dignité humaine. Ce qui a entraîné dans la tradition juive l'unification de deux concepts généralement séparés — justice et charité — en un seul : la solidarité économique que désigne le mot* tzedaka. *L'idée selon laquelle le riche se doit de donner une part de son superflu aux pauvres n'est pas une simple recommandation, mais une obligation. Et les deux auteurs de souligner que « la* tzedaka *est destinée à recréer une société ayant vaincu la misère, et qu'elle prend des formes de qualité très diverse, puisqu'elle comporte huit degrés, le plus bas étant de donner avec tristesse et le plus haut étant de procurer discrètement du travail à un pauvre ou de l'associer à ses propres affaires de façon qu'il soit capable de ne plus retomber dans le besoin ».*

A cet égard, l'émouvant apologue si bien raconté par Roger Fauroux n'est pas vraiment imaginable à l'intérieur de la société juive, tant il est vrai qu'il ne viendrait pas à l'esprit du demandeur d'exonérer le donneur du privilège — et du commandement — de donner.

De fait, il y a, dans tout cela, l'amorce d'une vaste réflexion sur la place de l'argent dans l'échelle des valeurs.

Lorsque les églises protestantes se réunissent en colloque en Scandinavie, comme ce fut le cas il y a quelques mois, et

1. *La Pauvreté, richesse des peuples,* Éd. Économie et humanisme, Paris, 1978, p. 19-20.
2. *Vaincre la pauvreté dans les pays riches,* Flammarion, Paris, 1974, p. 218.

qu'elles s'interrogent sur l'apport que les Églises pourraient apporter à un nouvel ordre économique international, on constate qu'elles découvrent une idée enfin toute neuve, celle de la rémission des dettes, en se référant d'ailleurs explicitement aux prescriptions de l'année sabbatique (shemitah) *et du jubilé.*

Face aux problèmes du chômage, n'aurions-nous pas à réfléchir aussi à la leçon, à la fois éthique et économique, qui livre la guemilout 'hassadim, *c'est-à-dire le commandement du prêt sans intérêt ?*

Selon ce commandement, la solidarité est obligation individuelle et communautaire. Il s'agit d'un impératif distinct, différent de l'interdiction du prêt à intérêt et même de l'obligation de faire la charité. C'est un acte de justice à l'égard aussi bien du riche qui se trouverait en difficulté temporaire que du pauvre qui cherche à surmonter ses problèmes d'existence. Le prêt sans intérêt est destiné à permettre l'achat de biens de consommation, l'investissement dans une entreprise, ou le financement d'un manque temporaire de liquidités. C'est un droit pour celui qui reçoit et un devoir pour celui qui donne avec, en prime si l'on peut dire, les conditions de discrétion qui entourent la gestion de cette action, pour ne pas humilier ceux qui en ont besoin, et où, de surcroît, le principal bénéficiaire n'est peut-être pas celui que l'on pense. Cette pratique permet au pauvre de briser le cycle de la pauvreté et aide le riche à ne pas y entrer, tout en protégeant scrupuleusement l'indépendance et la dignité de chacun.

La Me'hilta *de rabbi Yishmaël précise en outre que le prêt sans intérêt doit être accordé aussi aux non-Juifs en difficulté.*

Ce qui frappe en particulier, dans la leçon d'Alain Finkielkraut, c'est que l'originalité radicale de Péguy au regard des idées de son temps et même du passé, paraît procéder en droite ligne de la tradition juive dans ce domaine. Car ce sont bien des idées juives — ce volume le montre abondamment — que l'argent ne doit pas être une fin mais un moyen, que l'homme est gestionnaire du patrimoine qui lui est confié en dépôt par Dieu, et que sortir les hommes de la misère est un devoir social avant toute chose. C'est d'ailleurs peut-être pour cela que Péguy avait fait scandale à l'époque.

C'est lui aussi qui écrivait dans Notre jeunesse : « *Car enfin c'est une prétention qui fait sourire, que cette prétention des antisémites, que tous les Juifs sont riches... Les antisémites riches connaissent peut-être les Juifs riches... Pour la même raison, je ne connais guère que des Juifs pauvres et des Juifs misérables. Il y en a. Il y en a tant qu'on n'en sait pas le nombre. J'en vois partout, il ne sera pas dit qu'un chrétien n'aura pas porté témoignage pour eux... Jusqu'à quel point leurs riches les aident-ils ? Je soupçonne qu'ils les aident un peu plus que les nôtres ne nous aident. Mais enfin, il ne faudrait peut-être pas le leur reprocher... Vous leur faites toujours des reproches contradictoires. Quand leurs riches ne les soutiennent pas, quand leurs riches sont durs, vous dites : " C'est pas étonnant, ils sont Juifs. " Quand leurs riches les soutiennent, vous dites : " C'est pas étonnant, ils sont juifs, ils se soutiennent entre eux..."*

Comme nous l'avons vu, l'enseignement juif fixe des limites au pouvoir de l'argent, afin de lui restituer sa fonction de modération, d'apaisement, de pacification. Ainsi que le montre très bien un ouvrage récent, dont l'auteur est économiste principal au cabinet du gouverneur de la Banque d'Israël et professeur de sciences économiques à l'université Bar Ilan, Méir Tamari[1]*, le judaïsme ne propose pas, en tant que tel, une théorie ou un système économique spécifique. Il propose un cadre moral et religieux à l'intérieur duquel la théorie ou le système doivent fonctionner. Les décisions en matière d'investissements, de consommation, de taux de croissance ou de politique fiscale, comme pour tous les autres éléments de la vie économique, doivent être prises en fonction de critères économiques. Elles doivent ensuite être réexaminées à la lumière du cadre éthique pour déterminer si les choix envisagés sont acceptables ou non. L'éthique juive a, en effet, créé un cadre mental à l'intérieur duquel les Juifs ont opéré économiquement et à l'intérieur duquel ils peuvent continuer à le faire.*

Comme le font remarquer Gérard Worms et Raphaël Hadas-Lebel, les règles d'éthique ne pourraient-elles ou ne devraient-

1. « *With all your Possessions* », *Jewish Ethics and Economic Life,* The Free Press, Macmillan, New York, 1987.

elles pas aujourd'hui prendre la relève des mécanismes économiques perturbés ? Le monde ne s'en porterait peut-être pas plus mal.

Jean Halpérin

Ce volume est dédié à la mémoire d'Isaac Pougatch, éducateur exemplaire, qui fut toujours à l'écoute attentive de ces colloques et qui contribua activement à l'action culturelle de la section française du Congrès juif mondial.

Ce volume est aussi témoignage de vibrante gratitude à André Nehez qui vient de nous quitter brusquement à Jérusalem, le 22 octobre 1988-'heshvan. Depuis la création des Colloques en 1957, il en avait été l'inspirateur jusqu'en 1969 — et il en est resté, d'une certaine façon, la conscience. Ce serait peu de dire que, sans sa flamme, sa foi et sa rigueur, ces colloques ne seraient pas. Son œuvre et sa parole conserveront longtemps pour nous valeur d'interpellation et d'encouragement.

L'argent suspect

par Claude Riveline
professeur de gestion scientifique
à l'École des mines de Paris

Je commencerai par une remarque d'ordre touristique. On observe, lorsqu'on arrive dans une petite ville, deux édifices qui se détachent des autres : l'église et la banque. Ces deux édifices se ressemblent par la solennité de l'architecture, par le vêtement strict de ceux qui y jouent un rôle par la distance qu'ils maintiennent entre eux et le public. Mais cette ressemblance n'est pas que d'apparence. Car ce qui est en cause à l'église, c'est la foi, et ce qui est en cause à la banque, c'est la confiance. Foi et confiance sont deux mots qui viennent l'un et l'autre du même mot latin, *fides*. D'ailleurs, *fiduciaire* est l'adjectif qui désigne techniquement la monnaie de papier. On voit donc qu'il flotte autour de l'argent des senteurs de sacré, à l'intérieur desquelles on discerne au demeurant beaucoup de soufre. Il fallait donc s'attendre qu'un jour ou l'autre une enceinte comme la nôtre, qui a du sacré dans sa raison sociale, se penche sur ce problème.

Il y a un an que le sujet de notre colloque a été choisi ; les tempêtes dont nous avons été les témoins depuis le 19 octobre 1987 étaient en germe de longue main, car la place de l'argent dans notre civilisation est devenue au fil des ans de plus en plus considérable, ce qui a eu des effets profonds sur la vie politique comme sur la vie économique.

Il y a encore peu d'années, la conduite des peuples était divisée en deux ou trois conceptions rivales. Il y avait le capitalisme et il y avait le communisme, avec sa version soviétique et sa version chinoise. Les jeunes gens enthousiastes nourrissaient leurs rêves du Chili d'Allende, du Cuba de Castro, de la Chine de Mao ou de l'Amérique de Kennedy. En ce temps-là, si le Japon fascinait, c'était plus à cause du bouddhisme zen que des exportations de magnétoscopes.

Aujourd'hui, ces affrontements idéologiques n'ont pas disparu. Mais ils sont en quelque sorte limés, submergés par une préoccupation qui devient commune au monde entier : faire des affaires. Même l'U.R.S.S. de Gorbatchev et la Chine de Deng Xiaoping semblent mesurer leur succès à l'aune de l'argent. Fidel Castro a pris un embonpoint de bourgeois victorien et ne semble plus se préoccuper que de revenu par tête. La coupure principale du monde n'est plus dans le sens Est-Ouest, entre planificateurs et libéraux, mais dans le sens Nord-Sud, entre les riches et les pauvres.

La vie des affaires, de son côté, a connu une évolution très marquée mais qui, elle, est l'aboutissement d'un mouvement plurimillénaire. Lorsqu'on fait l'histoire de la monnaie, en effet, on a l'habitude de la caractériser par une dématérialisation croissante des paiements. On imagine (à tort, j'y reviendrai) l'économie archaïque fondée sur le troc (un mammouth contre vingt canards) ; puis, l'on imagine que cela se perfectionne un peu, que l'on fait des trocs indirects, que l'on passe par des objets qui servent d'étalon : des pierres précieuses, des perles... Puis apparaissent les métaux précieux, l'or et l'argent. Puis, un jour un souverain a l'idée de frapper monnaie, de manière à donner valeur authentique à des morceaux d'or et à des morceaux d'argent. Puis, cela se perfectionne. On invente la lettre de change, le chèque, le billet de banque pour arriver à cette apothéose de la civilisation qu'est la carte de crédit, enfant de l'informatique et de l'électronique, en attendant la carte à puce qu'on nous annonce comme la merveille du siècle.

Mais cartes de crédit et cartes à puce ne sont que la partie la plus sensible pour le consommateur d'une révolution beaucoup plus importante. En effet, de nos jours l'essentiel des prêts, des emprunts, des paiements, des changes de monnaies se font par voie téléphonique ou télégraphique. Il faut imaginer l'atmosphère sillonnée d'ondes électromagnétiques véhiculant des paiements de montants fantastiques. Tout se passe comme si les galions d'Espagne chargés de tout l'or et l'argent d'Amérique faisaient sans arrêt le tour de la Terre à la vitesse de la lumière.

Mais il y a plus. Si l'argent semble s'être affranchi des contraintes de l'espace, avec la multiplication des marchés à terme il s'est également affranchi des contraintes du temps. Il est en effet possible de négocier aujourd'hui des sommes qui n'existent pas et qui ne seront disponibles que dans un, deux, trois mois, voire plus. Ces phénomènes sont si récents que l'on n'a pas encore eu le temps de les analyser pour en comprendre les lois, mais on a pu se rendre compte ces dernières semaines qu'ils sont susceptibles de faire des dégâts considérables. Il était donc important d'y réfléchir et c'est ce à quoi ce colloque nous invite.

Que des intellectuels juifs se préoccupent des problèmes d'argent n'est pas sans poser problème. En effet, quand on parle d'argent, et surtout quand on y associe le mot de juif, surgissent les idées d'usure, d'âpreté au gain, des pouvoirs que l'argent procure. Un Juif n'aborde jamais ces thèmes sans quelque inquiétude. Mais, considérant que la fonction des intellectuels est de transformer les états d'âme en états d'esprit, le comité préparatoire et les orateurs qui ont bien voulu prêter leur concours ont décidé de passer outre, car les Juifs, par expérience historique et par tradition culturelle, ont beaucoup de choses neuves — pour ceux qui ne connaissent pas bien leur histoire et leurs traditions — à dire sur l'argent. Je ne suis pas certain que nous sortirons d'ici avec des idées plus assurées sur les prochains mouvements des marchés des changes ou de la bourse, mais je me porte garant que nous sortirons d'ici avec des idées plus claires et plus fermes sur la place de l'argent dans l'aventure humaine.

Mais avant de parler des apports spécifiquement juifs sur ce thème de l'argent, je crois utile de situer ces apports dans le paysage de la culture occidentale, dont nous venons d'avoir un brillant aperçu par les citations de notre ami le Pr Jacques Le Goff.

Il faut noter tout de suite que l'argent n'a pas bonne presse dans nos climats. J'en ai déjà donné une idée tout au début. On raconte l'histoire de deux seigneurs affrontés sur un champ de bataille sous l'Ancien Régime. L'un d'entre eux apostrophe l'autre de la manière suivante : « Moi, monsieur, je me bats pour l'honneur. Vous, vous vous battez pour de l'argent ! » Et le second de lui répondre : « On se bat pour ce dont on manque, mon cher ! » Vous voyez que l'argent, dans ce superbe échange, se trouve opposé à l'honneur. Mais, de plus, l'argent est usuellement opposé au salut. Nous avons tous présent à l'esprit ce verset de l'Évangile selon saint Matthieu [1] qui dit qu'il est plus difficile à un riche d'entrer au paradis qu'à un chameau de passer par le chas d'une aiguille. Les Pères de l'Église condamnent l'appétit d'argent en termes très forts. Saint Augustin, en particulier, distingue trois péchés majeurs : la convoitise de la chair, la convoitise du pouvoir et la convoitise de l'argent [2]. Mais, de même qu'il faut bien se reproduire d'une façon ou d'une autre et qu'il faut bien que certains dans la cité se dévouent pour s'occuper des affaires communes, de l'argent il en faut. Mais ainsi présenté, l'argent apparaît comme une sorte de nécessité organique pas très présentable.

Les bourgeois des villes italiennes du Moyen Age et de la Renaissance, de Florence ou de Venise, qui s'enrichissaient, se précipitaient pour acquérir des terrains, des palais, des titres nobiliaires, voire la pourpre cardinalice. Mais cela ne les a pas mis à l'abri des critiques. C'est ainsi que Marcel Proust nous présente [3] une Mme de Villeparisis très pointilleuse sur les attributs de l'aristocratie, qui professe que la famille royale de France est de petite fréquentation, car ce sont des gens qui se sont mésalliés par deux fois avec des banquiers florentins, les Médicis.

A vrai dire, ce paysage a sensiblement évolué au XVIe siècle, où l'on exploita les merveilleuses découvertes du siècle précédent. On a vu apparaître une importante bourgeoisie d'affaires, commerçants, artisans, banquiers et même indus-

1. Matthieu, 19, 24.
2. Albert O. Hirshmann, *Les Passions et les Intérêts,* PUF, Paris, 1980, p. 14.
3. Marcel Proust, *Du côté de Guermantes,* La Pléiade, Gallimard, Paris, 1954, t. II, p. 199.

triels au sens moderne du terme. Par ailleurs, le XVIe siècle est le siècle de la Réforme où sont apparues les différentes branches du protestantisme, qui tiennent l'exercice d'un métier et la vie des affaires en très haute estime parmi les comportements de l'homme pieux et vertueux.

Les sociologues et les historiens discutent beaucoup pour savoir de ces deux phénomènes, le phénomène économique et le phénomène religieux, lequel est la cause de l'autre. Les marxistes considèrent que c'est l'économie qui dirige les mouvements des peuples et que la bourgeoisie a été portée à donner un contenu métaphysique aux vertus qui réussissent dans les affaires, d'où le culte du travail et de l'austérité qui est à l'honneur dans la religion protestante. Leurs adversaires ne manquent pas de moyens pour faire observer la faiblesse de leurs positions, notamment le fait que le protestantisme n'a jamais eu aucune chance en Italie où pourtant existait une bourgeoisie ancienne et prospère, comme je viens de le dire. Ils mettent plutôt l'accent sur les lois de développement et de changement propres aux religions et considèrent que c'est le protestantisme qui est à l'origine du capitalisme. C'est la position, on le sait, du sociologue Max Weber[1].

Peu importe d'ailleurs lequel de ces deux phénomènes est la cause de l'autre. Une chose est certaine, c'est qu'à partir du XVIe siècle, faire des affaires est devenu quelque chose de présentable, si présentable même que l'idée s'en est peu à peu répandue jusque dans des contrées où elle était plutôt mal accueillie. C'est ainsi que même en France, sous Louis XIV, il est devenu licite pour l'aristocratie de faire du commerce maritime sans déroger[2]. Vous savez que la dérogeance, c'est ce dont était coupable un noble qui vivait d'un salaire ou d'un commerce, car, pour tenir son rang, il devait vivre de ses terres et être disponible pour faire la guerre ; mais Louis XIV a toléré cette exception.

Et puis, peu à peu, surtout du début à la fin du XVIIIe siècle, les affaires sont considérablement remontées dans l'estime des peuples. Montesquieu, par exemple, considère que la poursuite du profit est une passion innocente, source de vertu

1. Max Weber, *L'Éthique protestante et l'esprit du capitalisme,* Plon, Paris, 1964.
2. Albert O. Hirschmann, *op. cit.*, p. 58.

et de paix[1]. Les économistes libéraux ont même fait de la poursuite du profit le moteur même de la vie civile, jusqu'à la célèbre apostrophe de Guizot : « Enrichissez-vous ! »

Cela étant, il faut prendre garde au fait que cette apologie des affaires n'est pas une apologie de l'argent. Il est arrivé aux protestants, à cet égard, une mésaventure qui n'est pas sans analogie avec celle des congrégations religieuses du Moyen Age. Il est assez facile de faire l'histoire d'un ordre monastique médiéval parce qu'elle s'est répétée à quatre ou cinq reprises depuis les bénédictins, le premier ordre. Un ordre monastique se crée avec pour principes de travailler et de vivre dans la sainteté, c'est-à-dire dans une grande abstinence. Seulement il y a une logique incontournable en économie, qui fait que lorsqu'on travaille on produit, et que lorsque l'on ne consomme pas on épargne. Et lorsqu'on épargne on devient riche ! Ce qui plonge, au bout de trente à cinquante ans, les congrégations monastiques dans un embarras profond, qui se concrétise par le fait que des moines particulièrement vertueux font sécession, disent que c'est une honte de vivre dans une richesse pareille, et créent un nouvel ordre dans la pauvreté, le travail et l'abstinence. Quarante ans plus tard, le même mécanisme entraîne les mêmes effets et de nouveau ils ont beaucoup d'argent dont ils ne savent que faire.

Eh bien, il est arrivé aux protestants des mésaventures analogues. Vous savez que les protestants exaltent le travail, mais qu'ils exaltent tout autant la modération, le puritanisme, l'ascétisme, ce qui a pour effet de leur donner la richesse, qu'ils ne considèrent pas comme quelque chose de bien, ni comme signe de salut, ni comme moyen d'être particulièrement bon. C'est plutôt quelque chose d'embarrassant[2].

Cet embarras a subsisté, bien au-delà des milieux protestants, dans la grande majorité de l'opinion. C'est ainsi que, dans la France d'aujourd'hui, l'argent, pour les sensibilités de gauche, n'est acceptable que s'il fait l'objet d'une appro-

1. Montesquieu, *De l'esprit des lois,* chap. XX-1, La Pléiade, Gallimard, t. II, p. 585.

2. Ce dernier développement doit beaucoup à d'amicales conversations avec le Pr Jean-Pierre Peter, de l'École des hautes études en sciences sociales.

priation collective, et à droite, il n'est pas interdit d'être riche, mais à condition de l'être depuis longtemps, voire, à la limite, de n'avoir rien fait pour cela.

Pour résumer ce paysage brossé à grands traits, on peut dire que l'argent, dans la culture ambiante, est admis comme une nécessité, un aiguillon pour agir, mais que c'est une valeur négative. Ceci pour situer l'attitude juive. Hélas ! à mon grand désespoir je vais me trouver en contradiction totale avec notre ami Le Goff.

Je me garderai d'opposer une attitude juive et une attitude chrétienne de manière tranchée, car ces colloques nous ont mis en garde à de nombreuses reprises contre les antithèses trop schématiques. Je sais que l'on peut trouver parmi les saints personnages chrétiens des rois et des riches, comme on peut trouver dans la tradition juive des mises en garde contre les dangers de la fortune. Mais cette réserve étant faite, il reste, et je vais vous le montrer rapidement, que la tradition juive a une attitude résolument positive à l'égard de l'argent.

Les patriarches Abraham, Isaac et Jacob sont ou deviennent riches, et le texte biblique revient à plusieurs reprises explicitement sur ce point. Nous aurons demain matin une leçon consacrée exclusivement à ce thème. Mais de surcroît, l'argent joue un rôle décisif dans des étapes essentielles de leurs vies, préfigurations du destin du peuple hébreu. Dans le cas d'Abraham, on sait qu'il fait l'acquisition de la caverne de Makhpela pour y enterrer son épouse Sarah, et c'est la première possession du peuple juif en terre de Canaan. Dans le cas d'Isaac, on se souvient du rôle très important qu'ont joué les bijoux, l'or et l'argent dans son mariage avec Rébecca. Dans le cas de Jacob, on connaît l'âpreté des négociations salariales qui l'ont opposé à son beau-père Laban et qui étaient également liées à ses mariages avec Rachel et Léa.

Être riche, dans la Bible, c'est plutôt le signe de la faveur divine. On peut être riche en étant quelqu'un de très bien. Le roi Salomon est un personnage qui vient tout de suite à l'esprit, richissime et le plus sage des hommes.

Une autre façon de voir la faveur dans laquelle la fortune est tenue dans la tradition juive, c'est de considérer les enseignements de la tradition sur la charité. S'occuper des pauvres et subvenir à leurs besoins est un impératif et cela se concrétise notamment en ce que la Loi prescrit à tout Juif, riche ou pauvre, de consacrer au moins dix pour cent de ses revenus aux bonnes œuvres.

Jusque-là, rien de très original. Mais le trait tout à fait frappant, c'est qu'il y a une limite supérieure. Il est interdit, si riche que l'on soit, de donner aux bonnes œuvres plus de vingt pour cent de ses revenus. Autrement dit, en dessous de dix pour cent c'est du vol, au-dessus de vingt pour cent c'est de la folie. Le Talmud dit que celui qui fait cela détruit sa fortune et il n'en a pas le droit. Donc, la générosité se situe entre dix et vingt pour cent. Cette interdiction de donner plus de vingt pour cent de sa fortune signifie clairement que le riche, dans la tradition juive, est considéré comme le gestionnaire d'un patrimoine que Dieu lui a confié parce qu'il en est particulièrement capable, et qu'il n'a pas le droit de refuser ce mandat. Il doit l'exercer pour le plus grand bien de tous.

Cela dit, la réciproque n'est pas vraie et il y a dans l'Écriture divers exemples de scélérats qui prospèrent. On cite à cet égard l'exemple de Korah, l'usurpateur, le vilain cousin de Moïse, dont le *midrash* nous dit qu'il était tellement riche qu'il fallait mille mulets pour porter les clés de ses coffres !

Dans la vie quotidienne du peuple juif telle qu'elle est prescrite dans le Talmud, l'argent est omniprésent, et jusque dans des domaines insolites au regard des normes d'aujourd'hui. Nous avons l'habitude de distinguer le droit civil, qui est le domaine privilégié des problèmes d'argent, du droit pénal, où il est surtout question de violence. Nous distinguons de même le sacré et le profane. Mais dans la Torah, ces divers aspects sont intimement mêlés. J'en prendrai trois exemples : le mariage, les dommages corporels et le culte des sacrifices au Temple.

Le mariage en hébreu se dit *kiddoushin,* qui veut dire sanctification. La connotation religieuse de ce mot est évidente, et pourtant une femme s'achète. La première page du Talmud qui est consacrée à ce sujet, dit même qu'une femme s'achète comme s'achète un terrain. Cela peut évidemment surprendre qu'un mariage soit traité comme une transaction immobilière, mais il faut savoir que le terrain dont il est question dans cet enseignement est la caverne de Makhpela dont j'ai parlé tout à l'heure, où non seulement Sarah mais Abraham lui-même puis Isaac et Rébecca, puis Jacob et Léa sont enterrés. Donc, de même que l'argent transforme une jeune fille étrangère à un jeune homme en la plus proche parente qui soit, il a transformé une quelconque terre de Canaan en une terre d'une suprême sainteté.

En ce qui concerne le droit pénal, j'ai dit qu'il n'y avait pas de différence entre le droit civil et le droit pénal. Il y a tout de même une frontière importante, c'est que lorsqu'il est question de vie ou de mort, les juridictions et les procédures sont particulières. Mais lorsqu'il n'y a pas de vie humaine en cause, les problèmes de coups et blessures ou les problèmes de vol sont traités selon les mêmes procédures et par les mêmes instances judiciaires que les problèmes de loyers ou de dettes. Dans chaque cas, il s'agit d'évaluer une somme qui permettra de dédommager celui que le tribunal juge lésé. Il est à noter qu'en matière de coups et blessures, le fait que le coup soit porté volontairement ou involontairement n'a pas d'influence sur le montant de l'indemnité ni sur la procédure. C'est le sens de la loi du talion « œil pour œil, dent pour dent » qui est dans la pratique un problème d'évaluation monétaire. Nous aurons, là encore, une leçon sur le sujet demain matin.

La vie du Temple est marquée par de nombreux aspects liés à l'argent. Les prêtres, les *kohanim,* et leurs assistants les lévites, vivent d'une sorte d'impôt qui est un prélèvement, plusieurs prélèvements même, sur les récoltes des agriculteurs de la terre d'Israël. Par ailleurs, les offrandes des fidèles sont des animaux et des végétaux qui sont prélevés soit sur leur production propre, soit achetés à prix d'argent. Ils pouvaient être coûteux dans la mesure où l'on devait offrir des animaux tels que moutons, chèvres, voire taureaux, d'apparence et de constitution parfaites.

On pouvait aussi faire des dons et, dès l'instant où l'on avait offert quelque chose au Temple, l'objet correspondant devenait sacré. Il entrait dans la sphère qui n'est plus accessible aux laïcs. Mais le trait frappant, c'est que le donateur pouvait se raviser et décider de reprendre l'objet qu'il avait offert.

Auquel cas il devait le racheter pour une somme un peu augmentée par rapport à sa valeur commerciale. Autrement dit, l'argent est une sorte de fluide qui transforme le sacré en profane, le profane en sacré, qui permet de réparer une agression et qui permet à ceux qui ont la conscience douloureuse d'aller au Temple se remettre en ordre avec eux-mêmes. C'est donc un fantastique moyen de liberté.

Des penseurs ont ainsi opposé l'esclave bien nourri et l'ouvrier mal payé. Il est clair que l'esclave dans ce cas mange mieux que l'ouvrier, et pourtant il lui est refusé le privilège de choisir ce qu'il mange. Liberté qui a une valeur irremplaçable, comme le suggère la fable « Le loup et le chien » de La Fontaine.

Cela étant, cette liberté que confère l'argent est, à n'en pas douter, la source du pouvoir satanique qui lui est prêté dans la plupart des cultures. En effet, si tout s'achète et tout se vend, rien n'est à l'abri des changements de détenteurs. Le riche peut tout envahir. Il peut acquérir des terres et des blasons et pénétrer ainsi dans des milieux jalousement attachés à l'ancienneté de leurs traditions. La version moderne de ce pouvoir, c'est l'acquisition des entreprises, des médias, voire de régions entières, l'obtention d'un pouvoir exorbitant en politique sans que l'opinion ni les traditions puissent rien y faire.

Il est intéressant, pour mesurer l'étendue du pouvoir de l'argent circulant, de s'intéresser à ce qui se passait avant l'invention de l'argent. On s'accorde à considérer, d'après Hérodote, que l'invention des pièces de monnaie, en tout cas de la monnaie authentifiée par un pouvoir politique, remonte au VIIe siècle avant l'ère chrétienne. Or, il se trouve que nous avons des témoignages abondants d'une économie extrêmement active et prospère de mille ans antérieure. C'est l'économie mésopotamienne sous Hammourabi. Ce vaste territoire était le siège de trafics importants. Ce qui est frappant, c'est que sur les nombreuses plaquettes d'argile gravées en caractères cunéiformes que l'on a déchiffrées, on a pu montrer que les paiements de ces marchandises se faisaient exclusivement par des écritures de compensation, c'est-à-dire qu'on ne transportait aucun objet précieux. On avait des écritures qui apuraient les comptes lorsqu'un trafic avait été équilibré par un trafic inverse. Vous voyez qu'on est loin des mammouths et des canards. Tout se passe comme si la carte bleue avait été inventée avant le billet de banque. Cela paraît donc tout à fait moderne. Mais ces traits de modernité contrastent avec le profond archaïsme de ces échanges, car on a pu montrer que chaque destination de trafic, chaque genre de marchandise voyageait comme dans un couloir, comme sur des rails, et qu'il n'y avait pas communication entre les différents trafics. C'est comme s'il y avait plusieurs monnaies distinctes et non convertibles les unes dans les autres. Il y avait le trafic pour les temples, le trafic pour le trésor du roi, le trafic pour les cités, ce qui garantissait la stabilité du pouvoir politique et de la masse de biens qui évoluait à l'intérieur de ces différents circuits[1].

Tout cela peut paraître exotique. Mais il faut savoir que cette manière de manier l'argent a une réplique parfaitement moderne : le budget de l'État. Un fonctionnaire qui a de l'argent à dépenser au titre de ses fonctions ne peut pas en faire n'importe quoi, car cet argent, il l'a reçu sous forme de budget, lui-même défini par chapitres. Ce qui peut avoir pour conséquence qu'une administration ayant énormément d'argent en fin d'année pour acheter des voitures, n'ait plus un sou pour acheter de l'essence. Il ne lui est pas possible de convertir les crédits de voiture en crédits d'essence.

Vous voyez que sous Hammourabi et aujourd'hui dans les États démocratiques, le problème est le même. Il s'agit de protéger le pouvoir contre la fluidité de l'argent. La démocratie consiste essentiellement dans le fait que c'est le peuple qui décide les dépenses de son prince. Mais s'il donnait un crédit global pour le beurre et les canons, avec dans l'esprit que le prince devra surtout acheter du beurre, s'il n'y avait pas la définition en chapitres, le prince serait tenté de n'acheter que des canons, auquel cas la volonté du peuple ne serait pas respectée.

1. Karl Polanyi *et al.*, *Trade and Market in the Early Empire,* The Free Press, New York, 1957, chap. II et XIII.

La tradition juive, bien qu'elle favorise, comme je l'ai dit, un usage généralisé d'une monnaie unique, prévoit de nombreux dispositifs pour contrebalancer le pouvoir de l'argent. S'il est vrai qu'une épouse s'achète (pour une somme au demeurant symbolique), ce n'est pas pour autant que le mari puisse la revendre. Les dignités lévitiques et sacerdotales sont strictement héréditaires et ne peuvent donc pas s'acquérir à prix d'argent. Les pauvres sont soigneusement protégés dans leur dignité. C'est ainsi qu'en matière de sacrifice, là où un riche devra apporter un taureau ou un bélier parfait, un pauvre pourra offrir une paire d'oiseaux, voire une poignée de farine : la sainteté de ces sacrifices si humbles est la même, a la même portée que celle du taureau du riche.

En ce qui concerne la charité, dont j'ai dit quelques mots tout à l'heure du point de vue du donateur, j'y reviens maintenant du point de vue du bénéficiaire. Là encore, il y a de nombreux enseignements sur la façon de traiter le pauvre, et tous ces enseignements ont en commun un extrême souci de protéger sa dignité, ce qui a des conséquences qui peuvent étonner. C'est ainsi qu'un ancien riche doit toucher plus de la caisse de charité de la communauté que quelqu'un qui a été toujours pauvre, car le but est de le restituer dans son ancienne dignité.

En réalité, le don n'est qu'un pis-aller. La tradition juive recommande d'aider celui qui est dans le besoin à retrouver le plus vite possible un revenu. Une bonne façon de l'aider est de lui trouver une situation rémunérée, la plus noble façon d'aider étant de faire du pauvre son associé.

D'une manière générale, la tradition juive considère que la propriété d'un bien durable et plus précisément la propriété d'une terre est fondamentale. Nous savons qu'à la sortie d'Égypte, les terres de Canaan ont été réparties entre les familles du peuple d'Israël. Il y a une institution, le Jubilé, dont tout le monde connaît le nom mais pas toujours les effets, qui veut que tous les cinquante ans les terres retournent à leur propriétaire de départ, c'est-à-dire à la famille qui en avait reçu l'attribution à la sortie d'Égypte, sans aucune indemnité au propriétaire du moment. Tout se passe comme si les cartes étaient redistribuées tous les cinquante ans pour permettre de rejouer le jeu économique, nonobstant tous les aléas qui ont pu conduire les uns à la fortune, les autres à la misère, en tout cas au niveau des propriétés foncières.

Cette attitude du judaïsme à l'égard de l'argent est illustrée par une très curieuse formule qui se trouve dans le Talmud [1] et que je dis en araméen *zaven ovid. Zaven ovid,* cela veut dire : le vendeur perd. Entendez que celui qui vend un objet est toujours perdant. C'est une idée insolite, car la science économique, le bon sens et la pratique quotidienne nous disent que les biens ont un juste prix, qu'en dessous de ce prix quelqu'un est volé, qu'au-dessus de ce prix quelqu'un est volé aussi. Donc, il y a un prix équitable. Le Talmud ne le nie pas. Mais ce qu'il veut exprimer par là, c'est que la possession d'un objet entraîne, pour celui qui en est détenteur, des liens affectifs, une histoire, une singularité de relation qui est à jamais perdue lorsqu'il s'en dessaisit contre de l'argent, quelle que soit la somme en cause.

On voit que la tradition juive à travers ces enseignements montre l'argent sous son double aspect : il libère les échanges, mais il gomme les visages.

J'en viens maintenant à l'aspect le plus sensible du sujet, le prêt à intérêt. Après l'espace, le temps. L'argent a en effet cette troublante propriété de grandir tout seul, quand on le place, quand on le prête ou quand on l'investit dans des affaires. Le thème du prêt à intérêt a été très souvent abordé. C'est pour cela que j'ai dit que c'était le plus sensible, de l'Antiquité à nos jours, y compris chez les économistes du dernier siècle et du siècle présent qui sont, à part cela, assez discrets sur les aspects moraux de l'argent. On relève schématiquement dans l'histoire des idées trois attitudes à l'égard du prêt à intérêt : l'interdiction totale, la licence totale et la licence limitée à un taux d'intérêt, dit taux usuraire, au-dessus duquel c'est un délit de prêter. Vous savez que c'est cette troisième attitude qui est celle de la loi française actuelle.

Si l'on remonte dans l'Antiquité, on trouve Aristote qui professe une interdiction totale, suivi en cela, au XIIIe siècle,

1. *Baba metzia* 51 *a*.

par saint Thomas d'Aquin. Cela étant, le prêt à intérêt est une pratique de tous les temps et de tous les lieux, au point que la science économique au XIXe siècle l'a considéré comme un phénomène naturel à expliquer en tant que tel. On comprend pourquoi la science économique de ce siècle s'est intéressée autant au prêt à intérêt, étant donné que c'est le siècle du développement du capitalisme, qui est, comme son nom l'indique, fondé essentiellement sur l'investissement de capitaux. Il est naturel de comparer les fruits qu'apportent ces capitaux, leur rentabilité, aux intérêts servis à ceux qui les ont prêtés.

Il y a, sur ce thème, une abondante littérature, que je résumerai en trois familles de pensée. Il est bon de le faire, car cela permettra de comprendre ce qu'on peut retenir de la tradition juive dans les mêmes domaines. Vous verrez que c'est assez proche. Première attitude. Le prêt à intérêt est justifié par le fait que c'est un phénomène de la nature. Quand, en effet, on achète un herbage, un an plus tard on a le même terrain plus l'herbe. L'herbe pousse toute seule. La laine pousse elle aussi toute seule sur le dos des moutons. Donc, c'est un fait d'observation qu'un capital a tendance à s'accroître, et par conséquent l'existence d'un taux d'intérêt n'est que la constatation sociale de ce phénomène naturel.

Deuxième attitude. La deuxième théorie du prêt à intérêt change complètement d'optique et se place cette fois-ci du point de vue du prêteur. Elle consiste à dire : celui qui prête de l'argent subit deux dommages. Le premier, c'est qu'il en est privé pendant le temps du prêt. Le deuxième, c'est qu'il risque de ne pas revoir ses sous. Il est donc normal qu'il reçoive un dédommagement, matérialisé par l'intérêt versé.

Il y a aussi une troisième école qui dit que l'argent est un bien comme un autre qui s'échange sur un marché. Il y a des gens qui le convoitent et des gens qui en détiennent, et le taux d'intérêt n'est jamais que le prix de l'argent comme le prix de n'importe quel bien.

J'ai schématisé, parce qu'il y a de subtiles variantes à ces différentes théories. Mais je voudrais souligner une absence. Dans ces théories, on ne voit apparaître nulle part le problème moral que pose le prêt à intérêt. Pourtant, il a pour effet que la dette du débiteur s'accroît toute seule, au point dans certains cas, si le taux d'intérêt est élevé, de transformer le débiteur en un véritable esclave de son créancier. Cette préoccupation ne fait pas partie de la science économique.

Mais la tradition juive, elle, s'en est beaucoup occupée. Alors, il faut commencer, en parlant du prêt à intérêt dans la tradition juive, par prendre acte de quelque chose d'assez désagréable. C'est que la Torah interdit formellement le prêt à intérêt entre Juifs mais ne l'interdit pas à l'égard des non-Juifs. C'est difficile à accepter, mais cela s'analyse. Pour ma part, j'ai puisé les explications que je vais vous résumer dans un remarquable travail d'un talmudiste qui s'appelle Abraham Weingort, et qui a publié en 1979 *Intérêt et crédit dans le droit talmudique*[1].

Il importe de savoir que le Talmud ne fait pas d'abstraction généralisante. Il n'y a guère de thèse dans le Talmud. Il y a de nombreux exemples qui s'y trouvent analysés, et il appartient à chacun d'en tirer ses conclusions générales personnelles. Je vous livre celles d'Abraham Weingort.

La première constatation, c'est que le prêt à intérêt entre Juifs est condamné avec une sévérité extrême. Il y a plusieurs appellations dans la Torah, la principale étant *neshekh,* qui veut dire « morsure ». Cela relève donc d'une agression quasiment physique. Cela étant, la Torah autorise des associations de capitaux que l'on fait fructifier et dont on partage les fruits. On voit donc que les théories modernes ne sont pas absentes de ces approches, mais on peut se demander pourquoi l'association de capitaux est permise et le prêt à intérêt interdit.

L'opinion d'Abraham Weingort, c'est que, dans le prêt à intérêt qui n'a pas pour raison d'être un investissement économique commun, il y a un déséquilibre insupportable entre le prêteur et l'emprunteur. En effet, et cela je ne l'ai pas encore dit, la Torah ordonne à l'emprunteur de rembourser. Ce qui amène à dire que, pour une opération entre Juifs réputés religieux, puisque le Talmud n'évoque que cela, le prêteur ne court aucune espèce de risque. Ainsi donc, l'emprunteur voit, dans le cas d'un intérêt, sa dette grandir, alors que le prêteur est absolument certain de revoir son

1. Librairie de droit et de jurisprudence, Paris, 1979.

argent. Il y a une sorte d'aliénation, de prise de pouvoir d'un homme sur un autre qui est tout à fait contraire à la fraternité demandée aux hommes de la Torah.

C'est d'ailleurs ce même problème de déséquilibre qui justifie l'autorisation du prêt à intérêt à l'égard du non-Juif. Je tiens à dire que pour un talmudiste, pour quelqu'un qui étudie la Torah, cette autorisation de prêter à intérêt aux non-Juifs n'a rien d'évident. D'abord, parce que figure quarante-six fois dans la Torah le commandement d'aimer l'étranger. A ce titre, le non-Juif bénéficie d'égards attentifs. Cela, c'est la Loi écrite. Mais, de surcroît, la Loi orale est vigilante à l'égard de tous les comportements qui pourraient susciter de l'animosité chez les non-Juifs. Cela étant, le non-Juif n'est pas astreint à rembourser ; on ne voit pas pourquoi il le serait, étant donné que c'est une obligation religieuse liée à l'observance de la Torah. Donc, l'intérêt qu'il verse est justifié par le risque encouru par le prêteur.

Il reste pourtant encore un problème qui n'est jamais abordé par les théories de l'intérêt. C'est que, même à intérêt nul, rembourser peut être insupportable. Celui qui, dans la misère, a été contraint d'emprunter, peut se trouver encore dans la misère au moment du remboursement et être dans l'incapacité de le faire. J'ai dit que dans la Torah, rembourser est une obligation religieuse dont on ne peut pas se libérer : mais c'est de droit une année sur sept, l'année de la *Shemitah,* qui oblige d'une part à un chômage complet de la terre, et d'autre part à l'annulation des dettes sans aucun dédommagement des créanciers. On sait que cette extraordinaire mesure n'a guère été appliquée, parce qu'il est bien clair, et la Torah le dit elle-même, que l'on hésite à prêter la cinquième ou la sixième année. Aussi la tradition orale a-t-elle trouvé une façon ingénieuse de contourner cette interdiction de conserver une créance au-delà de l'année de la *Shemitah,* qui s'appelle le *prozoul.* C'est une astuce juridique que certains rabbins du Talmud considèrent comme honteuse, mais qui au moins a l'avantage de permettre le prêt à ceux qui en ont besoin, et de retirer la relation personnelle si oppressante qu'il y a entre le créancier et l'empunteur, parce que c'est un tribunal qui est chargé de récupérer la créance au-delà de l'année de la *Shemitah.*

Voilà donc quelques indications, et le colloque qui va s'ouvrir va vous en livrer beaucoup d'autres sur l'attitude de la tradition juive à l'égard de l'argent. Je voudrais vous en donner un résumé, une sorte d'image condensée que j'emprunterai à un passage du Talmud que je vais vous commenter brièvement. Il s'agit d'un passage qui se trouve dans le traité *Yoma,* page 28 *a.* C'est le traité qui parle de Yom Kippour, et le passage en question traite apparemment d'un sujet qui n'a pas de rapport avec l'argent. Le Talmud se demande à quelle heure ou à partir de quelle heure il faut sacrifier au Temple l'agneau du matin. Le culte des sacrifices du Temple consistait, les jours ordinaires, essentiellement en deux agneaux, l'un qui était sacrifié le matin et l'autre qui était sacrifié dans l'après-midi. C'était des holocaustes qui étaient intégralement brûlés. Le jour de Yom Kippour ne fait pas exception et on doit aussi sacrifier un agneau du matin. C'est même la première chose que l'on fait dans le culte de Kippour, qui est méthodiquement décrit dans ce traité du Talmud qui lui est consacré. Le Talmud discute de façon assez détaillée sur cette heure. Je ne m'attarderai pas sur le début de la discussion. En gros, ce début dit : « Il faut le sacrifier quand le jour se lève. » Comment repère-t-on que le jour se lève ? La conclusion est tout à fait significative pour notre sujet, car il y est dit : « Il faut sacrifier l'agneau du matin à l'heure où les travailleurs se rendent à leur travail. » Mais la *Guemara* continue en disant : « Non, c'est déjà trop tard. Il faut sacrifier l'agneau du matin à l'heure où les employeurs vont à la recherche de leurs salariés. » Là, on voit déjà une apparition de l'argent puisqu'il est question de travail salarié. Au moment où la vie économique va mettre en péril l'identité de chacun, il se passe quelque chose au Temple. Cela étant, l'enseignement prend encore plus de relief quand on sait comment ces agneaux sont achetés. Pour le savoir, il faut remonter à l'époque du premier recensement qui a été fait par Moïse dans le désert. Il a été formellement interdit à Moïse de compter les Juifs directement. Le recensement n'était permis que par l'intermédiaire du versement par chacun d'une somme d'un demi-shekel d'argent[1]. Le *midrash* nous explique que non seulement Moïse recueillait de chacun le montant qui représentait sa personne, montant absolument égal pour les riches et les pauvres, mais que lorsque chacun l'apportait, il lui demandait de décliner son identité, celle de sa famille, de se manifester comme une personne d'une parfaite unicité. Autrement dit, ce recensement, même s'il finissait par un tas d'argent qui donnait le nombre, était fait dans un extrême respect de l'identité de chacun. Pour avoir manqué à cette précaution, le roi David lui-même qui a compté ses soldats comme on dénombre des choses, a causé de terribles malheurs au peuple hébreu, qui sont racontés dans la Bible et commentés dans le Talmud[2].

Donc, l'agneau qui est acheté avec cet argent va être sacrifié pendant que les travailleurs vont à leur travail. Mais il faut savoir que la première fois que le recensement a été fait, ce n'est pas à acheter l'agneau que cet argent a servi. C'est à acheter les piédestaux d'argent sur lesquels les poutres qui entouraient le Tabernacle, c'est-à-dire le Temple portatif du désert, étaient posées. Symboliquement, à travers cet argent versé de façon complètement égalitaire par tout le peuple hébreu, c'est le peuple qui portait ces poteaux qui servaient de remparts à ce lieu où Moïse et l'Éternel se parlaient face à face.

Eh bien, de la même manière, cet argent qui par la suite a servi à acheter l'agneau du matin et l'agneau du soir, représentait, pendant que l'anonymat du travail risquait d'anéantir l'unicité des personnes ainsi engagées dans l'activité économique, l'identité de chacun et de tous, protégée par un sacrifice et un feu qui montait jusqu'au ciel, et par des hommes, les *kohanim* et les *leviim* retirés de la vie économique. On voit que l'argent dont j'ai dit tout à l'heure qu'il gommait les visages, les gomme bien ici d'une certaine manière, mais pour les sublimer. La coïncidence de ces deux événements, le début matinal de la vie économique et le sacrifice au Temple — je vous rappelle que le Temple est le lieu où les identités se restaurent parce qu'elles sont brisées ou

1. *Exode* 30, 11 à 16.
2. *II Samuel* 24 et *Berakhot* 62 *b*.

douloureuses —, montre comment le judaïsme prend en charge la tension entre la vie collective et le respect des personnes.

Il convient d'insister sur le fait que le travail salarié, la conquête économique, ne sont aucunement condamnés par la Bible. Je dirai même qu'ils sont ordonnés. Je vous en donne la preuve. Le quatrième commandement, celui qui prescrit le Shabbat, dit la chose suivante : « Souviens-toi du jour du Shabbat pour le sanctifier. » Puis : « Pendant six jours tu travailleras et tu feras ton ouvrage. » C'est un ordre. Ce n'est pas une concession. Un Shabbat éternel, un Shabbat sept jours de la semaine, cela est pour le paradis, le monde à venir. Dans le monde d'ici-bas qui reste à construire, les hommes ont le devoir de travailler, de dominer la nature pour la mettre à leur service. Activité dans laquelle, on le sait, les Égyptiens excellaient, et les Juifs en ont fait la douloureuse expérience. Mais l'Égypte qui construisait le monde comme Dieu le demande, le faisaient au prix de la mutilation des visages. Vous observerez que dans la Torah aucun Égyptien ne porte un nom. Même le Pharaon n'a pas de nom : tous les rois d'Égypte s'appellent Pharaon. La seule exception, c'est Putiphar, sans doute parce qu'il a été subséquemment le beau-père de Joseph. Mais sans cela, les Égyptiens ne sont désignés que par leur fonction. Le ministre de ceci, le ministre de cela… Et en archéologie, les fresques égyptiennes montrent des théories de travailleurs qui ont tous le même visage et qui ne diffèrent que par leur outil. Autrement dit, si l'efficacité égyptienne n'est pas interdite, si elle est même recommandée au peuple hébreu, c'est dans le respect des visages.

Moshé rabbénou, Abraham avinou. Voilà les deux personnages fondateurs du judaïsme. Moïse notre maître, l'ordonnateur de la vie collective, avec la part inévitable d'anonymat que comporte toute organisation, et Abraham notre père, pour qui chaque personne est aussi importante que tout l'univers. Voilà la tension, l'antithèse à l'intérieur de laquelle le judaïsme chemine dans l'histoire. Cette tension est particulièrement sensible sur le thème de l'argent.

Cela étant, je dois maintenant conclure sur les contributions d'Israël aux réflexions d'aujourd'hui sur ce thème. Ce n'est pas d'aujourd'hui que les Juifs sont concernés par de tels débats, puisqu'au cours des siècles, à leur corps défendant, ils ont été associés, et plutôt en mauvaise part, aux problèmes de l'argent. On peut se demander, à vrai dire, pourquoi. Et lorsqu'on regarde de quoi sont faits les discours antisémites, on s'aperçoit que ce qui domine, c'est une sorte de hantise à l'égard du mouvement indésirable, du changement menaçant. Ce qui fait peur dans les Juifs, c'est qu'ils sont insaisissables. Il est à remarquer que cette idée de mobilité a certainement été un ingrédient fondamental du nazisme puisque la barbarie hitlérienne s'est exercée non seulement contre les Juifs mais aussi contre les Tziganes, deux peuples qui n'ont en réalité en commun, semble-t-il, que l'idée de mouvement et de migration. Je suis redevable à Emeric Deutsch de cette remarque que les Juifs font tout autant peur quand ils sont pauvres que quand ils sont riches. En effet, on connaît le thème du Juif errant, ce malheureux Ahasvérus qui est condamné à errer éternellement sur la planète, lui aussi personnage fréquent du folklore antisémite. Les nomades inquiètent toujours les sédentaires, surtout lorsqu'ils ont les moyens financiers de s'emparer de leurs maisons et de leurs terres.

Or, si l'on considère le monde d'aujourd'hui, tout se passe comme si des nuées de nomades s'étaient abattues sur la planète. Des Japonais et des Arabes prennent le contrôle de firmes et de somptueuses résidences. Des opérations financières plus ou moins sauvages font passer des entreprises de milliers de personnes d'un patrimoine dans un autre, voire d'une nationalité dans une autre. Des millions de chômeurs ont perdu leur emploi parce que leurs entreprises n'étaient, semble-t-il, plus rentables, et des pays entiers sont réduits à la mendicité par l'accroissement démesuré de leur endettement.

Ce qui est singulier, c'est que jusqu'ici il n'y a pas eu de révolte mondiale contre cette tyrannie de l'argent et tous les méfaits qu'elle entraîne. Presque tout le monde semble se résigner à ce que l'argent soit un signe d'efficacité, et peut-être que cette sorte de résignation douloureuse est due à la conviction diffuse qu'une récession générale ferait autant de mal aux pauvres qu'aux riches. On voit par là les avantages de la libre circulation de la monnaie, mais aussi, encore une fois, les menaces redoutables qu'elle fait peser sur la dignité des personnes et des peuples.

J'ai donné un aperçu de la manière dont la Torah concilie liberté des transactions et dignité des personnes. Quels enseignements pour le monde d'aujourd'hui ? La réponse n'est pas simple, car cette société hébraïque idéale n'a, pour ainsi dire, jamais fonctionné, pas même à l'époque où le Temple de Jérusalem existait, si l'on en juge par les incessantes objurgations des prophètes. Certains en ont conclu, on le sait, que la Loi d'Israël est irrémédiablement inapplicable. Mais les Juifs considèrent plutôt que les antinomies que cette Loi permet de surmonter sont beaucoup plus dramatiques que les idéologies naïvement optimistes ne le supposent, et qu'il ne faut pas moins que le déroulement complet de l'histoire pour parvenir au temps où cette Loi sera intégralement applicable. Mais on ne peut pas attendre passivement cette époque messianique. Le danger est pressant. Les menaces que le pouvoir de l'argent fait peser sur les identités risquent d'être de plus en plus mal ressenties et l'on voit déjà se manifester des revendications de spécificité qui peuvent prendre la forme de redoutables fanatismes.

Les Juifs, dans cette réflexion nécessaire, urgente, peuvent apporter l'expérience de leurs tribulations millénaires où l'argent a joué un rôle. Mais tous les peuples ont eu leurs financiers, et des nations entières comme les Grecs et les Lombards, et d'autres encore, ont également été identifiées à tel ou tel moment de leur histoire à l'argent et aux affaires. Il est en revanche une spécialité que personne ne refuse aux Juifs. C'est l'extrême attention qu'ils portent aux enseignements de la Bible hébraïque et à ses commentateurs qui, on l'a vu, parlent beaucoup d'argent.

Le colloque qui s'ouvre ce soir allie à parts sensiblement égales les témoignages issus de l'histoire et ceux issus de la tradition. Nous allons donc pouvoir apprécier, au moment où l'humanité entière prend des airs de plus en plus juifs, dans quelle mesure les Juifs eux-mêmes peuvent aider à bien penser.

Débat

L'allusion faite dans l'exposé au processus de dématérialisation croissante des moyens de paiement suscite deux remarques. Mme Ilana Schimmel trace un parallèle avec l'évolution de l'écriture, passée d'une représentation imagée comme les hiéroglyphes, à un alphabet de signes. La dématérialisation des moyens de paiement pourrait frayer la voie d'un développement analogue à celui apporté par la symbolisation des signes d'écriture : possibilité croissante de symbolisation individuelle, de création de sens, de communication. Mais, de même que le signe scripturaire doit demeurer signe, de même l'argent doit demeurer symbole et non objet d'investissement en soi. M. Pierre Gonzva replace la question de la dématérialisation de l'argent dans la problématique du temps : comment la tradition juive peut-elle appréhender les nouvelles approches du temps introduites par les marchés à terme et les marchés optionnels où « le temps devient structuré d'une autre façon » ?

A M. Charles Maignial qui se demande s'il existe une législation particulière en Israël concernant le prêt à intérêt, M. Riveline indique qu'effectivement des dispositions juridiques prévoient des précautions explicites permettant aux banques d'exercer leur activité sans transgresser l'interdiction du prêt à intérêt.

Enfin, M. Louis Vanier et M. Freddy Schimmel soulèvent le problème des perversions des règles morales. Le premier souligne qu'elles peuvent, à l'occasion, se retourner contre ceux-là mêmes qu'elles sont censées protéger : ainsi l'interdiction du prêt à intérêt conduit-elle les emprunteurs à se tourner vers les usuriers. Le second rappelle d'une part que l'interdiction du prêt à intérêt ne s'applique pas aux non-Juifs et d'autre part que la Torah recèle des passages particulièrement durs aux pauvres, ainsi la phrase *ʿani ʹhashouv kemët,* « un pauvre a l'importance d'un mort ».

M. Riveline tient à nuancer ce jugement, tout en soulignant la difficulté de l'interprétation d'un texte au pied levé. Des textes tel « il vaut mieux supprimer l'éclat du Shabbat plutôt que de demander de l'argent à la caisse de charité de la communauté », effrayants de prime abord, indiquent, par leur outrance même, si l'on pense à l'importance sacramentelle considérable du Shabbat, que la communauté doit faire en sorte qu'il n'y ait plus de pauvres, en tout cas ce jour-là. Quant à l'autorisation du prêt à intérêt à un non-Juif qui figure dans la Torah, elle a été assortie par la tradition orale de précautions multiples : il est interdit d'exploiter l'état de dépendance d'un nécessiteux, quelle que soit son origine. Et s'il est vrai que les règles mortes peuvent avoir à l'occasion des effets pervers, leur absence en a de façon certaine. Le peuple d'Israël est héritier de « l'étonnante ambition d'avoir une vie collective compatible avec un parfait respect de la morale, un programme de réconciliation du respect de chaque visage et de la politique ».

Éclairages bibliques

Séance préparée et animée
par le rabbin Gilles Bernheim
agrégé de philosophie

Argent et violence dans la loi du talion

par le rabbin Marc Guedj
Professeur au Séminaire israélite de France

Traiter ici du talion, sujet aux connotations archaïques, relève de la gageure. Je cite : « On vous a dit œil pour œil, dent pour dent, et moi je vous dis de ne pas vous opposer au mécréant, mais si quelqu'un te gifle sur la joue droite, tends-lui l'autre joue » (Matthieu 5, 38-39).

A la suite de l'Évangile, l'humanisme, les Lumières, les rationalismes, le sens moderne commun, les pacifismes en tout genre, sans oublier le vaste mouvement des droits de l'homme, tout se ligue dans une unanime réprobation du texte de la Torah : « Œil pour œil, dent pour dent. » Il est clair que cette vertueuse réprobation s'enracine consciemment ou inconsciemment dans le texte évangélique que je viens de citer. Face à cette accusation, deux réactions sont possibles.

La première tient tout entière dans l'expression lapidaire du Talmud : *Lo hayou devarim me'olam.* La Torah n'a jamais énoncé pareille aberration. La Torah n'a rien à envier à la morale chrétienne, et nous pourrions citer nombre de textes qui magnifient l'amour et le pardon dans la Loi écrite comme dans la Loi orale. Le texte toraïque n'a donc voulu parler que de paiement compensatoire et non de rétorsion. D'ailleurs, la Torah qui dans sa structure même est ouverture au dialogue, à la créativité, à la vie, ne peut accréditer un enseignement aussi fermé et monolithique qui serait investi par la pulsion de mort. Dans le verset traduit habituellement par « œil pour œil », la seule inconnue sémantique est le mot *ta'hat.* Les mots

« œil » et « dent » sont clairs. *Ta'hat* prête à discussion, sollicite l'exégèse et se trouve à la source de tous les malentendus.

Pour le Targoum Onkelos, traduction araméenne de la Torah datée du IIe siècle de notre ère, *ta'hat* se traduit par *'halaf.* Je cite Raphaël Draï[1] : « *'Halaf,* vocable qui désigne littéralement la conversion, la substitution d'une valeur à une autre, et non la permutation géométrique d'éléments présumés strictement équivalents dans un ensemble clos. » La traduction la plus appropriée serait donc : « œil selon œil », qui indique la notion d'évaluation. Tout se passe comme si la Torah nous disait : la valeur d'un œil selon la valeur d'un œil. Ainsi, le talion probablement bâti sur le radical « tel », qui indique la symétrie et l'équivalence, n'est pas loi juive, ni dans son esprit ni dans sa lettre. Cette approche est celle de Rav Samson Raphaël Hirsch, chef de file de la néo-orthodoxie allemande au XIXe siècle, qui a essayé de formuler la Torah en termes acceptables pour le siècle.

Selon une seconde lecture, le talion est énoncé dans le texte même de la Loi écrite. Dans un même souffle et simultanément, la Loi orale reçue par Moïse au Sinaï l'a formulé dans le sens d'un paiement compensatoire. Le Talmud tente de retrouver la thèse de la Loi orale dans les interlignes de la Loi écrite.

Je préfère retenir cette seconde hypothèse, car nombre de commentateurs, comme Maimonide au XIIe siècle dans son *Guide des égarés* et dans son code législatif *Yad ha'hazaka,* Nahmanide, commentateur du XIIIe siècle, rabbi Yaacov Mecklenburg (XIXe siècle) dans son commentaire *Haktav ve hakabbalah,* et la majorité des exégètes l'ont accréditée. Le Talmud lui-même, par le biais de l'interrogation lancinante : « Pourquoi ne pas admettre le sens littéral du verset ? », sous-entend par là la véracité d'une telle lecture.

Cette interprétation a le mérite d'assumer la violence inhérente au texte. Or, comme l'écrivait dans un tout autre contexte Lou Andréas-Salomé dans sa lettre ouverte à Freud : « Rien ne répugne tant que d'ôter à Dieu sa vieille robe de chambre et de le revêtir d'un habit plus présentable

1. Raphaël Draï, *Œil pour œil, le mythe de la loi du talion,* Éd. Clims, Paris, 1986.

afin de l'introduire dans la haute société. » Je vous proposerai donc de laisser à la Torah sa vieille robe de chambre : c'est elle qui renouvellera le plus sûrement notre compréhension du talion.

Que la traduction soit « œil pour œil », qui indique la permutation de deux entités équivalentes, ou « œil selon œil » qui, selon l'analyse de Raphaël Draï, nie l'équivalence, ne modifie en rien notre propre opinion.

Le fait d'admettre que le vocable *ta'hat* récuse l'idée de permutation de deux entités égales et interchangeables, ne contredit pas la lecture du talion dans le texte de la Loi écrite. En effet, il n'y a pas d'identité entre les êtres. Mon œil n'a pas la même fonction créatrice que le tien. La *Guemara* le dit sous une forme imagée : « Si mon œil est grand et que le tien est petit, comment appliquerons-nous le talion ? »

Il n'y a pas d'idée d'équivalence dans l'application du talion. La traduction « œil selon œil », qui nie toute symétrie, nous paraît donc acceptable et pourrait, à la limite, aller dans le même sens qu'une application littérale du Talmud.

Nous sommes confrontés à une dénivellation d'ordre sémantique entre la Loi écrite qui atteste le talion et la Loi orale qui le récuse.

Précisons d'emblée que ce décalage n'est pas d'ordre idéologique. Il s'agit plutôt d'accepter d'un même mouvement le talion de la Loi écrite et le paiement compensatoire de la Loi orale. L'interprétation talmudique a toujours eu force de loi dans la tradition juive. Citons pour preuve le code législatif *Yad Ha'hazaka* de Maimonide, selon lequel les tribunaux, depuis Moïse au Sinaï, ont toujours statué dans le sens du paiement compensatoire. Une question demeure pourtant : Pourquoi la Torah énonce-t-elle le talion s'il n'a aucun champ d'application ?

C'est qu'elle prend acte du cri de violence absolue de la personne blessée. Dans la conscience de cette dernière, un cri surgit : « Ton œil contre mon œil ! »

Risquons ici une autre traduction : « Ton œil au-dessous de mon œil » ; ou plutôt : « en deçà de mon œil ». Car, pour la victime, aucun œil ne peut atteindre la valeur de son œil perdu. La violence se fait alors vengeance qui, au-delà d'un membre, revendique la totalité de l'individu. Nous nous trouvons donc confrontés à une violence archaïque, où le texte se fait écho de la violence de l'homme.

Face à cette violence, deux réactions sont possibles : l'éluder, la refouler, la sublimer en tendant l'autre joue ; ou, au contraire, la gérer par la Loi, « remplacer », comme l'écrit Kundera, « le vague du sentiment d'amour par la clarté de la Loi ». En gérant l'agressivité de la victime, la Loi s'oppose aussi au déferlement des passions et à l'engrenage de la violence. Il s'agit plutôt de la prendre en charge pour l'atténuer à l'infini.

La gestion par la Loi pose le problème dans la mesure où elle se réduit, dans une première phase, à un paiement explicité dans la première Michna du traité *Baba Kama* du Talmud de Babylone : « Quiconque blesse son prochain est astreint à le dédommager pécuniairement de l'atteinte portée à ses capacités professionnelles, de la souffrance physique occasionnée par la blessure, du préjudice moral, des frais médicaux, de l'arrêt de son activité. »

Le scandale réside dans le fait que le Talmud propose de l'argent pour l'œil. Comment la singularité blessée peut-elle être compensée par l'argent, qui est l'instrument même de la dépersonnalisation des sujets et des biens ?

L'argent permet de faire l'économie de la singularité d'autrui. Comme le disait Claude Riveline hier soir à cette tribune : « C'est un fluide indifférencié qui libère les échanges et gomme les visages. » Il est donc violent.

Le Talmud nous proposerait-il de gérer la violence de l'individu agressé par la violence de l'argent ? Gérer la violence par la violence ? En fait, ce qui paraît *a priori* un scandale n'est que l'expression du respect de la singularité d'autrui dans cette situation limite qu'est la rencontre violente.

Si nous nous penchons de plus près sur le statut éthique de cet argent, nous nous apercevons que trois paiements sont d'ordre subjectif. Il s'agit du paiement pour *sa* créativité blessée, la sienne, unique ; du paiement pour *sa* souffrance physique ; et enfin du paiement pour *son* dommage moral. Ainsi, l'argent, instrument quantitatif neutre, devient l'instrument du respect de la singularité d'autrui lésé.

Par opposition à l'acception littérale du talion selon laquelle mon œil est égal à ton œil, le paiement respecte l'altérité et évite la confusion des identités. Par ailleurs, le fait de payer sauvegarde l'identité de l'agresseur. Il n'est pas soudé à sa victime. Ainsi, la relation infinie du couple maudit agresseur-agressé est dépassée, tant il est vrai que l'argent tient à distance et engendre le respect.

Ainsi, Abraham tient à payer le caveau de Makhpela qui a servi de sépulture aux patriarches, afin que Ephron, le propriétaire, ne puisse annexer le projet moral d'Abraham à son propre projet politique[1]. Ici et là, l'argent est la garantie de l'intégrité des individus. L'étymologie hébraïque le souligne : payer, *leshalem,* et intégrité, *shlemout,* ont la même racine, *shin lamed mem.*

Cet argent, respectant les singularités des deux parties, prépare le terrain pour une relation intersubjective à nouveau possible. En effet, Maimonide, à la suite de la *Michna,* précise que le cheminement amorcé n'est pas clos après la compensation pécuniaire, mais il doit mener au dialogue tendu vers une réconciliation jamais pleinement réalisée.

On notera l'évolution qui va du cri de violence du talion à l'amorce d'un discours intersubjectif qui atténue le désir de vengeance sans pour autant l'annihiler. Une fois encore, l'étymologie hébraïque étaie notre thèse. Les trois lettres *alef lamed mem* composent les mots *alam,* violent, et *ilem,* muet. De toute éternité, l'hébreu sait que la violence est muette.

A cette violence muette, répond le discours réconciliateur dont parle Maimonide. Il s'agit alors de convaincre sans vaincre. Ce cheminement, attesté par le texte talmudique, est remis en question inlassablement et de façon lancinante par ce même texte : « Pourquoi ne pas admettre le sens littéral du verset ? »

Quel est le sens de cette question ? La *Guemara* veut-elle vraiment appliquer le talion dans toute sa barbarie ? Raphaël Draï pense que nous sommes confrontés dans ce texte à deux types d'argumentation : l'argumentation pulsionnelle du talion, celle de la pulsion de mort, et l'argumentation *halakhique.* Deux plans s'affrontent, le plan psychanalytique

1. *Cf.* XXVIIe Colloque des intellectuels juifs. *Les Soixante-dix Nations,* Paris, Denoël, 1987, p. 134.

et le plan juridique. Pour ma part, j'admets difficilement qu'une seule ligne du Talmud soit investie par la pulsion de mort.

Il me semble plutôt que le Talmud exprime ici son incrédulité quant au cheminement qui nous a menés d'une violence qui justifierait un droit purement pénal à une gestion par le droit civil. Cette civilisation du pénal paraît utopique.

Et si cet itinéraire n'était qu'un mirage ? Et si ce cri de violence était indispensable ? Mieux vaudrait se cantonner dans un droit pénal purement théorique, car l'hypothèse du talion est comparée dans la *Guemara* à la peine de mort, qui d'après rabbi Aquiba est de l'ordre de la théorie. Rabbi Aquiba disait : un tribunal ayant appliqué la peine de mort une fois en soixante-dix ans est considéré comme assassin. Cette même assertion est valable pour le talion dans l'hypothèse de son application. Car il relèverait de la même législation que la peine de mort. Tel est le sens du questionnement de la *Guemara*. Refus du mirage de la gestion de la violence, réalisme forcené, antithèse absolue du texte de l'Évangile.

Cette hypothèse est réfutée et c'est l'itinéraire cité précédemment qui prévaut. La métamorphose du droit pénal en droit civil est possible. Nous noterons cependant que la tradition, après avoir fait trembler l'Occident par son cri de vengeance, aboutit à un droit purement civil, alors que les doctrines qui ont refoulé cette violence primaire répondent à l'agression par une législation pénale. Plus encore, le droit civil se prolonge, d'après la tradition michnaïque, en exigence d'une prière de l'agressé en faveur de l'agresseur. Tout se passe comme si la prière réduisait à l'infini le résidu de violence présent dans la conscience agressée. A ce stade, on ne voit plus très bien ce qui distingue la Loi orale de la conception évangélique. Prier pour l'agresseur n'implique-t-il pas un processus similaire au fait de tendre l'autre joue ?

La différence est pourtant fondamentale puisque dans le judaïsme la prière est l'aboutissement d'un itinéraire obligé qui, rappelons-le succinctement, nous mène de la violence absolue à sa gestion par un paiement, respectant la singularité des deux parties, pour aboutir enfin au dialogue entre deux consciences qui culmine dans une parole ouverte vers la transcendance, la prière.

L'injonction michnaïque « Prie pour l'agresseur » répond à deux tentations : la fuite dans un pardon prématuré qui nous projette hors du réel, et la tendance des rationalités totalitaires qui prétendent évacuer toute violence de la société. Dans cette perspective, la prière représente le refus de l'achèvement du monde. A l'infini du cri, répond l'infini de la prière avec, comme horizon de sens, la réduction de la violence.

Après avoir débattu de la prière, la *Guemara* cite une série de proverbes qui suggèrent l'impossibilité d'une justice absolue en ce monde. Il ne reste donc que deux solutions. Tenter par la prière d'affiner ce résidu de violence ou le gérer par les voies de la Sagesse.

A nous de choisir.

Débat

A propos des Évangiles, M. Robert Lehmann note qu'ils sont à la source des malentendus sur la loi du talion. Néanmoins, il pense qu'il serait erroné d'attribuer à Jésus lui-même la paternité du malentendu et qu'il faut réintégrer sa critique de la loi du talion dans l'optique du renoncement qu'il prêchait. M. Lucien Balland propose une interprétation de l'exhortation à « tendre la joue gauche » ; chaque homme porte en lui son côté gauche, son côté diabolique et n'est jamais absolument innocent.

Les questions plus directement consacrées à la loi du talion tournent autour de deux axes. L'axe linguistico-philosophique : M. Joël Askenazi regrette ce qu'il ressent comme un piège apologétique s'éloignant de la lecture littérale du texte. (« Œil pour œil » devrait se lire en fait : « œil parce que œil »). M. André Chemla se demande si l'on peut traduire le *ta'hat* de *ʿayin ta'hat ʿayin* par « en compensation » ; M. Adrien Herzberg opère un rapprochement avec le bélier sacrifié *ta'hat beno* dans l'épisode du sacrifice d'Isaac ; M. Roger Perez remarque que les lettres *shin lamed mem* de *leshalem* (« payer », « compenser »), se retrouvent dans *shalom* et y voit un symbole de réconciliation pacifique. L'axe plus purement juridique : Mme Jacqueline Rubinski s'interroge sur les dispositions en cas de mort d'homme ; M. André Chemla demande si l'agressé est tenu de prier pour son agresseur, y compris dans des cas extrêmes comme celui de la

Shoah ; M. Jean-Claude Werba demande des précisions sur la valeur des compensations : riches et pauvres ne sont pas égaux devant le châtiment si la compensation est la même pour tous : « Il faut donc supposer ou bien qu'il y a une sanction pénale qui s'ajoute à l'indemnisation de la victime, ou bien qu'il y a une notion de proportionnalité » ; Mme Denise Zudicki souhaite savoir pourquoi la loi du talion a été introduite à partir d'un dommage involontaire causé à une femme enceinte. A la charnière de ces deux axes, la crainte exprimée par Mme Léa Goldwasser qu'une lecture littérale d'une loi intangible ne débouche sur le totalitarisme, et la réponse que lui donne Mme Aline Cohen de Lara qui considère que la loi du talion, ouvrant la possibilité d'une réparation, évite justement la surenchère et ferme la voie à la violence.

A ces différentes questions, le rabbin Guedj répond en insistant sur la volonté des législateurs rabbiniques de ramener autant que faire se peut les problèmes au domaine de la loi civile et non de la juridiction pénale, même lorsque le dommage est causé volontairement. La notion de compensation joue un rôle fondamental, y compris lorsqu'il y a mort d'homme, la peine de mort n'existant plus, même conceptuellement. Cette notion de compensation intervient également dans l'obligation de prière : l'agressé n'est tenu de prier pour son agresseur que lorsqu'il y a eu compensation, dialogue, demande de pardon, démarche de réconciliation. Et si « la structure de la loi est utilisée à mauvais escient » (dans le cas posé par M. Werba d'un homme riche qui n'est pas arrêté dans la voie du crime par la perspective de la sanction civile), « les *'hakhamim* disent que l'on a le droit de punir contre la loi ». L'utilisation du mot *ta'hat* dans la formulation de la loi du talion indique bien une substitution de deux entités non identiques et l'inapplicabilité de la loi au sens littéral : aucun œil n'est identique à un autre œil ; chacun assume des fonctions créatrices tout à fait singulières : si l'on appliquait le talion à la lettre, il n'y aurait pas non plus substitution de deux entités égales. « La Torah me dit : voilà la violence qui existe en l'homme ; il faut la gérer. »

La richesse des patriarches

par le rabbin Shaul David Botschko
directeur de la *yechiva* d'Elisabethville

Abraham, Isaac et Jacob sont pour moi les trois piliers du monde ; ils sont à la source de ce qu'est notre peuple aujourd'hui. Il serait téméraire de vouloir les juger. Nous tâcherons de puiser l'enseignement que nous transmet l'histoire de leur existence telle que la Torah a bien voulu nous la dévoiler.

Abraham, Isaac et Jacob étaient riches. Cela est étonnant : nous connaissons en effet le texte des *Pirké Abot* (6, 4) : « Tel est le chemin de vie que la Torah préconise : ton pain avec du sel tu mangeras, de l'eau avec mesure tu boiras, à même le sol tu dormiras, c'est à une vie dure que tu t'astreindras, et la Torah sans relâche tu étudieras. » Le texte suivant, qui établit les quarante-huit conditions nécessaires pour acquérir la Torah, explicite que le *tsaddik,* le juste, doit se satisfaire de peu. Et Maimonide enseigne dans *Les Lois de l'étude* : « Il n'est pas compatible d'acquérir la Torah tout en poursuivant les richesses. »

Et pourtant la Torah insiste sur le fait qu'Abraham était riche, qu'Isaac était riche et que Jacob l'était également : « Abraham était très lourd en troupeaux, argent et or » (Gen. 13,2). « L'homme [Isaac] grandit. Il alla, s'enrichissant encore jusqu'à ce qu'il devînt puissamment riche. Il eut de grands troupeaux de menu bétail, de grands troupeaux de gros bétail et beaucoup d'esclaves » (Gen. 26, 13-14). « Cet homme [Jacob] devint très riche, il eut de nombreux troupeaux, des servantes et des serviteurs, des chameaux et des ânes » (Gen. 30, 43).

Et ne croyez pas que leur richesse leur soit venue sans qu'ils l'aient voulu. Ils ont fait des efforts et parfois même usé de stratagèmes pour s'enrichir.

A propos d'Abraham, la Torah raconte qu'il demanda à sa femme, lorsqu'il descendit en Égypte : « Dis que tu es ma sœur, car si tu dis que tu es mon épouse on me tuera, mais si tu dis que tu es ma sœur on voudra t'épouser et on me fera du bien en ton honneur » (Gen. 12, 13). « On me fera du bien » signifie (Rachi) : on me donnera des cadeaux. Abraham aurait donc été prêt à mettre en danger sa femme pour s'enrichir.

Et pourtant Abraham n'était pas cupide ; il savait se détacher de l'argent : après s'être battu contre les cinq rois et avoir libéré le roi de Sodome, ce dernier voulut le récompenser en lui proposant toute sa richesse ; Abraham refusa : « Je ne prendrai pas même le lacet d'une chaussure afin que tu ne dises pas : c'est moi qui ai enrichi Abraham » (Gen. 14, 23).

Isaac, également, agit énergiquement pour s'enrichir. Le *midrash* raconte que, lorsque Isaac entendit la bénédiction divine, il se dit : la bénédiction de Dieu ne se réalise que si l'homme agit. Aussi, il se battit et travailla. Et c'est alors que Dieu le bénit effectivement et qu'il devint prodigieusement riche.

De même, Jacob, après avoir travaillé quatorze ans pour pouvoir épouser Léa et Rachel, travailla encore six ans pour acquérir le troupeau de Laban : « J'ai travaillé six ans pour acquérir ton troupeau » (Gen. 31, 41).

Abraham, Isaac et Jacob accomplissaient la Torah avant même qu'elle fût donnée. C'était cela leur force et leur originalité. Pourquoi ont-ils donc tant tenu à s'enrichir ?

Lorsque Dieu s'adressa à Abraham pour la première fois, il lui ordonna : « Quitte ton pays vers le pays que Je te montrerai ; Je ferai de toi un grand peuple. Je te bénirai. Je grandirai ton nom et tu seras source de bénédiction » (Gen. 12, 1-2). Et Rachi explique : « Je te bénirai » signifie « Je te bénirai avec de l'argent ». Cette bénédiction divine apparaît juste après les mots « Je ferai de toi un grand peuple » : la richesse d'Abraham est liée au fait que sa vie n'est pas seulement une élévation spirituelle, individuelle, par l'étude de la Torah. C'est sans doute cela, mais pas cela uniquement. Le 'Hatam Sofer (Hongrie, 1762-1839), dans l'introduction à ses *Responsa* sur *Yoré Dé'a,* enseigne qu'avant Abraham, de grands personnages s'étaient déjà élevés vers Dieu. On dit même que Henokh (Gen. 5, 21-24) était devenu l'égal des anges. Si Dieu choisit Abraham, c'est parce que, lui, ne va pas se contenter de sa propre élévation ; il a accepté de jouer un rôle dans l'histoire : celui de créer un peuple. Il doit devenir une grande puissance. Il doit être capable de devenir cette grande puissance avec toutes les tentations qu'apportent la force, l'argent et le prestige. Et il doit résister à toutes ces tentations.

Créer un État, une nation conforme aux règles de la Torah, c'est cela le défi du peuple en gestation. Abraham sait qu'il doit être riche, car il n'a pas le droit de se contenter de sa propre élévation spirituelle. Il sera l'exemple parfait que la fortune, la puissance et la gloire peuvent être au service de Dieu. Abraham fera jeu égal avec les grands du monde de son époque pour libérer Loth, pour que sa maison, son palais soit, à la croisée des chemins, le phare qui brille montrant à tous l'idéal de la force domestiquée pour la justice et la générosité. Il montre au peuple juif de l'avenir comment l'on peut être un État et une nation de Torah.

Par là nous pourrons peut-être comprendre la demande d'Abraham à Sarah : « Dis que tu es ma sœur afin que l'on me fasse du bien en ton honneur (Rachi : « qu'on me donne des cadeaux ») et que je vive grâce à toi. »

Que s'était-il passé avant cet événement ? Dès qu'Abraham pénétra dans le pays de Canaan, suivant en cela les ordres de Dieu, survint là-bas une famine (Gen. 12, 10). D'après nos sages, il s'agissait même de la première famine de l'histoire. Ainsi Abraham ne peut accomplir le rôle qui est le sien. Les promesses divines ne se réalisent pas. Il n'a toujours pas d'enfant et cette terre promise, la famine l'en chasse.

Alors Abraham ne comprend pas ; quand donc accomplira-t-il la mission de Dieu ? Il s'interroge et pense que dans sa personne profonde il y a encore un manque, une dimension qui lui fait défaut et qui empêche l'embrayage de l'histoire. Car Abraham est tout entier l'homme de l'amour du prochain, celui qui a peur du particularisme porteur de divisions. Tout au long de sa vie, il restera fidèle à son universalisme ; lorsqu'il devra chasser Ismaël, ce sera pour lui une grande souffrance. Il cherchera même des alliances avec les Philistins (ce qui lui sera d'ailleurs sévèrement reproché par le *midrash*).

Abraham est donc l'homme qui ne veut pas se démarquer. Il veut faire son travail d'enseignant ; mais créer un « peuple à part » est un idéal qui lui semble au-dessus de ses forces ! Celle qui a compris ce rôle, et toute l'histoire d'Abraham en témoigne, c'est Sarah. L'ordre de Dieu et Ses promesses ne s'adressent pas à Abraham seul, mais à Abraham *et* Sarah. Lorsque Abraham aura un fils de Hagar et qu'il placera en lui ses espoirs, Dieu lui rappellera : Non, ce n'est pas lui ; Je te donnerai un fils de Sarah et c'est lui qui sera considéré comme ton descendant.

Au moment où Abraham descend en Égypte, il comprend qu'il doit renforcer ses liens avec sa femme pour débloquer l'histoire et réaliser la mission que Dieu lui a imposée. Aussi lui dit-il : nous approchons d'Égypte et nous sommes devant un grand danger. Je peux choisir l'une ou l'autre des deux actions possibles : me placer sur le devant de la scène, déclarer que tu es ma femme et te défendre jusqu'à la dernière goutte de mon sang (Nous savons qu'Abraham est courageux. Il n'aura pas peur de faire la guerre contre quatre ou cinq rois). Ou bien, c'est toi, Sarah, qui entres dans la maison de Pharaon ; et que, par toi, la libération arrive.

Mon choix, dit Abraham, s'est arrêté sur cette deuxième solution : je veux vivre grâce à ton intervention. Que sans toi je sois mort, et que grâce à toi je vive. Les liens qui nous lient en seront plus solides encore. La vie que j'aurai grâce à ton sacrifice créera entre nous des liens de sang, comme entre parents et enfants, entre frères et sœurs : les liens de sang ne peuvent jamais être abolis. Tu seras ainsi ma sœur, non seulement ma femme. Et ce supplément d'âme que j'aurai grâce à ma reconnaissance par toi, permettra de débloquer l'histoire qui se trouve dans une impasse. Et c'est pour cela qu'il a ajouté : On nous donnera des cadeaux et grâce à toi, je vais pouvoir assumer mon rôle de peuple qui est de devenir *aussi* une puissance matérielle.

Isaac, comme Abraham, poursuivra une vie de richesse, mais, comme Sarah, il y ajoutera une dimension nouvelle : lorsque Éliézer amène à Isaac sa future épouse, la Torah raconte qu'Isaac était sorti « prier dans les champs » (Gen. 24, 63), selon la traduction de Rachi. Mais, plus près du sens littéral, le Rachbam (petit-fils de Rachi) explique qu'il était sorti « planter des arbres et surveiller le travail de ses ouvriers ». Et la Torah insiste : « Il était dans les champs » en nous précisant encore que Rébecca avait vu qu' « Isaac arrivait des champs ». L'activité d'Isaac était différente de celle de son père. Abraham, comme le seront Jacob et Moïse, est berger. Isaac est un paysan ; sa richesse est une richesse de la terre. Lorsqu'il bénira son fils, il usera d'une formulation jamais mentionnée jusque-là : « que cette terre soit grasse » (Gen. 27, 20).

C'est d'ailleurs ainsi que l'on peut comprendre l'attachement qu'avait Isaac pour Esaü, véritable mystère de la Genèse. Comment peut-on préférer l' « homme des champs » à Jacob, le sage, l'homme qui « habitait les tentes » ? Mais Isaac voyait chez Esaü le même attachement à la terre d'Israël qu'il éprouvait lui-même. Toute la vie d'Isaac est un témoignage de cet amour. La Torah raconte avec force détails tous les puits qu'il va creuser après avoir semé, et précise qu'il va creuser de nouveau des puits qui avaient été creusés par son père et que les Philistins avaient bouchés : on nous dira même qu'il les nommera du même nom que son père avait choisi (Gen. 26, 18), témoignant par cela que ses racines dans la terre d'Israël remontent à Abraham.

Il savait que le devoir du peuple juif était de s'installer en Israël, de construire un État et une nation. Cette tâche, c'est Esaü qui l'a commencée. Certes, il n'était pas aussi pieux que Jacob, il n'étudiait pas la Torah autant que lui, et Isaac ne pouvait l'ignorer. Il savait même que son fils Esaü avait pris pour femmes des Cananéennes, mais il pensait pouvoir encore l'éduquer, l'améliorer. De Jacob, que pouvait-il faire ? Jacob n'avait pas compris qu'il fallait s'attacher à la terre ; il était un juste comme Hanokh était un juste. Mais ce n'est pas cela l'idéal enseigné par Abraham.

Rébecca montrera à Isaac qu'il se trompe : Esaü est « irrécupérable », on ne peut le convertir. La puissance, la violence brutale, ne peuvent s'adoucir. Jacob, lui, peut devenir soldat ; il se vêtira comme Esaü, il peut même ruser mieux qu'Esaü. Après s'être déguisé, il entre chez son père qui s'étonne. Quelle drôle de créature ai-je devant moi ! Voici dans la même personne la voix de Jacob et les mains d'Esaü. J'ai devant moi l'être dont j'ai rêvé depuis toujours. Cette voix de Jacob, la délicatesse de son parler, la finesse de son cœur ; et aussi les mains rudes d'Esaü, l'homme prêt à s'investir dans le travail des champs, prêt à lutter avec la terre pour en tirer les fruits.

Enfin la prophétie se réalise : « Que le puissant serve le jeune. » L'idéal eût été qu'Esaü et Jacob travaillent ensemble, alliant le militaire à l'éthique, Jacob donnant les valeurs morales à tout le travail d'Esaü, le puissant au service des valeurs morales. Mais cela n'a pas été possible ; il a fallu tout donner à un fils. Et celui qui l'a mérité, c'est Jacob, car la primauté se trouve dans la spiritualité. Ainsi, Isaac bénit l'homme qui réalise en sa personne l'harmonie entre la force et la morale.

Jacob bénéficiera non seulement de la bénédiction d'Abraham, la terre d'Israël, mais également d' « une terre grasse ». Il devra donc réaliser son programme : la vie d'un peuple dans une terre riche. Mais pas tout de suite : il doit d'abord s'enfuir. Le *midrash* raconte qu'avant d'aller chez Luban, avant d'entrer dans la vie rude de la réalité des hommes qui vivent avec Laban, il faut d'abord se renforcer spirituellement ; aussi, quitte-t-il la maison de son père et se rend-il à la *yechiva* de Shem et de 'Ever ; il y consacre quatorze ans de sa vie à l'étude de la Torah. C'est seulement ensuite qu'il se rendra chez Laban, et c'est sans doute grâce à ces longues années d'étude qu'il pourra affirmer à son retour : j'ai habité avec Laban et j'ai observé les 613 commandements ; la vie de Laban n'a en rien déteint sur moi.

C'est pauvre que Jacob arrive chez Laban : « J'ai traversé le Jourdain avec mon bâton » (Gen. 32, 11). Mais il déjouera tous les plans de Laban et c'est en exil qu'il deviendra puissamment fortuné.

La richesse d'Abraham était la richesse de celui qui devait devenir un peuple ; celle d'Isaac, la richesse de celui qui prend racine sur sa terre ; celle de Jacob est le signe que ce peuple, même loin de sa terre, restera toujours un peuple à part. Il ne se fond pas parmi les nations pour deux raisons : parce que sa morale et sa conduite sont différentes, mais aussi parce qu'il devient puissamment riche. « On entendit les fils de Laban dire : Jacob a pris tout ce qui était à notre père ; c'est avec les biens de notre père qu'il s'est fait tout cet honneur » (Gen. 31, 1). Et sur le visage de Laban, c'était la haine qu'on pouvait lire. L'antisémitisme se mettait à naître. Par sa richesse, en exil, le peuple juif suscitait déjà les jalousies et se rendait marginal.

La richesse de Jacob en exil montre que Dieu ne l'abandonne pas, même quand il est loin de sa terre. Néanmoins, le jugement sur cette fortune que Jacob amasse en dehors d'Israël est diversement interprété. Isaac son père lui avait ordonné : Va chez Laban et marie-toi là-bas. Aussi, après avoir obéi à son père, après s'être marié, Jacob aurait dû retourner en Israël. D'ailleurs, après avoir travaillé quatorze ans pour Rachel et Léa, Jacob prie Laban : « Maintenant laisse-moi partir, rentrer chez moi » (Gen. 30, 25 *sqq.*). Mais Laban supplie Jacob : « Reste. Tu m'as rendu riche ; c'est grâce à toi que Dieu m'a béni ; je suis prêt à rémunérer ton travail. » Et Jacob se laisse séduire ; il restera auprès de Laban six années supplémentaires.

Lorsque Jacob arrive finalement aux portes d'Israël, il envoit des messagers à son frère et lui dit : « J'ai habité avec Laban et j'ai tardé jusqu'à maintenant » (Gen. 32, 5). Mon père, le rav Moché Botschko, commente : Oui, j'ai tardé, je n'ai pas rempli mon obligation de revenir tout de suite. J'ai attendu que l'antisémitisme se déclare, que Dieu me dise « Va-t'en ». Et pourquoi donc ai-je tant attendu ? J'avoue : « J'ai acquis des bœufs, des ânes, du menu et du gros bétail et de nombreux esclaves » (*ibid.*, 6).

C'est pourquoi Jacob fut si angoissé lorsque Esaü vint à sa rencontre avec une armée de quatre cents hommes ; il craignait que « la faute n'entraîne la mise en question des promesses ». C'est dans cet esprit que mon grand-père, le rav Eliyahou Botschko, explique le commentaire de Rachi sur le verset (Gen. 32, 25) qui nous dit que Jacob resta seul : « Qu'était-il allé faire ? » demande Rachi, et il répond : « Il avait traversé le fleuve pour chercher de petites fioles oubliées sur l'autre rive. » Laisser toute sa famille pour chercher de petites fioles, voilà une conduite surprenante ! Mon grand-père explique que la recherche des petites fioles symbolise le désir de Jacob de reprendre la conduite de vie qui avait été la sienne auparavant, se satisfaire de peu, abandonner sa fortune pour retrouver sa vie passée, vie simple, vie d'études sous la tente.

Il me semble que ces versets peuvent être interprétés différemment : lorsque Jacob revient chez Esaü, il tient à lui faire passer le message suivant : « Ne crois pas que je suis le même Jacob que tu connaissais, frêle et chétif, que l'on pouvait facilement écraser. Je me suis frotté à plus fort que toi ; j'ai habité avec Laban durant de longues années et je suis sorti vainqueur. Je suis même devenu immensément riche ; je suis tout à fait prêt à accomplir la mission qui avait été imposée par Dieu à Abraham et à Isaac de construire un peuple sur sa terre. »

Avec Jacob qui a douze fils, l'histoire juive commence réellement. Abraham et Isaac personnifiaient dans leur individu l'idéal ; Jacob s'efforcera de le réaliser dans la famille, s'approchant ainsi concrètement de la mission qui prend ses racines chez Abraham et Sarah. « De nombreux peuples diront : Allons, gravissons la montagne du Seigneur, à la maison du Dieu de Jacob » (Isaïe 2, 3 et Michée 4, 2). Il est écrit : le Dieu de Jacob — on ne mentionne ni Abraham qui a appelé le mont Moriah (Jérusalem) une montagne, ni Isaac qui l'a appelé un champ, mais Jacob qui l'a appelé une maison, la maison de Dieu.

Abraham avait compris qu'il devait créer une nation nouvelle, un peuple qui par sa Torah devient une lumière pour les nations, comme cette montagne que l'on aperçoit de loin. Isaac a compris qu'il faut s'attacher à la terre d'Israël, qu'il faut être non seulement un peuple qui montre l'exemple, mais une nation qui soit un État enraciné dans sa terre.

Avec Jacob, le mont Moriah devient une maison ; même géographiquement éloigné d'elle, il lui restera fidèle, donnant une dimension supplémentaire à sa patrie. Jacob a véritablement affronté les dangers de la vie, il a vécu longtemps en terre étrangère, se confrontant avec tous les malheurs, et il est resté Jacob le père et Jacob le Juste.

Débat

En préambule du débat, M. Bernard Keller exprime le regret que l'on utilise de manière quelque peu indistincte les notions de richesse, de fortune, d'argent, sans avoir recours aux termes de monnaie ou de propriété. Il souhaite une clarification sémantique.

Sur des registres divers, c'est aux patriarches que font référence les autres intervenants. A propos de la notion de ruse, M. Maurice Rubin rappelle les multiples épisodes bibliques où la ruse se révèle créatrice, et il se demande s'il faut avoir honte « que des hommes, en situation difficile, recourent à des techniques que la morale d'ici-bas réprouve mais que la morale d'en haut, peut-être, ne réprouve pas ». M. Jacques Chouraqui, en revanche, tient à distinguer clairement entre la ruse, attribut de l'animal, de l'intelligence, caractéristique de l'homme. M. Freddy Schimmel exprime un certain étonnement face à la synthèse opérée par le rabbin Botschko entre Jacob et Esaü, alors qu'à ses yeux tout oppose la voix de Jacob et les mains d'Esaü. M. Pierre Kahn, enfin, s'interroge sur l'héritage légué aux Juifs par Abraham, « citoyen urbain passé au tribal, au pastoral », et qui « fait que les Juifs ont à la fois cette aventure tribale mais aussi, souterrainement et puissamment, cet héritage urbain d'Abraham ».

Les qualités d'Esaü, répond le rabbin Botschko, sont les qualités de l'homme d'État, mais elles ne valent que si est présente la voix de Jacob : l'étude de la Torah. Quant à la ruse, elle peut être nécessaire : vérité et honnêteté ne doivent pas être naïveté. Isaac donnant sa bénédiction à Esaü, héritier légal, et non à Jacob, véritable héritier spirituel d'Abraham, « c'était le drame de l'histoire en train de se jouer, le monde qui entrait dans une impasse ».

« ... Et ils dépouillèrent l'Égypte... »

par André-Aron Fraenckel
enseignant à Strasbourg

Je voudrais évoquer deux grands auteurs et un proverbe de sagesse populaire. Nietzsche : « Tu veux faire du bien à ton prochain, ne lui donne rien, enlève-lui quelque chose. » Puis Goethe : « Oui, si le soleil s'unissait étroitement à la lune, l'or à l'argent, notre terre serait terre de joie. » Et enfin, un proverbe tiré de mon folklore personnel judéo-alsacien : « Oui, c'est vrai que les Juifs sont riches mais ce sont les non-Juifs qui possèdent l'argent ! » Peut-être faut-il rappeler également une boutade du professeur Levinas qui disait que les valeurs juives, ce sont essentiellement des actions et des obligations. Pour nous, l'or et l'argent d'Égypte, ce sont actions et obligations...

Le départ des Hébreux chargés d'or et d'argent lors de la sortie d'Égypte n'est pas une péripétie secondaire de l' « histoire du salut » dans la Bible. Cela semble être un aspect essentiel. Quatre textes le fondent. Dans la Genèse (15, 13-14), c'est l'annonce faite à Abraham que ses descendants seront esclaves en Égypte, puis sortiront d'Égypte et emporteront de grandes richesses. Au buisson ardent (Ex. 3, 21-22), Moïse reçoit l'annonce que les Hébreux demanderont de l'or et de l'argent à leurs voisins et à leurs voisines, des vases d'argent, des vases d'or, des parures. On pourrait également traduire : des vêtements, des couvertures. « Vous en couvrirez vos fils et vos filles et vous *dépouillerez* l'Égypte. »

A la veille de la sortie d'Égypte, ou à l'avant-veille, Moïse reçoit un ordre. Mais est-ce vraiment un ordre ? Je prends ici la traduction du rabbinat. « L'Éternel avait dit à Moïse... : fais donc entendre au peuple que chacun ait à demander à son voisin des vases d'argent et des vases d'or » (Ex. 11, 1-3). La traduction du rabbinat a fortement atténué la charge et la portée du texte. « Fais donc entendre au peuple. » En hébreu, cela se dit *daber na,* « s'il te plaît ». Le Talmud fait encore un peu de surenchère : Dieu s'adresse à Moïse en le priant de demander aux Hébreux qu'ils *veuillent bien* demander des vases d'argent et des vases d'or aux Égyptiens. Comme s'il fallait supplier les Hébreux d'emmener avec eux les richesses de l'Égypte ! « Le Seigneur avait fait trouver faveur à son peuple chez les Égyptiens ; cet homme aussi, Moïse, était très considéré dans le pays d'Égypte » (Ex. 12, 36).

Mon quatrième texte biblique se situe dans l'ordre de la réalisation : « Les enfants d'Israël s'étaient conformés à la parole de Moïse » (ce ne serait donc pas la parole de Dieu ?) « demandant aux Égyptiens des vases d'argent, des vases d'or et des vêtements. Et le Seigneur avait inspiré pour le peuple de la bienveillance aux Égyptiens qui lui prêtent, de sorte qu'il [le peuple] dépouilla les Égyptiens » (Ex. 12, 35-36).

Bien entendu, les traductions diverses ne révèlent pas immédiatement les pièges, les ambiguïtés et les possibilités d'interprétation de ces textes. Il y a effectivement une ambiguïté sur le sens du verbe *shaol* qui peut signifier « demander » ou « emprunter ». Demander de l'or et de l'argent aux Égyptiens ou leur emprunter de l'or et de l'argent ? L'ambiguïté porte également sur les variations de sens du mot *Mitsraïm,* à la fois : l'Égypte et les Égyptiens ; l'Égypte comme peuple, comme nation, comme société, et les Égyptiens en tant que personnes. Et enfin, l'ambiguïté suprême : « Ils dépouillèrent l'Égypte. » Le verbe *natsël* a effectivement le sens de « dépouiller », de « vider », « s'emparer de quelque chose ». Mais derrière cela, dans une autre forme modale, se profile un deuxième sens, celui de « sauver », *hatsël.*

La Bible Martin d'Amsterdam (1707) traduit : « Ainsi vous butinerez les Égyptiens... » C'est tout à fait charmant ! Et Martin ajoute en note : « Cela n'était ni injustice ni larcin, puisque ce grand Dieu le leur avait ordonné, ce grand Dieu qui voulait par ce moyen récompenser les Hébreux aux dépens des Égyptiens. » C'est plus gentil que la traduction allemande de Kautzch, *Die Heilige Schrift von Kautzch* (1922) ; peut-être sent-on déjà dans cette traduction la montée de l'hitlérisme. « ... und die Aegypter plündern ». *Plündern* a un sens péjoratif : piller les Égyptiens. Mais en Exode 12, le même verbe est rendu ainsi : « ... so *beraubten* sie die Aegypter. » *Beraubten,* c'est très fort, c'est : voler. Ainsi, ils ont volé, dérobé, pillé les Égyptiens.

Il y a des traductions plus feutrées. Celle de La Pléiade, comme celle du rabbinat français, distingue entre l'Égypte (en Ex. 3) et les Égyptiens (au chap. 12). Le mot *Mitsraïm* pouvant signifier à la fois l'Égypte et les Égyptiens, il y a un espace de traduction où l'on pourrait jouer assez librement. Le contexte le permet-il ? C'est une discussion technique que je voudrais m'épargner dans cet exposé.

L'ancienne version protestante de Segond parle de « dépouiller les Égyptiens », mais, ce qui est assez remarquable, dans la version de Segond révisée, d'après-guerre, cela devient : « Et vous enlèverez cela aux Égyptiens. » La guerre est passée par là !

Enfin, les traductions d'inspiration juive. Celle, en allemand, de Samson-Raphaël Hirsch (XIXe siècle), qui colle au Talmud et à la traduction araméenne d'Onkêlos, emploie *entleeren* et *leeren,* c'est-à-dire : « Ils vidèrent l'Égypte », comme le veut le Targoum araméen. La récente traduction de Chouraqui : « Vous récupérerez de Mizraïm », et celle, en allemand, de Buber-Rosenzweig (dans les années 1920), qui est peut-être celle avec laquelle je m'identifie le plus : « so werdet ihr Aegypten *mitschleppen* » et, dans la réalisation, « so *schleppten* sie Aegypten mit ». *Mitschleppen* veut dire « entraîner » : ils entraînèrent, ils attirèrent l'Égypte. Comme si, en sortant de Mitsraïm, c'est l'Égypte tout entière et pas simplement l'or et l'argent que les Hébreux emmenaient avec eux.

Vous voyez donc un spectre assez complet, de Kautzch qui dit que les Hébreux dérobèrent l'Égypte jusqu'à Buber-Rosenzweig qui dit qu'ils emmenèrent avec eux l'Égypte. Sans doute, Buber et Rosenzweig avaient lu les commentaires, les *midrashim* qui disent qu'avec les Hébreux sont sortis également une masse d'Égyptiens ou de cosmopolites, « le grand mélange », tous les mages, tous les sages d'Égypte et du monde entier, qui, devant le miracle de la sortie d'Égypte, se sont empressés d'accompagner Moïse et sont devenus le « peuple de Moïse » à côté du peuple des Hébreux.

Voilà donc les Hébreux emmenant avec eux l'or et l'argent, et l'on peut se demander ce que cet or et cet argent sont devenus jusqu'à nos jours. Bien entendu, une partie en a servi à construire le sanctuaire. Une autre partie a pu servir à faire le veau d'or. Mais en ce qui concerne l'essentiel de ces trésors, voyons le Talmud au traité *Pessa'him* (119 *a*). Il y a là tout un roman sur ce qui est arrivé à l'or et à l'argent d'Égypte. Ils sont à droite puis passent à gauche. Ils reviennent à Jérusalem, retournent en Égypte, ils repartent ailleurs, puis on les trouvera finalement à Rome. Peut-être dans les caves du Vatican ! Certes Rome n'est plus dans Rome : cela peut être à New York, Paris ou Madrid, cela peut être dans tout l'Occident, ou peut-être même à Moscou !

Lisons le texte du Talmud, dans la traduction de I. Salzer (Ed. Verdier) : « Rav Yehouda a dit au nom de Chemouel : Tout l'argent et tout l'or du monde, Joseph l'a recueilli et l'a amené en Égypte, ainsi qu'il est dit : " Et Joseph a recueilli tout l'argent qui se trouvait dans le pays d'Égypte et dans le pays de Canaan " » (Gen. 47, 14).

Au temps de la famine, les Cananéens étaient venus s'approvisionner en Égypte, chez Joseph, et avaient apporté de l'or et de l'argent. Mais le Talmud ajoute que c'est l'or et l'argent, non pas seulement du Moyen-Orient, mais du monde entier qui s'est déversé sur l'Égypte. Le texte poursuit : « Je n'ai ainsi que ce qui était dans le pays d'Égypte et dans le pays de Canaan. Pour celui des autres pays, d'où puis-je le savoir ? » Et, comme il y a toujours un verset, on cite à l'appui Genèse 41, 57 : « Un autre texte a précisé : " De toute la terre on venait en Égypte " [pour acheter la nourriture à Joseph]. » Joseph le nourricier est l'homme de l'universel : il connaît les soixante-dix langues de la terre et recueille l'or et l'argent du monde entier.

Voilà donc l'or et l'argent que les Hébreux ont emmenés avec eux : c'est l'or et l'argent que Joseph avait déposés au pays d'Égypte. « Et quand Israël a quitté l'Égypte, ils les ont emportés avec eux, ainsi qu'il est dit : " Et ils dépouillèrent l'Égypte " » (Ex. 12, 36). Ce que rabbi Assi explique : « Ils ont fait de l'Égypte comme un piège [pour attraper les oiseaux] mais où il n'y a pas de blé [pour les attirer]. » Rabbi Chimon, fils de Lakich, donne une autre comparaison : « Comme les parties profondes de la mer où il n'y a plus de poissons. » En traduction plus libre : ils ont fait de l'Égypte comme un vivier où il n'y a plus de poisson, un silo où il n'y a plus de blé. Ils ont donc « vidé » entièrement l'Égypte de sa substance.

Et notre texte poursuit : « L'argent est resté déposé [en Israël] jusqu'à Roboam. » Roboam, c'est le fils du roi Salomon. On n'a pas fait travailler cet or et cet argent, on ne les a pas investis. L'argent est resté déposé.

Et le Talmud nous raconte le roman des péripéties, des déplacements, de cet or et de cet argent. Est venu le roi d'Égypte, un des pharaons, Chichak qui a repris l'argent aux Hébreux (*cf.* I Rois, 14, 25-26). « Puis est venu Zérah, roi d'Éthiopie, qui l'a repris à Chichak. Puis est venu Assa [un roi de Juda] qui l'a repris à Zérah et qui l'a envoyé à [un prince de Damas] Hadrimon, fils de Tabrimon. Puis les Ammonites [voisins des Hébreux au Moyen-Orient] l'ont repris à Hadrimon. Puis est venu Josaphat [roi de Juda] qui l'a repris aux Ammonites, et il est resté déposé [en Israël] jusqu'à Achaz. Puis est venu Sennachérib [roi des Assyriens] qui l'a repris à Achaz. »

Vous voyez que cet or et cet argent circulent au hasard des conquêtes. Le plus intéressant, c'est la fin de notre texte. On voit l'or et l'argent véhiculés entre les grandes puissances mondiales qui se partagent les dépouilles du royaume de Juda.

« Puis sont venus les *Chaldéens* qui l'ont repris à Sédécias [dernier roi de Juda avant l'écroulement du premier empire d'Israël]. Puis sont venus les *Perses* qui l'ont repris aux Chaldéens. Puis sont venus les *Grecs* qui l'ont repris aux

Perses. Enfin sont venus les *Romains* qui l'ont repris aux Grecs, et l'argent est toujours à Rome. »

Y a-t-il derrière cela une tendance apologétique du genre : Vous savez, on n'en a pas tellement profité ? Je ne jurerais pas qu'il n'y ait pas « aussi » cela ! Mais il y a plus : on veut souligner que la place provisoire de cet or et de cet argent est à Rome dans l'attente de la relève messianique.

Rappelons un des derniers passages du texte talmudique étudié par le Pr Lévinas l'année dernière ici même[1] : « Rome, c'est la ville aux trois cent soixante-cinq marchés et il y a trois cent soixante-cinq rues avec chacune trois cent soixante-cinq tours (voyez le chiffre solaire, trois cent soixante-cinq) et dans chacune de ces tours trois cent soixante-cinq étages, et à chaque étage il y a de quoi donner à manger au monde entier » (*Pessa'him* 118). Et le monde crève de faim !

Quant au passage que je viens de vous lire (*Pessa'him* 119 *a*), il s'achève ainsi : « Et le Seigneur avait inspiré pour le peuple de la bienveillance aux Égyptiens qui lui prêtent, de sorte qu'il dépouilla les Égyptiens. » Selon une opinion du Talmud (*Berakhot* 9), les Égyptiens avaient dû remettre l'or et l'argent aux Hébreux, contraints et forcés, malgré eux. Les dix plaies d'Égypte étaient certainement des « cas de force majeure » mais une deuxième opinion du même Talmud affirme que « malgré *eux* », c'est : malgré Israël. Il a fallu en quelque sorte supplier, implorer les Hébreux de recueillir l'or et l'argent. Et pourquoi ? disent les commentaires. Qui donc va refuser un chargement d'or et d'argent ? Eh bien, à cause de la charge, du fardeau. Cela représente un fardeau — mais qui ne voudrait se charger d'un tel fardeau ?

C'est là qu'intervient l'arrière-plan hassidique ou kabbaliste de notre affaire. Bien entendu, il s'agit toujours d'or et d'argent, de métal, de vêtements et de parures. Mais l'or et l'argent sont des supports, des vecteurs de valeurs. Pour les

1. XXVIIe Colloque des intellectuels juifs, *Les Soixante-dix Nations*, Paris, Denoël, 1987, pp. 163-178.

hassidim, pour les kabbalistes, la tâche du Juste *(tsaddik)* est de recueillir les étincelles de sainteté éparses dans le monde entier *(nitzotzot hakodech)*.

Au début de la Création, il y a une sorte de cataclisme, de catastrophe cosmique. La lumière n'ayant pu pénétrer dans les vases qui lui étaient destinés, le contenant n'étant pas à la hauteur du contenu, la lumière divine a essayé de pénétrer le vase, l'a brisé. Les vases se sont brisés ; une partie de la lumière s'est brisée, et une partie est remontée à sa source, de sorte que le désordre du monde, de tous les mondes, est dû à cette catastrophe primordiale. Nous habitons tous au palais des vases brisés.

Une des conséquences de cette catastrophe est que les étincelles de la lumière première se sont divisées, éparpillées et sont en exil un peu partout dans le monde entier. Il faudra que les hommes, plus tard les Juifs — et parmi les Juifs, les *tsaddikim* (Justes) —, aillent recueillir les étincelles, remettre les choses à leur place, recueillir donc l'or et l'argent d'Égypte. Beaucoup de textes hassidiques nous le disent sous des formes diverses. Tous convergent vers l'idée que, derrière l'or et l'argent, il y a les valeurs profondes qui étaient déposées en Égypte. Valeurs d'or et d'argent. L'or et l'argent, ce sont des valeurs monétaires, mais ce sont également des valeurs tout court. Tous les désirs des hommes, enfin presque tous, sont projetés sur l'argent et trouvent leur réalisation dans l'argent. Pour Léon Bloy, l'argent c'est « le sang du pauvre » ; pour la tradition juive, l'argent est le sang du monde (en hébreu un même mot désigne l'argent, *damim,* et le sang, *dam*). Pour tout le monde, l'argent est à la fois le désir et la réalisation du désir, ou son illusion. Pour des générations entières, depuis la Première Guerre mondiale, défendre le franc c'est défendre la France.

L'argent, en hébreu, se dit également *kessef,* d'une racine qui veut dire tout simplement *désir* (c'est ce mot *kessef* qui est employé pour dire l'argent d'Égypte). L'étymologie du mot *zahav* est plus difficile à établir ; j'ai entendu de mes maîtres que *zahav* est apparenté au mot *ahava,* « amour » (le mot *hav,* de la racine *yahav,* se traduit par « donner »). Il y a une demande, c'est l'argent ; il y a une réponse, c'est l'or, *kessef ve zahav*.

Ces étincelles de sainteté, donc, étaient, depuis Joseph, déposées en Égypte. L'or et l'argent représentent les désirs, les amours, les perversions du monde tout entier. Tout peut se concentrer en or et en argent, en désir d'or ou en désir d'argent.

Sans doute — et c'est là où je voudrais réintroduire la phrase de Nietzsche que je citais en débutant (« Tu veux faire du bien à ton prochain, ne lui donne rien, enlève-lui quelque chose ») —, sans doute l'or et l'argent étaient en exil en Égypte. Ce n'était pas leur lieu véritable. Sans doute, quand les valeurs sont en exil, il y a souffrance, et les gens qui portent ces étincelles déplacées souffrent également, en le sachant, ou parfois sans le savoir. Il peut y avoir parfois une *mitsva,* un devoir d'accomplissement, de faire sortir les choses de leur exil provisoire pour les ramener à leur origine. Si des gens portent un vêtement trop ample ou trop étroit, cela peut être une *mitsva* de leur enlever ce vêtement, de les laisser nus, ou parfois de leur donner un nouveau vêtement si on est vraiment très généreux.

Il y a donc une première lecture et il y a des harmoniques. La lecture au premier niveau, c'est effectivement : ils ont vidé l'Égypte. En harmonique, nous entendons que les Hébreux ont sauvé l'Égypte, qu'ils ont débarrassé l'Égypte de valeurs qui ne correspondaient pas à la situation réelle du peuple d'Égypte. Encore faut-il pouvoir porter ces valeurs ; encore faut-il pouvoir les incorporer. Mais c'est là le thème général de toute l'histoire juive. Et c'est là le thème général de la sortie d'Égypte. Précisons que ce travail de récupération ne se borne pas seulement à l'or et à l'argent. Il y a récupération des valeurs égyptiennes par un autre biais : le second commandement que les Hébreux ont reçu en sortant d'Égypte, c'est d'accomplir le rite de l'agneau pascal (Ex. 12, 3-11) ; prendre le bélier, prendre ce que les Égyptiens disent être leur divinité — je ne sais si cela correspond à une réalité historique ; cela correspond également à un symbolisme zodiacal : le mois de Nissan, le premier mois de l'année, se place sous le signe du bélier.

Il s'agissait donc de prendre le bélier et d'opérer ce que j'appellerais une manifestation, une provocation, une désacralisation : prendre ce que les Égyptiens disent être leur dieu et, au vu et au su de tout le monde, sacrifier ce bélier, le 14 du mois de Nissan, la veille de la sortie d'Égypte.

Ce bélier d'ailleurs devait être pendant quatre jours attaché (l'ordre en avait été donné dès le 10 du mois de Nissan), attaché au pied du lit, sans doute en signe de dérision, de désacralisation de tous ces dieux ovins et bovins. Puis il devait être égorgé dans l'après-midi du 14 Nissan. Première phase du rite. Deuxième phase : après avoir détruit le bélier, il fallait se réunir en famille ou en groupe, et manger la chair de l'animal. Il s'agit de récupérer, après avoir profané, désacralisé et détruit : en mangeant la chair du bélier sacrifié, on prenait option sur tout ce qui dans l'idole pouvait être récupéré. Derrière toute idolâtrie, se profile une réalité sacrée, une réalité profonde. Il y a des valeurs de foi, des valeurs d'obéissance, voire des valeurs esthétiques attachées à l'idole. Il s'agit de les récupérer et de les ramener au foyer de leur origine.

Bien entendu, tout cela ne peut se faire qu'à une condition et c'est pourquoi cette réalisation reste difficile. Les Hébreux, dans l'histoire, je ne sais comment ils ont accompli cela. Mais nous en voyons ici le paradigme. Cependant, ne peut participer au repas pascal, donc manger, intégrer, réintégrer le bélier, que celui qui a été capable de participer à la destruction (sacrifice) de l'agneau, bélier pascal. Pour reconstruire, il faut avoir été capable de détruire.

Je voudrais terminer en vous racontant trois histoires hassidiques, trois histoires réelles. Je peux vous authentifier la véracité historique des deux dernières. La première est simplement vraie. Elle est arrivée en Pologne ou en Ukraine ou en Hongrie, dans ces contrées dont on ne connaît pas toujours très bien les frontières, à un des grands maîtres hassidiques. Ce rabbi était musicien et avait l'habitude de méditer dans la forêt. Un jour, il est parti dans la forêt méditer, prier et chanter. Au cours de son voyage, il a entendu un berger non juif, ukrainien ou polonais ou hongrois, qui chantait un chant extraordinaire. Et le rabbi a entendu dans ce chant les vibrations des origines, les lumières des vases brisés, un chant de nostalgie et de désir infini. Dans le récit hassidique, il est question d'un marchandage entre le rabbi et le berger, qui dure une journée entière. Le rabbi veut apprendre le chant, le berger ne veut pas l'enseigner. Finalement, le rabbi achète le chant à prix d'or. Le berger le lui apprend. Et depuis lors, nous dit-on, le berger ne sait plus le chanter ! Et le rabbi l'a intégré au patrimoine des hassidim. Bien entendu, il ne l'a pas intégré tel quel. J'imagine qu'il a changé une toute petite chose, une croche en demi-croche, une noire en blanche, une blanche en noire... mais à ce prix-là, ce chant est devenu un chant juif. Ce chant était-il en exil chez le pâtre ukrainien ?

Une deuxième histoire. Nous sommes en 1812. Le fondateur des hassidim de Loubavitch, rabbi Chnéour Zalman de Ladi, Hadmout Hazaquen, entend dire que Napoléon a envahi la Russie. Il envoie deux hassidim espionner le camp des Français. Espionner le nombre de canons ? Non. Le nombre de soldats ? Encore moins. Il leur demande de recueillir les chants de marche des soldats français pour les lui rapporter. Et, puisque ce sont des hassidim, ils obéissent à leur maître. Ils vont, s'infiltrent dans les lignes françaises, puis réussissent à retourner en pays russe, rapportent les chants de marche au rabbi. Rabbi Zalman Chnéour rentre dans sa chambre et, au bout de quelques minutes, revient et dit : Napoléon a perdu la guerre ! Mais, a-t-il ajouté, dorénavant, vous les hassidim de Ladi (plus tard Loubavitch), vous devrez chanter ce chant. Dans l'armée française on ne chante plus le chant de marche de Napoléon, mais les hassidim de Loubavitch, à la sortie de Yom Kippour , brusquement, après la *Neila,* après les moments les plus solennels de la fête, entament un chant de marche. Les plus anciens d'entre eux vous diront que c'est la marche de Napoléon et si vous leur demandez ce qu'ils ont à faire avec Napoléon, ils vous raconteront cette histoire.

La troisième histoire n'est pas très loin de nous. Elle se situe en 1973, toujours dans la mouvance Loubavitch, à New York cette fois-ci. C'était après la guerre de Kippour, à '*Hol Hamoèd* Souccoth ou peut-être même à Sim'hat Torah, chez l'actuel rabbi de Loubavitch. Parmi les différents groupes qui ont fait le pèlerinage à Brooklyn, il y avait un groupe de langue française. On chante, on danse et, à un moment donné, le rabbi actuel de Loubavitch demande que l'on chante... *La Marseillaise !* Les gens s'étonnent, et certainement les plus étonnés durent être les quelques Français qui ont su quand même entonner la première strophe de *La Marseillaise.* Ensuite le rabbi a dit à toute l'assistance : Dorénavant, il faudra chanter ce chant-là ! Vous pouvez vous imaginer qu'à Brooklyn, le soir, c'était de la folie. Les vieux Juifs russes, barbus et caftanés, ont supplié les Français de leur apprendre *La Marseillaise !* Et la chose la plus étonnante — nous sommes, je le rappelle, en 1973 — c'est que, quelques mois plus tard, il y a eu des élections présidentielles en France et Giscard d'Estaing fut élu président. L'une de ses premières mesures fut de changer le rythme de *La Marseillaise !* Mais peut-être que la captation des étincelles n'était pas complète, puisque, sept ans après, le président actuel, François Mitterrand, est venu au pouvoir et a demandé de restituer à *La Marseillaise* son rythme d'origine.

Débat

L'accent mis sur les « valeurs » suscite une interrogation de Mme Lucette Bensussan qui remarque l'insistance sur « la récupération des valeurs de l'autre », mais demande « où se trouve la spécificité des valeurs juives qui ne soient pas des valeurs adoptées ». M. Fraenckel conteste « l'existence, *au niveau de la culture,* d'une spécificité juive ; le peuple juif est un peuple de reflet, qui marche avec la lune » et « les valeurs spécifiquement juives, c'est ce qui nous vient de l'extérieur, soit du Sinaï, *Torah min hashamaïm,* soit de la façon dont nous reflétons les valeurs des peuples du monde ».

Une seconde interrogation porte sur la prise en charge des valeurs. M. Marc Lévy rappelle que, lorsque l'on ne peut assumer des valeurs, celles-ci retournent à leur lieu d'origine ; ainsi de la Torah qui remonte au ciel lorsque l'on a un moment de distraction dans l'étude, et aussi des vases d'or qui retournent en Égypte. Dans le même ordre d'idées, M. Adrien Herzberg s'étonne du paradoxe qui prédestine Israël à prendre en charge les valeurs universelles, alors que cela lui est imputé à faute. M. Fraenckel souligne en réponse que la prise en charge des valeurs universelles exige des conditions préalables : « On ne peut pas affronter les cultures les mains nues. » Quant à ce qui « remonte », il en est une troisième : c'est Israël lui-même qui retourne en exil, « en Babylonie d'où Abraham est venu », quand on n'est « pas capable d'assumer une société ou un État ».

L'or et l'argent emportés d'Égypte soulèvent des questions. M. Claude Riveline met en doute que l'or utilisé pour la confection du veau d'or soit de l'or d'Égypte ; c'était de l'or du temps de Joseph, car la richesse a deux destins : « fabriquer l'avenir, l'histoire, la transhumance, à travers les peuples, de la vérité qui chemine » ; ou bien « figer le passé, refabriquer une idole à l'image de Joseph ». Mme Sonia Fellous rappelle, pour sa part, que la richesse, dans la Bible, est « la condition et le symbole de la liberté » ; l'or emporté d'Égypte, outre qu'il fut une compensation pour l'esclavage, fut le moyen et le symbole de la libération. M. Fraenckel estime que l'argument (rabbinique) de la compensation est quelque peu apologétique, ce n'est qu'un « premier étage » de compréhension ; décidément l'argent est « très ambivalent : il donne l'indépendance ou il aliène ; mais on n'a pas besoin de ce colloque pour savoir cela ».

Éclairage talmudique

Séance placée sous la présidence
de Georges Hansel
professeur de mathématiques à l'université de Rouen

L'argent entre violence et pacification

par Emeric Deutsch
professeur de psychologie sociale
à l'Institut d'études politiques de Paris

« Rabbi Yishmaël dit : “ Celui qui veut accroître sa sagesse, qu'il s'occupe des lois relatives aux affaires et à l'argent (le droit civil), car il n'y a pas de spécialité dans la Torah qui soit plus importante qu'elles. En effet, elles sont comme une source jaillissante. ” » (*Baba Batra* 175 *b*).

A la lecture de ce texte, quelqu'un (Juif ou non-Juif) moyennement antisémite ne manquerait pas de penser qu'il n'est pas étonnant que les Juifs aient le sens des affaires et qu'ils s'intéressent tellement à l'argent. Même leurs rabbins les y encouragent et, comble d'horreur, ils vont jusqu'à affirmer que c'est la spécialité la plus importante de leur Bible.

Une telle réaction se comprend dans une civilisation qui se méfie beaucoup de l'argent, et dans un pays où il existe à ce sujet un consensus entre la droite chrétienne et la gauche socialiste. Proudhon ne disait-il pas : « La propriété, c'est le vol » ? Bien au contraire, dans la tradition juive, la propriété, sans être sacrée, est prise très au sérieux.

Mais que dit exactement le texte cité ? Le développement de la sagesse passe par l'approfondissement du droit concernant l'argent, c'est-à-dire par une réflexion et une discussion sur les principes et règles pratiques qui doivent régir les échanges interpersonnels et sociaux. Loin de mériter dédain et mépris, l'argent constitue une voie d'accès à la compréhension de l'homme et de la société ; l'étudier, préciser son fonctionnement, c'est faire de la « Torah appliquée à la vie quotidienne ».

Élaborer et actualiser les principes toraïques en fonction des réalités économiques et sociales changeantes, ce n'est pas seulement l'affaire des juristes. Chacun peut y apprendre quelque chose sur lui-même en relation avec les autres. C'est à ce titre que le droit civil *(Diné Mamonot)* est « comme une source jaillissante », telles la connaissance et la sagesse, un devenir et non un état.

Je viens de traduire, un peu vite, *mamone* par « argent, bien, possession » et *diné mamonot* par « droit civil ». Le Maharal de Prague (XVIe siècle) [1] remarque que *mamone* peut être décomposé en *ma-moné,* une abréviation de *ma (ata) moné :* « que comptes-tu faire ? » ou « que compte ? ». Quelle est la valeur réelle de ce que tu comptes ou de ce sur quoi tu comptes ?

La traduction exacte de *diné mamonot* serait donc : les lois relatives à « quoi tu comptes » ou à « que compte ». C'est l'étude de ces lois qui conduit à « l'accroissement de la sagesse » parce qu'elle constitue un exercice de mentalisation des rapports avec autrui, grâce à la polysémie de l'argent, inscrite dans ses signifiants hébraïques.

Dans les communautés juives traditionnelles, l'entrée de l'enfant dans la « mer du Talmud » se fait par la « Porte du Milieu », le traité de *Baba metzia* qui commence ainsi : « Deux se saisissent d'une toge (abandonnée dans un lieu public), l'un dit, c'est moi qui l'ai trouvée, l'autre, c'est moi qui l'ai trouvée... »

Au travers de la discussion qui suit, l'enfant apprend successivement la notion de propriété (l'objet perdu est-il abandonné ?) ; l'importance du temps (qui l'a vu le premier ?) ; celle de l'espace (la partie respective saisie par chacun) ; le champ conflictuel que représente la possession (pour avoir, il faut prendre).

Il découvrira en outre l'importance de la parole dans ce conflit où chacun peut plaider de bonne foi l'antériorité de la perception de l'objet. Enfin, il commencera à se familiariser avec la valeur négative attachée à l'argent. Le tribunal, ne

1. *Netivé 'Olam,* II. Netiv Ha'ocher, 227.

pouvant que prononcer le partage, ne veut pas créer une situation susceptible de provoquer le parjure. Au lieu de demander aux protagonistes de jurer sur l'antériorité de la trouvaille, il demande à chacun d'affirmer sous serment que la partie de l'objet dont il s'est emparé n'en représente pas moins de la moitié.

L'enfant apprend ainsi très tôt que « l'argent n'est pas une chose, mais une représentation de dettes et de créances[1] ».

Dans le conflit qui oppose nos protagonistes, chacun est à la fois créancier et débiteur. Celui qui voudra garder le vêtement devra payer pour acquitter sa dette à l'égard de l'autre qui en possède la moitié. Celui qui reçoit l'argent devra céder la partie de l'objet qui lui appartient en droit.

André Amar poursuit : « Là où il [l'argent] se trouve, là il est inscrit avec le signe moins… L'argent matériellement reçu est inscrit au débit du compte de caisse. Celui qui reçoit doit, telle est la règle fondamentale péniblement élaborée vers le XIe siècle et qui encore aujourd'hui déconcerte les apprentis comptables. Cette idée est indirectement rappelée par la forme négative du serment imposée par le tribunal : « Je jure ne pas posséder moins que la moitié. »

Mais surtout, ce qui apparaît ici à l'évidence, c'est que seul l'argent permet le compromis susceptible de séparer les adversaires. L'étude initiatique de cette première *Mishna* de *Baba metzia* résume bien les problèmes de la propriété et le rôle médiateur de l'argent. Elle fait sentir très tôt à l'enfant que « nos rapports avec l'argent requièrent une tension qui n'est réductible à aucune autre. Il faut toujours prendre l'argent à quelqu'un ou le défendre contre quelqu'un », comme le dit encore André Amar.

Ces idées sont inscrites dans les différents termes hébraïques signifiant l'argent. Il en est ainsi du mot *maot,* argent-monnaie, qui avec une ponctuation peut se lire *mëët*[2], « ce qui dépend du temps ».

Le mot *ne'hassim,* fortune, possession, renvoie, selon le

1. André Amar, « Essai psychanalytique sur l'argent », *Revue française de psychanalyse,* 1956, 20,3, p. 332-334.
2. L'hébreu écrit ne comporte pas de voyelles. Celles-ci sont inférées par le lecteur en fonction du contexte. Il en résulte une certaine liberté pour l'exploration du champ sémantique.

Maharal, *à ma shéné'hass,* à ce qui « se recouvre », « s'enfouit » (comme d'ailleurs en français, pos-séder, s'asseoir dessus).

Les termes *tashloumim,* « paiements », *leshalem,* « payer », signifient à leur tour « compléter », « pacifier ».

Et encore, *ZaHaV,* « or », *ZéHaV,* « cela, prends » ; *ZouZ,* unité monétaire de base, *ma shé ZaZ,* « ce qui bouge ».

Ces signifiants expriment les fonctions médiatrices de l'argent, son pouvoir de symboliser l'emprise sur le temps, sur l'espace et sur autrui.

Restent encore deux termes qui comportent une charge symbolique particulièrement puissante. D'abord le mot constitué par la triade *KSF* qui avec la vocalisation *KeSseF* donne, comme en français, à la fois « argent-métal » et « argent-monnaie ». Mais, avec la prononciation *KoSsëF,* cette même triade de consonnes signifie « envie », « nostalgie » et, avec la prononciation *KaSsaF,* le verbe « désirer », « languir ». L'argent est donc ici désigné comme le désir dans le sens de la nostalgie d'un état fantasmé comme étant celui d'une autarcie totale dégagée de tout besoin et donc de toute dépendance par rapport à l'environnement.

« Qui aime l'argent n'est jamais rassasié d'argent », dit l'Ecclésiaste (5,9), ce qui peut se traduire par : « L'amour du désir ne peut sécréter que du désir », car contrairement au besoin, il n'a pas d'objet dont il puisse se satisfaire.

L'autre mot, *DaMim,* désigne l'argent en tant que symbole de responsabilité, d'obligation, de redevance à l'égard des autres. Il est le pluriel de *DaM,* « sang », ce qui signifie l'inscription corporelle de la responsabilité pécuniaire. Mais cette racine *DM* peut se vocaliser *DoM,* « silence », ou *DaMa — DiMa — DoMé,* ou encore *DiMyon* qui signifie : « ressembler », « comparer », « représentation »... Nous retrouvons donc ici l'idée que l'argent est une représentation de dettes que l'hébreu inscrit dans ce qui est le plus vital, le sang. L'argent n'est donc pas seulement désir, mais, comme le sang, il est symbole de la vie et de la mort, de l'amour et de la haine, de la fraternité et de l'hostilité. Comme le sang, c'est un élément de mon « dedans » extériorisable. Il est support des projets et des fantasmes les plus intimes, mais aussi il se dé-pense, se verse, se donne, se reçoit, s'échange. Il constitue une ressource limitée dont le tarissement ou « l'hémorragie » équivaut à la mort. De là, l'angoisse d'en manquer.

Le sang et l'argent constituent des flux qui circulent et, partant, distribuent à l'organisme, en irradiant ses différentes parties, les substances nécessaires à sa survie. Ils transforment et se transforment. Occupant une position intermédiaire entre l'être et l'avoir, ils véhiculent à la fois l'identité et le patrimoine. Par la transmission ou le don, ils symbolisent ou consolident la filiation et les liens familiaux ou sociaux. A travers eux, une personne, en dépit de sa complexité multidimensionnelle, peut se comparer à l'autre sans atteindre à l'intégrité de celle-ci.

A ces métaphores viennent s'ajouter des métonymies ou significations par contiguïté. Le sang évoque la violence, tuer c'est verser le sang, proposition qui peut s'inverser : verser (ou délester de) l'argent d'autrui, c'est le tuer. Nous verrons plus loin que ce qui apparaît comme un jeu de mots est pris très au sérieux par le Talmud.

C'est peut-être aussi une des significations de l'aspersion sur l'autel du sang de l'animal sacrificiel. Le fautif, avec son argent (*DaMim*), achète un animal dont le sang (*DaM*) est aspergé par le prêtre à titre expiatoire. C'est cette proximité sémantique qui rend possible une expiation symbolique qui évite tout acte masochiste pouvant conduire à l'automutilation.

Cette capacité de la langue hébraïque de véhiculer par les signifiants eux-mêmes la polysémie de l'argent constitue sans doute une invitation à un travail de symbolisation, c'est-à-dire à une distanciation par rapport à l'objet ainsi conceptualisé. C'est aussi, pour celui qui a l'écoute fine, un garde-fou contre le danger de la fétichisation de l'argent, de l'aliénation idolâtre à son égard et de la violence exercée par son intermédiaire. Mais la symbolisation intellectuelle ne suffit pas.

Son efficacité implique une mise en parole qui se réfère à une loi qui n'est pas non plus figée, mais en cours d'élaboration constante pour « conduire à la sagesse ». Dans son exposé, le rabbin Guedj a bien montré comment l'argent permet de séparer le couple infernal que constituent l'agresseur et sa victime. Mais l'acte de paiement ne suffit pas à lui seul à rétablir dans ce couple les conditions d'une véritable communication. Selon la *Mishna* (*Baba Kama* 92 *a*) l'agresseur n'est pas quitte tant qu'il n'a pas obtenu le pardon de la victime. La blessure est toujours là, elle parle et accuse l'agresseur, en dépit de l'argent qu'il a payé à titre de dédommagement. Cet argent *DaM* reste *DoM,* silence, tant que l'échange de paroles, grâce au pardon accordé par la victime, n'a pas définitivement remplacé l'échange des coups.

L'argent-sang occupe donc une place intermédiaire entre la violence du corps à corps et la parole communicative qui aboutit à une symbolisation effective des rapports interindividuels.

Ce rôle pacificateur de l'argent est souligné par un *midrash*[1] *(Beréshit Raba* 79,6) qui commente le retour de Jacob en Terre sainte. Le verset (Genèse 23, 18) dit *Vayi'han ét pené ha'ïr,* ce que l'on traduit couramment par « et il campa devant [ou en face de] la ville ». Mais le *midrash* s'arrête sur la préposition *ét* qui suggère un complément d'objet défini au verbe intransitif « camper », ce qui conduirait à la traduction suivante : « Il campa le visage [ou la face] de la ville », ce qui est un non-sens.

Comme le verbe *Vayi'han* est construit sur la racine *'HN* qui peut se lire *'HéN,* « faveur », « grâce », il propose de traduire : « Il *gratifia ('HaNan)* les visages de ceux qui se trouvaient dans la ville. » En d'autres termes, Jacob ne se contente pas de *camper* devant la ville, il s'emploie en plus à *gratifier* la ville. Comment ? « En installant des boutiques en sa périphérie pour y vendre bon marché. » On dirait aujourd'hui : un centre commercial avec un hypermarché ! Cette interprétation vient au *midrash* par une autre construction sémantique à partir de la racine *'HN : 'HaNouyot,* « magasins ».

D'ailleurs, un enseignement général y est tiré de cette conduite de Jacob. « On doit contribuer au bien-être de la localité dont on tire profit. » Jacob retourne à son pays, qui l'a vu naître. Il n'y vient pas en immigrant, en intrus ; néanmoins, selon notre *midrash,* il fait un geste pour prévenir les jalousies

1. *Midrash :* exégèse souvent parabolique du texte biblique.

et pour apaiser les éventuels ressentiments à l'égard de celui qui vient d'ailleurs. Il le fait par une contribution à la vie économique de la ville, par une mesure visant à améliorer le pouvoir d'achat de la population.

Cette même idée est reprise sous une forme légèrement différente dans le Talmud (*Shabbat* 33 *b*). Il s'agit toujours d'interpréter cette conjonction « Il campa *la* face de la ville » en tenant compte de la racine *'HN* pouvant se traduire indifféremment par « camper » et par « gratifier ». Trois opinions sont émises. Pour Rav : « Il frappa monnaie. » Selon Shmouël : « Il y installa des marchés. » Selon R. Yo'hanan : « Il y installa des bains. »

Selon l'enseignement d'Emmanuel Lévinas, l'idée sous-jacente à ces trois opinions, c'est l'animation de la vie sociale : faciliter les échanges, réguler la vie économique, favoriser les relations sociales ; tels sont les rôles de la monnaie, du marché et des bains.

Le caractère médiateur apaisant, pacificateur, de l'argent est nettement affirmé ici.

Les deux textes talmudiques dont je vous propose maintenant l'étude traitent de l'autre versant du rapport sémantique entre argent et sang. Porter atteinte à la propriété d'autrui équivaut à une agression physique et constitue sous une forme ou une autre, un meurtre symbolique.

Le premier texte est tiré du traité *Baba Metzia* 61 *a.* Je vous le lirai phrase par phrase, chaque passage étant suivi d'un bref commentaire dans la ligne de mon exposé.

ÉTUDE DU PREMIER TEXTE

> « Rava : A quoi cela me sert que le Miséricordieux [la Torah] écrive une interdiction pour le prêt à intérêt [*ribbit*], une interdiction pour le vol [*guezéla,* avec agression] et une interdiction pour l'abus de confiance [*hona'a*] ? »

Définissons d'abord les trois notions invoquées par le texte : *ribbit, hona'a* et *guezéla.*

Ribbit, prêt à intérêt

L'interdiction est énoncée en détail dans Lévitique 25, 35 à 38[1]. La Torah emploie deux termes : *néshekh* qui littéralement signifie « morsure » et *ribbit,* « plus-value », « profit ».

Contracter un emprunt avec intérêt équivaut à une situation d'emprise du prêteur sur l'emprunteur. Tout se passe comme si le premier avait *mordu* le second, imprimant ainsi sa marque dans sa chair. Rachi, dans son commentaire biblique, lit le terme *néshekh* à la lettre et se réfère à la métaphore de la morsure du serpent. Celle-ci, insensible sur le moment, diffuse le venin dans l'organisme de la victime pour l'intoxiquer et le tuer.

L'emprunteur ayant besoin d'argent accepte d'un cœur léger le paiement d'un intérêt qui pourtant le rend dépendant de son créancier. Dans le cas d'impossibilité de rembourser, les intérêts s'accumulent, ce lien devient de plus en plus toxique, envahissant et constitue une véritable aliénation.

La Torah reconnaît cependant la valeur temporelle de l'argent et interdit par exemple tout retard dans le paiement d'un journalier. Ce qui est en cause ici, c'est ce rapport d'emprise quasi charnelle qui s'instaure entre les parties ; c'est cette « morsure » par laquelle le prêteur marque l'emprunteur et transforme le *DaMim,* argent en *DaM,* sang.

R. Moché Alchekh (Safed, XVIe siècle), dans *Torat Moché,* relève la deuxième partie du verset 36 : « N'accepte de sa part ni *néshekh* [morsure] ni *ribbit* [plus-value], mais crains ton Dieu et que ton frère vive avec toi. » *Vivre avec,* cela veut dire que deux personnes ont le même vécu du temps, cette substance vitale de l'homme. Or, dans les rapports qui se nouent entre les parties dans le cas du prêt à intérêt, le temps n'a plus du tout la même valeur pour les deux : chaque jour enrichit le créancier qui symboliquement s'agrandit, alors que, simultanément, le prêteur s'appauvrit et se rétrécit. Le

1. *Lévitique* 25 :

35 « Si ton frère vient à déchoir et que tu vois sa main [sa fortune] chanceler, soutiens-le fût-il étranger et nouvellement installé vivant avec toi. »

36 « N'accepte de sa part ni *néshekh* [morsure] ni *ribbit* [plus-value], mais crains ton Dieu et que ton frère vive avec toi. »

37 « Ne lui donne point ton argent à intérêt ni tes aliments pour en tirer profit. »

38 « Je suis l'Éternel votre Dieu qui vous ai fait sortir du pays d'Égypte pour vous donner le pays de Canaan, pour être votre Dieu. »

premier percevra comme trop long le temps qui s'écoule entre les échéances, le second au contraire, comme trop court. Par conséquent, dans la situation ainsi créée, il n'est pas possible que « ton frère vive avec toi », on pourrait même dire que l'un vit « contre » l'autre, c'est-à-dire au détriment de l'autre. C'est ce type de rapport qui est condamné par la Torah et non pas l'appropriation d'un bien qui n'est pas dû.

Je ne peux pas éluder ici une question délicate et souvent accusatrice qui depuis des siècles est posée aux Juifs. L'interdiction d'usure ne concerne que la fratrie religieuse, et l'étranger mentionné dans le texte (Lév. 25, 35) se réfère en fait au converti (« vivant avec toi ») alors qu'il est permis de prêter à intérêt au non-Juif et réciproquement. Le Maharal[1] s'efforce de répondre à cette question par un commentaire du verset 38 : « Je suis l'Éternel votre Dieu qui vous ai fait sortir du pays d'Égypte pour vous donner le pays de Canaan, pour être votre Dieu. » Quel rapport entre ce rappel et l'interdiction du prêt à intérêt qui précède (25, 37) ? La mission du peuple juif est de témoigner par son unité organique de l'unicité de Dieu. Mais, comment un groupe humain composé d'individus, et par définition multiple, peut-il témoigner de l'Un Absolu ? C'est, dit le Maharal, en établissant entre eux un lien quasi symbiotique par l'échange gratuit dont le prêt sans intérêt constitue le symbole.

Nous retrouvons ici le rapport métaphorique argent-sang. Prêter sans intérêt, c'est en quelque sorte remplacer le rituel d'alliance par échange des sangs, par une transfusion symbolique à l'aide de l'argent qui permet de fusionner les corps entre eux. Le pays de Canaan, poursuit le Maharal, n'est pas une simple promesse de territoire, mais la mission d'incarner sur cette terre l'unité du peuple en vue de témoigner de Dieu Un. En s'y installant en tant que nation, ce peuple doit réaliser son unité intrinsèque dont un des signes importants est sa capacité à faire circuler l'argent-sang selon la nécessité et les besoins de chacun sans rémunération, compensation ou profit.

C'est cela le sens de la fin du verset : « pour être votre Dieu » : « ainsi vous témoignerez de Mon unicité. » Pareil effort ne peut être accompli que par une communauté dont

1. *Netivé Hatzedaka*, 6.

chaque membre s'engage solidairement à respecter la Loi, la Torah, qui assure sa cohésion. Le renoncement au prêt avec intérêt ne peut être raisonnablement exigé qu'à l'intérieur de ce groupe religieux qui forme une sorte de fratrie, se soumettant aux règles de fonctionnement, les commandements qui lui sont propres.

Le Maharal remarque d'ailleurs que la valeur numérique [1] du mot *ribbit* (plus-value ou intérêt) correspond à 612, pour signifier que l'observance de ce commandement équivaut au respect des 612 autres [2] *mitzvoth.* Dès lors, l'interdiction du prêt à intérêt ne peut pas s'appliquer à des personnes non soumises au respect de cette loi particulièrement contraignante.

Guezéla : vol d'un bien avec violence, à visage découvert. Le Talmud distingue trois espèces de vols :

— Enlèvement ou séquestration d'une personne humaine (kidnapping, prise d'otage), en vue d'en tirer un profit matériel ou moral. C'est ce délit qui est visé par le verset du Décalogue (Exode 20,15 : « Ne vole pas ») ; c'est un crime puni de mort et cela ne concerne pas le vol appartenant au droit civil dont il est traité ici [3].

— La *guezéla* désigne aussi bien attaque à main armée qu'extorsion de fonds ou racket, à condition que l'agresseur opère à visage découvert et assume son forfait face à sa victime. Il s'agit là d'une véritable épreuve de force où l'agresseur abuse de sa supériorité physique, sociale ou politique en vue de s'approprier le bien de la victime. C'est ce délit qui est visé par la phrase « Ne le vole pas » (Lév. 19,13).

— Si au moment de l'agression le voleur se dissimule (il est masqué ou porte une cagoule par exemple) ou s'il dérobe un bien à l'insu de sa victime, on ne parle plus de vol *(guezéla),* mais de « subtilisation », de *guenéva.* La sanction de ce dernier délit est bien plus sévère — le voleur est tenu à rembourser au moins le double de la valeur du bien dérobé — alors que dans le cas du vol à visage découvert, le tribunal se contente de la restitution ou du remboursement du bien volé.

1. Les lettres de l'alphabet hébraïque constituent aussi des nombres : *Réch* = 200, *Beth* = 2, *Yod* = 10, *Tav* = 400, soit 612.
2. La tradition juive dénombre 613 commandements.
3. Sanction explicitée dans Deutéronome 24,7.

Hona'a : abus de confiance dans le cadre de transactions commerciales.

Le délit consiste à vendre ou à acheter un objet à un prix supérieur ou inférieur à un sixième (16,7 %) de son prix du marché. L'interdiction vise tout autant l'acheteur que le vendeur et ne constitue donc pas une mesure de protection du consommateur. Son but est d'empêcher l'une des parties d'abuser de la supériorité que lui confère la connaissance des prix pratiqués sur le marché.

Tirer profit au cours d'une transaction de la détention exclusive d'une information constitue une tromperie que l'hébreu exprime par le terme *hona'a* : blessure, lésion [1].

Par extension, le Talmud fait entrer dans le cadre de ce délit toute tromperie sur la marchandise et même tout acte de parole susceptible de blesser autrui en provoquant une déception, un chagrin ou une humiliation.

Cette généralisation de la notion d'abus de confiance suggère que ce qui est en cause ici, c'est une agression d'ordre psychologique. Ce n'est pas seulement l'appropriation illégale d'une valeur monétaire (la différence entre le prix du marché et le prix payé) qui est visée par la loi, mais le fait d'infliger à la victime, même à son insu, une blessure narcissique.

Nous pouvons maintenant reprendre le texte talmudique.

> « Rava : A quoi cela me sert que le Miséricordieux [la Torah] écrive une interdiction pour le prêt à intérêt [*ribbit*], une interdiction pour le vol [*guézel,* avec agression] et une interdiction pour l'abus de confiance [*hona'a*] ? »

Le postulat du Talmud est le suivant : La Torah ne se répète pas, le texte scripturaire ne comporte pas de fioritures, d'effets poétiques ou rhétoriques et chaque mot, chaque lettre, viennent enseigner quelque chose.

1. Lévitique 25 :
14 « Si tu fais une vente à ton prochain ou si tu acquiers de la main de ton prochain, ne vous lésez point l'un l'autre. »
17 « Ne vous lésez point l'un l'autre, mais redoute ton Dieu, car Je suis l'Éternel votre Dieu. »

Cependant, l'interrogation semble bien naïve *a priori*. Peut-on admettre un seul instant que le vol à main armée puisse être assimilé au prêt à intérêt ou à l'exagération du prix de vente d'une marchandise ?

En fait, fidèle à sa méthode, le Talmud se réfère à des situations concrètes pour dégager les dimensions sous-jacentes à la notion de vol. La question implicite est donc la suivante : que veut nous enseigner la Torah sur l'acte de voler, en explicitant ces trois cas d'interdictions ?

Réponse :

> « Les 3 sont nécessaires : Car, si la Torah [n'] avait explicité une interdiction [que] pour le prêt à intérêt [je n'aurais pas pu en déduire les autres cas d'interdictions]. En effet, il s'agit d'une novation [le prêt à intérêt est un cas exceptionnel car] l'interdiction concerne également l'emprunteur [ce n'est donc pas l'appropriation illégale proprement dite qui est visée — Rachi]. »

En effet, en poursuivant les deux contractants du prêt, la Torah indique bien que l'interdit vise l'établissement d'un rapport pervers d'aliénation entre les parties. Rapport qui implique la complicité du prêteur et de l'emprunteur, ce qui différencie nettement le cas du prêt à intérêt tant du vol que de l'abus de confiance.

> « Et si la Torah [n'] avait mentionné l'interdiction [que] pour le vol [j'aurais objecté] c'est [une appropriation] contre la volonté [du propriétaire], mais dans le cas de l'abus de confiance [*hona'a*] j'aurais pensé que non [l'interdiction ne s'y appliquerait pas du fait de l'absence de toute opposition de la part de la partie lésée]. »

En n'interdisant que le vol violent (*guezéla*), la Torah n'aurait visé que l'affrontement quasi physique, à visage découvert, entre agresseur et victime. Elle aurait donc négligé toute escroquerie ou vol déguisé en transaction commerciale.

> « Et si la Torah n'avait mentionné l'interdiction [que pour] l'abus de confiance [j'aurais dit] c'est parce que [la victime] l'ignore et

donc ne peut pas en faire grâce [du préjudice qu'il subit ; alors qu'en cas de vol, il peut s'y résigner et donc transférer implicitement le bien au voleur]. »

Nous apprenons ici la gravité particulière du préjudice infligé à l'insu de la victime. La différence de prix indûment encaissée ne pourra jamais être légalement transférée au trompeur par son propriétaire légal. En revanche, la victime, consciente de la perte subie et connaissant le voleur, peut, soit renoncer définitivement au bien dérobé, soit, en pardonnant à son agresseur, le lui transférer légalement, après coup, de plein gré.

Dans un face à face même violent et inégal, une solution d'apaisement est toujours possible. Tel n'est pas le cas de l'agression déguisée dont la partie lésée ignore jusqu'à son existence le préjudice qui par conséquent ne trouvera peut être jamais réparation.

Les termes utilisés par le verset : « Ne vous lésez pas » exprime bien l'idée d'un traumatisme infligé à son insu à autrui, qui n'en est que plus pernicieux.

En outre, ce délit « en col blanc » se commet entre gens de bonne compagnie : la victime pense avoir fait une bonne affaire et le coupable se croit seulement bon commerçant ou bon acheteur. En langage talmudique, il s'agit de *guenévat da'at,* littéralement « vol de conscience », socialement plus dangereux et difficile à réprimer que le banditisme.

En somme, chaque délit ayant sa spécificité, aucune des trois interdictions ne peut se suffire et permettre d'en déduire les deux autres : le prêt implique la complicité des parties ; le vol, l'affrontement violent ; et la tromperie, l'ignorance de la victime.

« Maintenant, on ne peut pas déduire une [interdiction] de l'autre [interdiction] déduis une [interdiction] de deux [interdictions et que la Torah se contente de deux au lieu de trois] ? Laquelle déduire [des deux autres] ? Que la Torah ne mentionne pas l'interdiction du prêt à intérêt et déduisons-la des deux autres [du vol et de l'abus de confiance] ? [Mais je pourrais objecter] la raison de ces deux [interdictions] c'est [que

> l'approbation se fait] sans consentement [à l'insu ou contre la volonté du propriétaire] alors que dans le cas du prêt à intérêt [l'appropriation se fait] avec son plein accord [de l'emprunteur] ? »

Bien sûr, à chaque cas sa particularité, mais en les combinant deux à deux, déduisons-en le troisième dont la mention dans la Torah deviendrait de ce fait superflue ? Mais cela ne fonctionne pas non plus. Prenons le vol et l'abus de confiance, ils se différencient nettement du prêt, par le fait qu'ils impliquent tous les deux un rapport de conflit, direct, manifeste pour le premier et latent pour le second. Le prêt à intérêt en revanche s'effectue avec le plein consentement, voire la complicité des parties. Dès lors, sans son interdiction explicite, nous n'aurions jamais pu le considérer comme un délit.

> « Que la Torah omette l'interdiction dans le cas d'abus de confiance [*hona'a*] et déduisons-la des deux autres [du prêt à intérêt et du vol] ? [Je pourrais objecter] la raison de ces deux cas [d'interdiction] c'est qu'ils ne constituent pas une transaction commerciale [alors que l'abus de confiance concerne un échange où la marchandise est surpayée ou sous-payée]. »

La *hona'a* ou tromperie, non plus, ne peut être inférée à partir des deux autres interdits. L'abus de confiance intervient en effet dans un rapport d'échange économiquement et socialement équilibré : acheteur et vendeur assument chacun son rôle complémentaire. Le premier obtient la marchandise, le second de l'argent, donc chacun atteint le but qu'il poursuit dans la transaction. Le dérapage ne se fait que sur le prix exagérément bas ou élevé, sans d'ailleurs que la partie lésée s'aperçoive de la perte qu'elle a subie.

Tel n'est pas le cas, naturellement, du vol qui est une agression, une épreuve de force manifeste. Mais le prêt à intérêt non plus ne peut être assimilé à une transaction commerciale. L'argent n'est pas une marchandise et le prêt intervient à la suite d'un déséquilibre de disponibilités entre les parties contractantes. Le prêteur monnaye sa supériorité, et l'emprunteur, dans le besoin, n'a pas d'autre choix que de rémunérer (acheter) de l'argent qui normalement s'obtient par le travail ou en échange d'un service. Il entre ainsi dans un processus d'aliénation progressive à l'égard de son créancier.

Vol et prêt se différencient donc nettement de l'abus de confiance, ce qui interdit une généralisation couvrant ce dernier.

Alors que la Torah ne mentionne pas l'interdiction du vol et qu'on la déduit des deux autres [du prêt avec intérêt et de l'abus de confiance] ? Car qu'objectes-tu : que le prêt à intérêt est un cas original ? Que l'abus de confiance vienne prouver [car il n'a rien d'original] ! [Si tu objectes] que l'abus de confiance est un cas particulier, parce que [la partie lésée] ignore [son préjudice] et ne peut pas en faire grâce [à l'appropriateur] ? Alors que le prêt à intérêt vienne prouver [car dans ce cas l'emprunteur fait grâce au prêteur de l'intérêt] ! Le raisonnement peut donc se retourner, le point de vue [le trait distinctif] de ce dernier n'est pas celui de ce troisième, leur dénominateur commun est qu'il l'a volé [il l'a dépossédé illégalement]. je peux donc en déduire que le vol est interdit [sans qu'il soit nécessaire de mentionner l'interdiction de voler] !

Reste donc la troisième solution : omettre l'interdit du vol pour ne garder que les deux autres qui, chacun avec sa particularité propre, enseignent un aspect de l'appropriation illégale du bien d'autrui. S'il est interdit de rémunérer un prêt, alors même que celui-ci se fait avec l'entier consentement de l'emprunteur ; s'il est interdit de majorer ou de minorer exagérément un prix à l'insu de l'acheteur ou du vendeur, il est superflu d'énoncer l'interdiction de s'approprier de force le bien d'autrui. En somme, la Torah n'a pas besoin d'expliciter le délit de vol qui, à la lumière des deux autres interdictions, va de soi.

Disons en effet ! [Le raisonnement est juste, et il est inutile d'interdire explicitement le vol.] Mais alors pourquoi l'interdiction du vol [a besoin d'être explicitée] ?

C'est pour celui qui retient la rémunération du salarié [il le prive d'un droit et ne le dépossède pas d'un bien matériel qui lui appartient].

Nous arrivons donc à cette étonnante conclusion : pour interdire le vol, la Torah n'a pas besoin de parler de vol, dont le caractère délictueux est évident. Dès lors, « Ne le vole pas » ne signifie pas « Il est interdit de voler », mais « Il est interdit de retenir la rémunération d'un salarié ».

Le terme *ʿosheq* utilisé dans le texte pour désigner ce délit se traduit par « exploitation », « oppression », « spoliation ». Il signifie en effet un abus de pouvoir économique résultant d'un déséquilibre dans le rapport de force entre les parties.

Le code de *Shoul'han Aroukh*[1] définit ainsi ce délit : « S'approprier abusivement un bien dont on a pris légalement possession. » Il s'agit aussi bien d'un loyer non payé que d'une dette non remboursée ou d'un dépôt non rendu. Cependant, le travail non rémunéré, mentionné dans la Torah, constitue le paradigme de ce délit qui consiste à priver la victime « d'un bien virtuel » (Rachi). Qu'il s'agisse de l'intérêt ou de l'abus de confiance, la perte occasionnée est matérialisée par l'argent ou par un objet, alors que le salarié, lui, perd l'équivalent monétaire de son travail, une somme qu'il ne possède pas encore, bien qu'il l'ait gagnée. Il s'agit donc d'un nouveau type d'appropriation abusive qui n'est édicté par aucun des deux interdits. C'est ce délit de rétention du salaire et, partant, de toute rétention d'un bien virtuel, qui est visé par le « Ne le vole pas ».

Mais [l'interdiction] de la rétention de la rémunération du salarié est mentionnée explicitement [dans la Torah]. « Tu ne retiendras pas le salaire d'un pauvre et d'un nécessiteux [Deut. 24,14]. » C'est pour nous apprendre [que celui qui retient le salaire] transgresse deux interdictions [pour vol et pour la rétention de salaire ou exploitation du travail].

1. *ʿHoshèn Hamishpat* 359,9.

Nous allons de surprise en surprise. On nous a enseigné qu'il était inutile d'interdire le vol car cela allait de soi, mais « Ne le vole pas » signifiait en fait « Ne le prive pas de son salaire ». Alors que nous découvrons que cela figure déjà explicitement dans le texte, on nous dit, qu'à cela ne tienne : « Ne le vole pas » veut dire : « Si tu le prives de son salaire, tu l'as volé deux fois ! »

Quelle différence pour le coupable d'avoir transgressé une ou plusieurs fois ? S'agit-il d'une double sanction sous forme de flagellation par exemple ? Non, car il existe une règle générale selon laquelle partout où il y a possibilité de réparation (sous forme de restitution ou de remboursement), la punition corporelle n'est pas applicable.

Que signifie dès lors cette transgression attribuée à la rétention du salaire ? Le *Sefer Ha'hinoukh*[1] suggère que la multiplication des interdits signifie à la fois la gravité de la transgression, la diversité et la force des tentations qui y sont liées et, du coup, le mérite de celui qui leur résiste. En d'autres termes, ne pas payer son dû au salarié, c'est plus grave et plus tentant que de voler. *A contrario,* payer ponctuellement et correctement le salaire de l'employé, c'est acquérir un double mérite[2].

> Alors appliquons-la [la double interdiction] au prêt à intérêt ou à l'abus de confiance [plutôt qu'à la rétention du salaire] ? Cela se déduit de son contexte [la logique et la contiguïté qui relient les deux sujets] car c'est à propos du salarié que cela [ne vole pas] est écrit [les deux interdictions se succèdent dans le texte, Lév. 19,13][3].

Une interdiction apparemment superflue n'est pas en état de disponibilité pour être applicable à n'importe quel délit de la catégorie. Elle doit se décrypter dans son contexte, selon l'esprit et la structure du verset qui dit successivement : « Ne commets pas de *'osheq,* « Ne vole pas », « Ne retiens pas le salaire. »

1. Attribué à rabbi Aaron Halevy de Barcelone (1235-1300).
2. Selon les maîtres du Talmud, résister à une transgression équivaut à l'accomplissement d'un commandement injonctif, une *mitzva.*
3. Lévitique 19,13 : « N'opprime pas ton prochain, ne le vole pas (avec violence) : que le salaire du journalier ne reste pas par-devers toi la nuit jusqu'au matin. »

Bien entendu, tout cela le Talmud le savait parfaitement dès le début de ce développement. Mais l'objectif était de nous amener progressivement à ce constat qu'il existe un délit qui est la forme la plus accomplie du vol : priver le travailleur de sa rémunération.

En fait, selon les maîtres du Talmud, ce méfait qui est également mentionné dans Deutéronome 24,14 et 15[1], comporte cinq interdictions et une injonction.

Il constitue, en outre, un cas limite dans le Code civil. En effet, le tribunal exige le paiement du salaire retenu en argent comptant et n'accepte à son propos aucune compensation en nature. En cas de litige, il se contente du serment du salarié affirmant qu'il n'a pas été payé (« L'employeur, ayant d'autres soucis, a plus de chance de se tromper »). Le moindre retard de paiement est sanctionné et le délit est qualifié quelle que soit la somme en question ; il n'y a pas de seuil minimum. La raison de l'importance attachée à ce délit se lit dans le verset 15 : « car il est pauvre et il y investit sa vie. »

En parlant du « pauvre », le texte ne se réfère nullement à un pouvoir d'achat, à un niveau de revenus ou de richesses, mais à un rapport de dépendance. Celui qui fournit un travail ou rend un service rémunéré a déjà intégré dans son moi-avoir-être la rémunération convenue, « il y a investi sa vie ».

L'employeur, en refusant de lui verser son dû, le dépossède à la fois de son temps, de son travail et de ses attentes. Le spoliateur exploite les contraintes économiques ou la bonne foi de sa victime. En le privant de son droit de posséder, il l'assujettit, c'est-à-dire qu'il l'incorpore symboliquement. Le *ʿosheq,* la rétention du salaire comporte donc bien toutes les dimensions symboliques du vol, car il ne dépossède pas seulement la victime d'un avoir matériel délimité, mais d'une tranche de sa vie. C'est ce qui explique l'insistance du Talmud à attribuer l'interdiction du vol violent à ce délit, en apparence moins grave.

1. Deutéronome 24 :
14 « Tu n'opprimeras pas le journalier, pauvre et indigent, qu'il soit de tes frères ou un étranger qui est dans ton pays dans tes portes. »
15 « Le jour même tu lui donneras son salaire et que le soleil ne se couche sur lui car il est pauvre et il y investit sa vie, et qu'il n'en appelle pas contre toi au Seigneur et que tu ne sois trouvé coupable. »

> « Ne subtilisez pas [il s'agit de vol sans violence] qui est écrit dans la Torah [Lév. 19,11] me sert à quoi ? Ne vole pas [même seulement] pour faire de la peine [avec l'intention de le lui rendre]. Ne vole pas [même] pour que tu puisses lui en payer le double.

Lo tiguenevou se réfère au voleur opérant en cachette, à l'insu du sujet : Pourquoi l'interdire explicitement ? Le délit d'appropriation illégale n'est-il pas déjà compris dans l'interdiction de l'abus de confiance, de celle du vol violent ou de la rétention du salaire ?

Ce qui est en cause ici, ce n'est pas le vol en lui-même, mais ses conséquences psychiques pour la victime, que notre texte illustre par deux exemples.

Premier exemple : Je dérobe un objet à un ami, avec l'intention de le lui rendre, par plaisanterie, ou pour lui administrer une leçon contre son insouciance ou ses négligences.

Le Talmud nous enseigne que l'on ne joue pas avec ces choses-là. Mon ami, découvrant la perte du bien dérobé, ne sachant pas qu'il s'agit d'une plaisanterie ou d'une leçon, éprouvera la même souffrance psychique que s'il s'agissait d'une perte réelle. Une première lecture pourrait cependant indiquer que ce qui est réprimé ici, c'est le sadisme du voleur, son intention de faire souffrir la victime, même si c'est « pour son bien » ou par plaisanterie.

Le second exemple va nous détromper. J'ai un ami pauvre que je voudrais aider discrètement en lui épargnant tout risque d'humiliation ou sentiment d'infériorité. J'élabore le stratagème suivant : il est bien connu que si on attrape un voleur ayant opéré en catimini, le tribunal le condamne à restituer le bien dérobé à la victime et à lui payer en plus une amende équivalente à la valeur de ce bien. Pour faire à cet ami pauvre un don, disons de 1 000 francs, je lui dérobe un objet ayant cette valeur. Puis je m'arrange pour me faire arrêter par la police et pour passer en justice, qui me condamnera au profit de mon ami à la restitution de son bien, plus à une amende de 1 000 francs. Stratagème bien tortureux et peu plausible, objectera-t-on ! Mais ce n'est pas le problème du Talmud pour qui le seul intérêt des cas limites traités est d'en dégager des principes généraux.

Mes intentions étaient des plus pures : aider un ami dans le besoin sans heurter son narcissisme. Pour cela, j'ai même encouru une condamnation judiciaire et accepté le risque d'être traité de voleur par lui. La Torah dit non à ce genre de générosité et d'abnégation. Elle dit : un vol reste un vol et il ne peut se justifier par aucune cause quelle qu'en soit la noblesse. La fin ne justifie par les moyens. Ce n'est donc pas le sadisme du voleur qui est condamné, mais son emprise sur la victime par la souffrance qu'il lui inflige en l'amputant, même provisoirement et « pour son bien », d'une partie de son avoir.

Notons au passage que le Talmud considère qu'il est tout à fait inutile de faire figurer explicitement dans le texte biblique les deux délits que le langage quotidien désigne par vol.

Cela va de soi, dès lors que toute exploitation d'un déséquilibre dans les rapports interindividuels est condamnée.

Par ailleurs, la gravité attachée au délit n'est pas fonction du degré de violence manifeste qu'il inflige, mais de la menace qu'il représente pour la paix sociale. Subtiliser un objet à l'insu du propriétaire, se déguiser ou se masquer pour le voler, est plus grave que d'opérer à visage découvert. R. Yo'hanan ben Zakaï en explique ainsi la différence (*Baba Kama* 79 *b*) : « Le bandit met au même niveau le respect du Maître et du serviteur [Dieu et l'homme] alors que le voleur [qui opère en cachette] respecte plus le serviteur [le propriétaire] que le Maître [Dieu]. »

En d'autres termes, avec le bandit les choses sont claires : il assume publiquement sa rupture avec la loi de la propriété. La poursuite de ses activités dépend du rapport de force entre lui et la société organisée ou de son éventuel repentir.

En revanche, le voleur qui opère en cachette vit parmi nous sans qu'on se méfie de lui. Il est apparemment intégré dans la société, et qui sait s'il ne trouve pas des justifications « morales » à ses larcins ? Le danger qu'il représente pour la vie sociale est donc bien plus grand. En cela, il est proche de l'employeur qui retient le salaire de l'ouvrier ou du débiteur qui ne rembourse pas ses dettes, commettant le délit de *ʿosheq,* la forme la plus grave du vol selon nos sages.

En s'interrogeant sur l'utilité des cinq interdictions énoncées dans la Torah, notre passage talmudique a pu ainsi dégager le sens de l'acte d'appropriation abusive d'un bien. Le tableau ci-contre en est une tentative de synthèse. Il compare ces différents délits selon les quatre critères suivants :

1. La nature de l'agression

Elle n'est que symbolique dans le cas du prêt à intérêt où « l'agresseur » (le prêteur) opère à la demande de la « victime » (l'emprunteur). Ce qui est condamné, c'est ce lien pervers quasi corporel qui s'établit par la « morsure » (*néshekh*) de l'intérêt.

L'agression est psychique dans le cas de l'abus de confiance. Elle est physique dans celui du vol violent, purement matérielle pour le vol à la dérobée, et sociale dans celui de la rétention de salaire.

2. La nature de la perte

La perte est financière en ce qui concerne le prêt à intérêt et l'abus de confiance ; librement consentie dans le premier cas, subie à l'insu de l'intéressé dans le deuxième.

Elle est matérielle dans les deux cas de vol qui se différencient par la présence ou l'absence d'une violence physique. Enfin, dans le cas de la rétention du salaire, la perte concerne le temps, les efforts et les projets que le travailleur a investis dans son gain virtuel.

3. Le rapport entre protagonistes

Prêt à intérêt et abus de confiance se déroulent dans un climat d'entente apparente ; le conflit n'y est que latent. Pour le premier, il se dessine en arrière-plan d'un accord complet, sur fond d'un déséquilibre de puissance économique, entre prêteur et emprunteur. Pour le second, il résulte d'un déséquilibre des niveaux d'information et échappe provisoirement ou définitivement à la conscience de celui qui en est la victime.

Le conflit est direct dans le cas des trois autres délits. Il se manifeste par un affrontement en face à face lors du vol violent et de la rétention du salaire. Pour le premier, il résulte d'un abus du déséquilibre de la puissance physique ; pour le second, de l'exploitation abusive du pouvoir socio-économique.

Enfin, à propos du délit de subtilisation, il se produit dans un affrontement indirect, par l'intermédiaire du bien dérobé. Le déséquilibre est constitué par l'inégalité morale entre le voleur qui se moque de la loi et la victime qui s'y soumet.

4. La valeur symbolique

Les cinq cas traités couvrent les différentes possibilités d'emprise qu'une personne peut exercer symboliquement sur autrui. Elle est librement consentie sous forme de soumission par l'emprunteur à son créancier. Elle est d'ordre psychique et se traduit par une blessure narcissique inconsciente dans le cas de l'abus de confiance.

Puis viennent les trois cas d'appropriation corporelle symbolique : physique dans le cas du vol violent ; partielle, parce que seulement matérielle, dans celui de la subtilisation ; et totale, concernant la personne dans son être et dans son avoir, dans le cas de la rétention du salaire.

Le texte que nous venons d'étudier permet ainsi de dégager les différentes dimensions de la violence qui se sert de l'argent pour s'assurer la sujétion d'autrui. Il nous montre comment l'argent-sang-désir, de médiateur symbolique, d'instrument de pacification, se mue en instrument d'agression. Comment, lorsqu'il s'échappe de son cadre légal, le sang symbolique, représentant du désir et de la puissance, se pervertit et pervertit en se confondant avec le symbolisé. C'est peut-être la compréhension de ce jeu du rapport symbolisant/symbolisé et de ses modalités d'inscription dans le corps qui conduit à la sagesse dont parle rabbi Yishmaël (*Baba Batra* 175 *b*). Lorsque Rachi remarque (*Berakhot* 63 *b*) à ce propos que les « lois concernant l'argent (*Diné mamonot*) sont d'une grande profondeur », peut-être pense-t-il à l'accès que celles-ci offrent à l'intelligence des rapports interpersonnels et de la vie en société.

CINQ FAÇONS DE « VOLER »

	Prêt avec intérêt *ribbit*	Abus de confiance *hona'a*	Subtilisation vol en cachette *guenéva*	Vol violent à visage découvert *guezéla*	Rétention du salaire *'osheq*
NATURE DE L'AGRESSION (1)	Symbolique	Psychique	Matérielle Sans violence	Violence physique	Violence sociale
NATURE DE LA PERTE (2)	Perte financière librement consentie	Perte financière ignorée	Perte matérielle subie sans contrainte physique	Perte matérielle subie sous contrainte physique	Perte d'un gain virtuel : valeur de travail, de temps + attentes
RAPPORT DES PROTAGONISTES (3)	Accord mutuel (complicité) Déséquilibre des richesses	Transaction commerciale Déséquilibre du savoir	Affrontement indirect Déséquilibre du rapport à la loi	Affrontement direct Déséquilibre de la puissance physique	Affrontement direct Déséquilibre du pouvoir socio-économique
VALEUR SYMBOLIQUE (4)	Aliénation de la personne ➡ Dépendance acceptée	Manipulation psychique ➡ Blessure narcissique non consciente	Appropriation corporelle partielle ➡ Perte d'avoir	Appropriation corporelle totale ➡ Perte de pouvoir	Appropriation corporelle + psychique ➡ Perte de l'être et de l'avoir

Il n'est pas exclu non plus que le travail mental sur ces différentes notions constitue pour le talmudiste un exercice de maîtrise de ses pulsions agressives.

En effet, s'approprier illégalement le bien d'autrui, c'est lui prendre son sang, à travers son avoir c'est son être qui se trouve atteint. Un second passage talmudique montre explicitement qu'il s'agit bien d'un double meurtre symbolique : l'argent-sang abusivement incorporé finit par altérer la personne du spoliateur.

DEUXIÈME TEXTE
Baba Metzia 112 *a*

[« Le jour même tu lui donneras son salaire avant que le soleil se couche, car il est pauvre. »] « Et sa vie y est investie » (Deut. 24, 14) : Celui qui retient le salaire d'un salarié, est comme s'il lui avait ôté la vie. R. 'Houna et R. 'Hisda [discutent] l'un [dit, qu'il s'agit de] *la vie du voleur* [qui aussi mérite la mort], l'autre [dit, il s'agit de], *la vie du volé.* « Celui qui dit la vie du voleur, c'est parce qu'il est écrit (Prov. 22, 22) " Ne vole pas le faible parce qu'il est faible ; n'écrase pas le pauvre à la porte ", et il est écrit [dans le verset suivant, 22, 23] " Car l'Éternel plaide leur cause et Il ôte la vie à ceux qui les spolient " [littéralement : dépossède ceux qui les dépossèdent]. Et celui qui dit, la vie de la victime [il s'appuie sur le verset] : il est écrit (Prov. 1, 19) : " Tel est le sort de l'avide de lucre " [profit illégalement acquis], il ôte la vie à son propriétaire [légal]. »

En omettant de nommer les auteurs respectifs des deux thèses en présence, le texte nous indique allusivement l'absence d'un désaccord sur le fond. Les deux maîtres reconnaissent bien le caractère symboliquement mortifère de l'acte de rétention du salaire.

Ils sont d'accord pour comprendre à la lettre la phrase « car il est pauvre et sa vie y est investie », c'est-à-dire qu'il s'agit de la vie d'un homme. Chacun insiste particulièrement sur un des aspects de ce double meurtre symbolique.

Celui qui dit « la vie du voleur » met en avant la sanction qui ne manquera pas de frapper l'exploiteur. Il ne s'est pas contenté de priver le salarié d'un gain, il l'a, comme dit le verset, dépouillé parce qu'il est en situation de faiblesse (« il est faible »), il a « écrasé le pauvre », il l'a humilié parce qu'il se trouve face à lui dans un rapport de dépendance : son forfait, il l'a commis en public « à la porte ». Si la justice humaine laisse faire, c'est l'Éternel qui « dépossédera ceux qui dépossèdent la vie ».

Celui qui dit « la vie du volé », insiste sur la gravité du délit : « Il ôte la vie du propriétaire » en le privant non seulement de son dû, mais de toute une partie de ses virtualités : ses projets, ses espérances, ses désirs investis dans ce gain.

Le spoliateur s'empare de la personne du spolié par l'intermédiaire de ses biens réels ou virtuels pour l'incorporer symboliquement.

Mais par cet acte il rompt les limites de sa propre personne et entre dans un rapport dangereux avec l'autre. En transformant celui-ci en chose, en machine à produire, en source de revenu, en cherchant à « gommer son visage » (comme le disait Claude Riveline), il altère sa propre identité et devient lui-même une machine à gagner de l'argent.

Ainsi qu'il apparaît dans la suite de ce passage talmudique, par leurs ambiguïtés, les deux versets des Proverbes suggèrent la réciprocité dans les conséquences de cet acte de violence.

Le premier (22,23) se traduit littéralement ainsi : « Car l'Eternel plaide leur cause et dépossède ceux qui dépossèdent, vie. » Le texte biblique ne connaissant pas de ponctuation, deux lectures sont possibles : soit « l'Éternel *dépossède de leur vie* ceux qui dépossèdent le faible ; soit « l'Éternel dépossède des biens mal acquis ceux qui *dépossèdent le faible de sa vie* ».

De même, dans le second verset (1,19) : « Tel est le sort de l'avide de lucre, il ôte sa vie à son propriétaire », le sujet du possessif « son » est indéterminé. On peut lire, soit « il ôte sa vie au *propriétaire légal,* lésé », soit, c'est l'avidité au lucre qui ôte la vie *au propriétaire du bien mal acquis.*

Ce jeu de double lecture met bien en évidence les interactions agresseur-victime dont il résulte qu'avec l'atteinte à la propriété d'autrui, au-delà des biens matériels, c'est le sang, le corps et la vie des parties qui sont en cause. En effet, nous l'avons vu, l'argent tel le sang est à la frontière de l'intérieur et de l'extérieur de la personne humaine ; partie de soi, il est néanmoins détachable, support d'investissement de ce qui est le plus personnel et cependant complètement banalisé, médiateur permettant d'établir la distance nécessaire à toute communication et, dans le même temps, instrument d'agression et d'aliénation d'autrui, d'emprise sur lui.

On comprend dès lors la complexité des rapports que chacun entretient avec l'argent. Mesquinerie, générosité, ladrerie, prodigalité, avidité, mépris, dédain, passion, évitement — souvent, ces positions se retrouvent simultanément ou en alternance chez une même personne.

Il est aussi difficile d'entretenir des rapports rationnels avec l'argent qu'avec son propre corps et ses propres désirs. Pour l'enfermer dans de strictes limites, la Torah multiplie les prescriptions sous forme de dîmes, offrandes, prélèvements divers. Peut-être est-ce parce que le cadre lui-même risque de devenir un rituel obsessionnel vidé de toute signification que nos maîtres nous recommandent l'étude des lois relatives aux échanges, leur constante réélaboration en fonction de l'évolution du système socio-économique.

C'est cette mise en parole ou mentalisation de ce sang-désir qui permet de remettre l'argent à sa place et de se prémunir contre les menaces d'envahissement et de dérapages.

Pour comprendre le caractère envahissant quasi suicidaire que le Talmud attribue à la spoliation, il convient de se référer au signifiant *kassaf,* désir de l'argent, et que je voudrais, pour conclure, illustrer par le fragment de texte suivant (*Tamid* 32 *b*).

> « Alexandre de Macédoine arrive à la porte du Jardin d'Éden et s'écrie " Ouvrez-moi la porte ", on lui répond " C'est la porte de l'Éternel, les *tzaddikim* [les Justes] la franchiront " (Psaumes 118,20). " Je suis roi, je suis un homme important, donnez-moi quelque chose ! " On lui donna un globe oculaire. Il pesa tout son argent et tout son or, mais l'ensemble ne pesa pas autant que le globe oculaire. Que se passe-t-il [*demande*

Alexandre] ? C'est l'œil de l'être humain qui n'est jamais rassasié. Comment le savez-vous ? Recouvre-le d'un peu de terre et il deviendra léger, car il est dit " *shéol* [l'abîme] et *'avadon* [la tombe] sont insatiables et les yeux de l'homme sont insatiables " (Proverbes 27,20) ».

Le désir, *kassaf,* symbolisé par l'argent et l'or, n'a pas d'objet précis. Ce qu'il vise c'est un état affranchi de tout besoin où rien n'échappe à l'appropriation ; où rien ne manque. C'est ce qu'Alexandre revendique avec les richesses de ses conquêtes en voulant pénétrer dans le Jardin d'Eden. Mais on lui répond : cette porte ne peut être franchie que par ceux qui savent renoncer, par les *tzaddikim,* les Justes qui ont appris à se limiter en se soumettant aux commandements d'une volonté qui les dépasse et dont le désir vise la connaissance de l'Au-delà et non les richesses matérielles.

Elle ne peut pas l'être par ceux qui demandent toujours plus. Symbole du désir insatiable, c'est l'œil humain qui demande tout ce qu'il voit et imagine, cet œil pèse « par conséquent plus lourd » que toutes les conquêtes du grand Alexandre. Existe-t-il un contrepoids à cette avidité qui ne connaît pas de fin ? Oui, le creux de la terre, prêt à engloutir le vivant, seul endroit où tout besoin est définitivement comblé. Seul le retour à l'état inorganique, la mort, est la position où rien ne manque, où le désir est définitivement apaisé.

Le *KaSsaF*-désir, dont l'argent *KeSseF* est le support, se réfère à un fantasme d'omnipotence qui doit être contenu par des limites solides, capables de le canaliser et d'en capter la force dans le sens de la vie dont il est le moteur. Laissé libre sans frontières, abandonné à lui-même, avec son avidité d'incorporer, il conduit le sujet à être englouti par la terre mère.

Cette idée donne une des lectures possibles du rêve de Jacob avec l'échelle, plantée par terre, dont le sommet atteint le ciel, et les anges qui montent et descendent (Gen. 28, 11-15). Le Ba'al Hatourim [1] remarque que le mot *soulam* [2],

1. Jacob ben Asher, début du XIVᵉ siècle.
2. La valeur numérique des quatre lettres du mot *soulam*, comme celle du mot *mamon*, est 136.

échelle, a la même valeur numérique que les mots *mamon,* fortune, et *'oni,* pauvreté. Ces équivalences numériques sont d'une grande actualité avec le krach boursier que nous venons de connaître. Cette échelle sur laquelle fortune et pauvreté s'entrecroisent en montant et en descendant, est « plantée par terre et son extrémité supérieure [sa tête] atteint le ciel ».

L'argent peut à la fois aider à s'enfoncer dans l'inertie de la terre et à s'élever vers les sommets du progrès et de la bonté. La différence réside, bien entendu, dans ce que l'on fait avec l'argent. Mais cela dépend surtout de la capacité que l'on a à en délimiter le champ à l'instar des barreaux qui découpent l'échelle en espaces séparés. C'est la condition pour qu'il ne devienne pas une fin en soi et pour que la fortune ne se transforme pas en grande pauvreté.

Mais un troisième mot comporte cette même valeur numérique de 136 : *qol,* la « voix ». Il représente l'acte de parole, nécessaire pour accomplir le travail de symbolisation permettant de confiner l'argent dans sa fonction de médiateur interpersonnel et support de désir, pour empêcher qu'il ne devienne instrument de violence et d'avidité meurtrière, du sang.

En somme, contrairement à un mot attribué à Woody Allen, l'argent n'est pas « surtout une affaire financière ».

Débat

Après que M. Maurice Rubin et M. Lucien Balland eurent remercié M. Deutsch pour les éclaircissements que son exposé a fournis, M. Armand Mrejen rappelle l'existence d'une forme licite de prêt à intérêt sous forme d'association, ce qui, à ses yeux, pose les mêmes problèmes fondamentaux que le prêt à intérêt classique (perte financière librement consentie, aliénation de la personne acceptée par la victime). En réponse, M. Deutsch fait brièvement le point sur le *heter iska,* l'autorisation donnée par les rabbins de prêter à intérêt lorsqu'il y a association dans une affaire ; c'est ce qui, par exemple, permet aux banques israéliennes de fonctionner en déposant de l'argent dans une banque ; l'individu entre en association avec elle.

Concluant cette leçon de « judaïsme appliqué », M. Georges Hansel livre à la réflexion des participants un élément de droit talmudique, l'interdiction de la contrainte par corps pour non-paiement de dette. Le principe même de la contrainte par corps illustre le danger fondamental qui repose en l'argent et que M. Deutsch a mis en lumière : le désir d'emprise d'un individu sur un autre, la volonté de possession exercée par un homme sur un autre homme.

Deux regards d'historiens sur les Juifs et l'argent

Séances présidées
par Henri Morsel
professeur d'histoire économique à l'université de Grenoble

et par Dominique Schnapper
directeur d'études à l'École des hautes études
en sciences sociales

Les Juifs et l'argent au Moyen Age

par Maurice Kriegel
professeur d'histoire économique à l'université de Haïfa

Je voudrais vous dire, à grands traits, ce que l'on sait du commerce de l'argent tel qu'il est exercé par les Juifs de l'Occident médiéval, saisi du côté des faits et pratiques, sans négliger les représentations.

Mais je commencerai par une observation sur l'activité économique dans les judaïcités de l'islam médiéval et aussi du côté du marranisme (non pas du crypto-judaïsme, mais de ce qui relèverait des milieux en procès de sortie du judaïsme).

Sur ce point, je dois signaler les propositions d'un historien américain, Ellis Rivkin, qui situe le marranisme en tant que « ex-judaïsme » et montre comment un *Homo œconomicus* placé, au-delà des horizons traditionnels, intégralement dans le temporel, serait l'un des acteurs de l'activité économique moderne. Certaines attitudes économiques constitueraient comme l'un des invariants possibles à l'intérieur du champ des attitudes et des comportements juifs.

Dans le champ de l'islam médiéval, ce qui frappe, ce sont les activités bancaires (sans qu'il y ait cependant d'institution bancaire) telles qu'elles ont été étudiées, en particulier, par Salomon D. Goitein à partir des documents de la Guenizah du Caire, alors que le commerce de l'argent par les Juifs de l'Occident médiéval ne peut être dit bancaire à proprement parler puisque les Juifs n'y pratiquent pas la prise de dépôts ni le transfert de fonds. Je n'insisterai pas sur ce point, mais il importe ici de souligner une hypothèse proposée par Salomon

D. Goitein : l'existence d'un type très particulier d'acteur économique dans les pays de l'islam médiéval, celui du *merchant scholar,* à savoir d'un *merchant banker* qui est en même temps un *talmid 'hakham.* A titre d'exemple parmi bien d'autres, je citerai un seul personnage du XIe siècle, Abraham ben Yishou qui parcourt le monde depuis l'Afrique du Nord jusqu'à Sumatra pour y traiter d'affaires financières, et obtient le grade de *'haver* de la *yeshiva* de Jérusalem.

De tels personnages dans les pays islamiques du Moyen Age reprennent ou poursuivent une tradition du judaïsme des périodes mishnaïques et talmudiques.

Rappelez-vous deux simples exemples bien connus de cette association des valeurs de la culture et de l'agir économique, de cette présence de l'activité économique dans le milieu des *yeshivot.* Le grand Rav qui fonda vers 219 l' « Académie » de Soura, était en même temps un homme d'affaires qui s'occupait du commerce de soie de son oncle et maître R. 'Hiya, et il était en outre *agronimos,* c'est-à-dire surveillant des marchés, nommé par le chef de la Diaspora ; on sait aussi qu'il donna de nombreux conseils en matière d'affaires commerciales à son fils. A la même époque, Mar Samuel, qui dirigea l' « Académie » de Néhardéa, est lui aussi lié au commerce de la soie. Il est vrai que dans les *yeshivot* de Palestine, on avait tendance à s'opposer à l'association de l'étude à des activités marchandes. C'est ainsi que R. Yo'hanan, qui enseigna à Sepphoris et à Tibériade (IIIe siècle), déclare : « La Torah ne se retrouvera par parmi les *tagarim.* » (*Tagar,* autrement dit *tadjir,* est employé pour les grands marchands.) Le rabbin d'Eretz Israël, lié au sol, à l'agriculture, s'oppose au milieu du grand commerce !

En fait, tout au long du premier millénaire de l'ère chrétienne, on rencontrera l'idée que ceux qui se livrent à des activités mercantiles doivent entretenir les sages qui se consacrent à l'étude. Le principe en est scripturairement et midrashiquement enraciné dans les rapports entre deux des fils de Jacob : « Réjouis-toi Zebulon dans tes courses, et Issachar dans tes tentes » (Deut. 33, 18), verset que Rashi commente, d'après le *midrash* (*Bereshit Rabba,* 99) : « Zebulon habitait au bord de la mer (près de Haïfa) et partait en bateau pour faire du commerce, et, de ce qu'il gagnait, il procurait la nourriture d'Issachar qui restait chez lui et étudiait la Torah ; c'est pourquoi Zebulon (cadet) est mentionné en premier, car c'est à lui qu'Issachar devait de pouvoir étudier. »

Plus tard, Maimonide (XIIe siècle) s'élèvera fortement contre ce type de régulation du rapport entre sages et non-sages, entre l'agir économique et ce qui relève de l'étude de la Torah ; il réclamera, on le sait, que chacun des sages ait une activité qui lui permette de subvenir à ses besoins ; il gagnait lui-même sa vie comme médecin, s'opposant à l'existence d'un milieu, je dirais presque d'une caste, de savants, de *talmidé 'hakhamim,* coupés de l'action économique et entretenus par le milieu des « non-sages ». Une illustration supplémentaire à ce propos : la *Mishna* définit une ville comme localité où se trouvent au moins dix « sages », terme souvent compris comme appliquant à la lettre le verset : « Tu méditeras la Torah jour et nuit » (Jos. 1, 8). Or, pour Maimonide, le sage est celui qui, subvenant à ses besoins, est en même temps immédiatement disponible pour les fonctions communautaires et pour l'étude de la Torah.

La plupart des historiens considèrent volontiers que la position de Maimonide sur ce point est en rupture avec les pratiques et attitudes répandues dans l'espace des judaïcités de l'Orient médiéval. Mais Goitein, étudiant les modes de rémunération des juges rabbiniques à Fostat ou ailleurs, considère que le modèle maimonidien correspond à la présence et même éventuellement à la prégnance du modèle du *merchant scholar* qui constitue l'encadrement privilégié d'une communauté juive médiévale. Un seul exemple : le beau-père du fils de Maimonide, un nommé rabbi 'Hananaël, est lui-même un « cadre communautaire » et un *dayan* qui se déplace dans l'ensemble des communautés d'Égypte à titre bénévole, et il est en même temps propriétaire d'une raffinerie de sucre dont les activités ont été enregistrées par les documents de vente et des contrats commerciaux déposés dans la Guenizah du Caire.

Ce modèle serait-il un invariant, serait-il valable sur de très longues périodes et dans des milieux différents ? Sans prendre position, je citerai une fois de plus Salomon D. Goitein qui raconte à propos de sa propre jeunesse : « Au début des années 20, j'ai étudié le Talmud avec le *dayan* (juge rabbinique) Jacob Posen de la communauté juive de Francfort. Il y avait bien entendu dans ma ville beaucoup de rabbins salariés, de rabbins professionnels. Le *dayan,* pour sa part, ne recevait aucune rémunération. Un petit nombre de cas étaient amenés devant le tribunal rabbinique. En revanche, la charge d'enseignement de Jacob Posen était beaucoup plus importante que celle d'un professeur américain ! Tous les matins, en hiver avant, en été après le service, autour de six heures et demie, Posen le *dayan* donnait un cours à un groupe d'auditeurs et en outre il dispensait son enseignement à ses élèves en soirée et chaque Shabbat. Par ailleurs, ce M. Posen était un riche banquier et un fumeur à la chaîne de cigares de luxe. Chaque fois qu'était soulevé un problème talmudique difficile — et quand un problème talmudique difficile n'est-il pas soulevé ? — il retirait de sa bouche son cigare, faisait des moulinets, en humait l'arôme et finissait par trouver la solution. En plus, il agissait comme circonciseur ; il était opposé à ce que des médecins se livrent à cette opération en la réduisant à ce qui ne serait plus qu'une opération médicale. Et lorsque je faisais, moi, Salomon Goitein, à Francfort autour des années 20, mes études talmudiques avec Jacob Posen, Jacob Posen pratiqua la circoncision sur huit mille huit cents enfants ! Comment un banquier aussi occupé pouvait-il se livrer à ce sport religieux qui l'obligeait à s'absenter de son bureau au moins trois fois par jour ? Il s'était fait un principe de ne jamais rester un seul instant pour la cérémonie qui suit l'opération elle-même. *He simply came, cut and vanished !* » On rencontrait donc, souligne S. Goitein, ce type du *merchant scholar* de l'époque de la Guenizah, en même temps dirigeant communautaire, dirigeant religieux et financier, au moins jusqu'au début du XXe siècle.

Après ces excursus liminaires, il est temps d'en venir au corps de mon exposé : le prêt juif dans l'Occident médiéval, le commerce de l'argent que je saisirai à la hauteur principalement du XIIIe siècle.

Dans les années 1240, Saint Louis, avant de partir en croisade, demande à des enquêteurs de faire un rapport sur les doléances de ses sujets, afin de redresser les injustices qui auraient été commises par les officiers royaux. Des doléances ont été déposées, dont un certain nombre concernent indirectement les Juifs. Ces textes nous permettent de mieux connaître ce qu'était le commerce de l'argent, notamment le « prêt à la consommation » à la petite semaine, les relations immédiates des prêteurs et des couches inférieures de la population. D'autre part, on a conservé un certain nombre de documents notariaux qui concernent Perpignan à la fin du XIIIe siècle (sans pouvoir se prononcer sur leur caractère représentatif) ; certains de ces registres notariaux concernent les activités des Juifs, mais ici d'un caractère plus ample ; on ne fait enregistrer par-devant notaire des contrats d'emprunt que si les créances sont relativement importantes. Un dixième seulement des créances portées dans ces registres concernent des prêts inférieurs à la somme de dix sols, ce qui, à l'époque dans la région, représentait le salaire d'un ou deux mois d'un artisan. La moyenne des prêts enregistrés dans ces documents est de la valeur de près de dix à douze mois de rémunération d'un artisan ou d'un paysan qui chercheraient à étendre leurs activités [1].

Donc, d'un côté, nous sommes au plus près des classes populaires ; de l'autre, pour Perpignan, nous appréhendons une activité qui associe les prêteurs juifs à tout ce qui relève de l'entraînement économique et du haut artisanat. A cela s'ajoutent quelques données provenant de l'Angleterre du XIIIe siècle et, par ailleurs, un texte fort suggestif de Nuremberg, capitale de l'argent à la fin du Moyen Age, texte qui date, il est vrai, de 1489, dix ans avant l'expulsion des Juifs de cette ville.

A partir de ces documents, on constate que, très massivement, les Juifs sont prêteurs à deux niveaux. Les historiens se sont donné beaucoup de mal pour découvrir dans les archives des Juifs qui ne se livraient pas, à cette époque, au commerce de l'argent. A Perpignan, l'ensemble, sans exception, de la

1. Cf. Richard W. Emery, *The Jews of Perpignan in the 13 th. Century*, New York, Columbia University Press, 1959.

communauté est constitué par des Juifs qui font commerce de l'argent, y compris dans le milieu rabbinique : le célèbre halakhiste et commentateur Mena'hem Hameiri (Perpignan, c. 1249-c. 1310) a des créances qui sont à l'occasion portées sur ces registres. On peut considérer que les documents relevant des enquêteurs de Saint Louis entérinent cette conclusion.

Il faut noter que ces Juifs prêteurs sont les seuls actifs de la communauté qui dépend entièrement d'eux. A ce propos, j'aimerais utiliser les données concernant Nuremberg, même si elles sont plus tardives et ne concernent qu'une population restreinte : un Shabbat du mois de Nissan 1489, un officier municipal opère une sorte de recensement en se présentant à la synagogue et dresse la liste de tous les présents, soit soixante-seize noms ; des recoupements avec les archives municipales portent la communauté à soixante-dix-huit membres masculins dans cette ville qui est la capitale de l'argent dans l'Allemagne du Sud, en relation étroite avec Venise. Cette liste indique pour chacun l'éventuel droit de citoyenneté, le *Bürgerrecgt,* mais aussi des indications concernant l'insertion professionnelle, la condition sociale.

De ce point de vue, on peut distinguer cinq catégories. Les prêteurs sur gages sont seize. Deuxième catégorie — et cela me paraît très significatif de la composition sociale des communautés juives médiévales au-delà du cas particulier de Nuremberg —, les dépendants immédiats des premiers et vivant chez eux : neuf serviteurs ou domestiques, mais aussi dix « précepteurs » *(melamdim)* préposés à l'enseignement de la Torah. (Il faut noter que la fonction des *melamdim* est peu prestigieuse à l'époque, et que leur nombre élevé — près de 15 % des mâles de plus de treize ans — reflète une sorte de chômage masqué.) Troisième catégorie qui prolonge la seconde, celle des services communautaires : onze hommes dont un *sho'het* (abatteur rituel) et un *shammash* (bedeau), et un certain nombre d'emplois mal définis mais qui tous dépendent de la caisse communautaire, autrement dit de la contribution des prêteurs sur gages. Quatrième catégorie : des jeunes désignés comme *Junge* ou *Kind* sans qu'on puisse réellement apprécier leur âge qui, en tout cas, dépasse les treize ans. Et enfin, on note les *ba'hourim,* c'est-à-dire les étudiants de la *yeshiva.*

On peut donc considérer, globalement, que la communauté est organisée autour des prêteurs sur gages et vit sur leurs revenus. Autre donnée qui souligne le rôle du milieu des prêteurs : dans la composition des ménages, on trouve à Nuremberg en cette fin du XVe siècle une moyenne de plus de quatre membres masculins de plus de treize ans par ménage, ce qui est fort élevé ; trois foyers de prêteurs comptent même chacun entre huit et onze mâles adultes, soit près de la moitié de la communauté en trois ménages. Ajoutons que ces « ménages » associent trois générations du fait notamment des mariages précoces pratiqués dans le judaïsme ashkénaze depuis le XIIe jusqu'au XIXe siècle — avec la réserve que c'est moins fréquemment le cas dans les milieux pauvres et chez les *lamdanim,* les « apprentis savants » qui tendent souvent à terminer leurs études et à maximaliser leurs chances au moment de l'arrivée sur le « marché matrimonial ». De cette série de mécanismes naît un élargissement progressif de la présence, y compris démographique, du milieu des prêteurs qui tend à s'élargir petit à petit.

Autre phénomène qui ne manque pas d'intérêt : le nombre relativement élevé de femmes qui pratiquent le prêt, sans que l'on puisse savoir si elles appartiennent à un ménage, prenant par exemple sur elles la charge de l'entretien d'un *talmid 'hakham,* ou s'il s'agit de veuves. Le fait est signalé dans l'ensemble de l'Europe, aussi bien en Angleterre, par exemple à Norwich, que dans la France de Saint Louis, autour de Saint-Quentin, et en Espagne, à Valence où l'on connaît de façon précise le type d'activité des prêteurs qui sont appelés à prêter serment devant les autorités municipales, s'engageant à ne pas dépasser les taux d'intérêt considérés comme maximaux. Dans tous ces cas, la proportion des femmes faisant commerce de l'argent tourne autour de 30 %. Ajoutons que selon un historien de Princeton, le Pr Jordan, qui a étudié statistiquement les rapports des enquêteurs de Saint Louis, le montant des prêts consentis par les femmes pratiquant le commerce de l'argent est très largement inférieur au montant des prêts consentis par les hommes; peut-être s'agit-il de « prêts à la consommation » où ce sont les femmes en charge des ménages qui s'adressent à des « prêteuses » juives qui sont en contact avec les femmes des milieux populaires.

Deux questions viennent immédiatement à l'esprit. L'une concerne le prêt chrétien : Dans quelle mesure seraient-ce des créanciers chrétiens qui, cherchant à tourner l'interdiction du commerce de l'argent, l'interdiction de l'usure faite aux chrétiens, s'adresseraient à des créanciers juifs en tant que prête-noms ? Il serait facile d'aligner les textes qui montreraient la présence dans tel ou tel cas de créanciers juifs qui agissent pour le compte de chrétiens, et tout aussi facile d'aligner les textes ecclésiastiques fulminant contre les chrétiens et contre les pratiques incriminées. Mais, dans l'ensemble, et c'est particulièrement ce que montrent statistiquement les données concernant Perpignan, on peut dire que les Juifs agissent généralement pour leur propre compte ; c'est sur fonds propres que fonctionne dans l'ensemble le crédit juif.

Deuxième question : Le crédit juif est-il dispersé ou y a-t-il regroupement des capitaux ? Autrement dit, les capitaux mis en jeu sont-ils essentiellement ceux d'un petit nombre d'acteurs économiques, les autres prêteurs se partageant les miettes ou, au contraire, y a-t-il fractionnement des activités de crédit ?

Dans l'ensemble, les données connues sont contradictoires sur ce point. Pour l'Angleterre, on possède bien les documents où sont enregistrées les créances des prêteurs juifs, et cela aux fins d'impositions systématiques : autour de 1240, sous le règne d'Henri III, lorsque sont levées des taxes relativement importantes, on a en tout et pour tout trois prêteurs juifs, Aaron et Léon, de York, et David, d'Oxford, qui, à eux trois, règlent 83 % des taxes payées par les Juifs sur des revenus provenant de l'activité de crédit. Au contraire, en France, les enquêtes de Saint Louis révèlent un extraordinaire fractionnement. Il existe certes des « sociétés de crédit », mais il est difficile de trouver une corrélation entre le montant des prêts et la fréquence de ces associations ; les crédits les plus importants ne sont pas nécessairement le fait de ce qui serait des quasi-banques dépassant le niveau familial. Les Juifs, je l'ai dit, fonctionnent, dans leurs activités de crédit, sur fonds propres, mais on peut corriger en disant qu'ils fonctionnent aussi sur une base familiale. Leur activité n'est donc pas une activité à caractère bancaire et largement coordonnée.

Je serai tout aussi rapide sur la fonction réelle de ces crédits, sur les fonctions remplies par l'activité financière juive. On pourrait les distribuer en quatre pans : crédit agricole, crédit d'équipement (accompagnant, comme c'est le cas à Perpignan, le développement de l'artisanat et éventuellement de ce qui relève de l'industrie locale), crédit à la consommation dont les acteurs sont souvent les prêteuses dont je parlais tout à l'heure, et enfin une fonction qu'on pourrait dire politique. Souvent en effet, d'après les enquêtes des officiers de Saint Louis chargés de dépister les irrégularités des fonctionnaires royaux, il apparaît que, lors de la remise des taxes ou lors du paiement des impôts par les sujets du roi, les fonctionnaires royaux font saisie de biens chez les contribuables qui sont dans l'incapacité de régler leurs impôts, puis placent ces biens, en particulier les biens mobiliers, en gage auprès des Juifs, le contribuable étant dans l'obligation, dans un second temps, de libérer son gage, de rembourser la dette involontaire dans laquelle il s'est engagé. Autrement dit, l'appareil étatique mobilise, anticipe des fonds en transformant les Juifs en chaînons dans la relation, dans la régulation des rapports entre l'appareil étatique et les sujets.

Après ces remarques, trop brèves, sur les faits, sur quelques faits plutôt, je voudrais évoquer la question des représentations : comment les Juifs se situaient-ils dans le procès instruit contre l'usure tout au long du Moyen Age, procès dont on pourrait dire qu'il est instruit sous deux chefs d'accusation, étant entendu que c'est le même jeu de notions lié à ce qu'on pourrait appeler le double standard deutéronomique : « A l'étranger tu prêteras à intérêt, à ton frère tu ne prêteras pas à intérêt » (Deut. 23, 20) qui à la fois fonde la mise en accusation du prêt juif et permet de reconnaître la licéité de ce prêt.

Je n'aborde pas pour le moment le problème des pratiques ou plus exactement des attitudes de l'Église et de la papauté à l'égard du prêt juif[1]. Je me contente de rappeler que, au IVe concile de Latran, en 1215, ce sont uniquement les usures *graves et immoderatae* qui sont condamnées. L'Église entérine la pratique ou la retenue d'intérêts qui seraient considérés comme modérés. Ce qui n'empêche pas que se prolonge le procès instruit contre l'usure.

Selon le chercheur américain Benjamin Nelson[2], le Moyen Age chrétien cautionne la distinction faite par le Deutéronome entre « frère » et « étranger », tout en revendiquant parallèlement, et c'est là que s'exprime l'ambition universaliste médiévale, l'observance générale d'un comportement fraternel qui continuerait à reconnaître la présence logique de la catégorie d' « étranger », mais qui la ferait s'évanouir concrètement.

L'universalisme médiéval continuerait donc à être régi par la catégorie du « frère », alors que, à partir de l'enseignement de Calvin, on verrait apparaître une mutation : le réformateur de Genève opère une transformation radicale en subsumant à la fois le frère (*a'h,* en hébreu) et l'étranger (*nokhri*) dans la catégorie du *ré'a,* le « prochain » ; la voie est dès lors ouverte pour refuser d'admettre l'acception de personne en faisant appel au sens de la fraternité — ne pas exiger d'usure immodérée, ne retenir qu'un intérêt licite — mais en excipant en même temps de la dérogation prévue dans le cas des étrangers par le Deutéronome (« Tu devras retenir à l'égard des étrangers un intérêt ») comme d'une licéité donnée par la loi divine de prêter l'argent à loyer. Ce serait là l'apparition d'une fraternité de qualité différente, une transmutation de la sensibilité qui aurait permis, selon Benjamin Nelson, de venir à bout de la théorie traditionnelle de l'usure.

Pour ce qui nous concerne, aux temps médiévaux, la distinction entre le frère et l'étranger est une distinction continuée et régulièrement validée. Elle offre l'occasion d'une censure à l'égard du prêt juif, mais, du même coup, une justification de la licéité du prêt à intérêt pratiqué par les Juifs. L'évêque Ambroise de Milan, personnage fort connu du IVe siècle, commentait le « Tu prêteras à l'étranger » du

1. Voir sur ce point : Léon Poliakov, *Les Banquiers juifs et le Saint-Siège du XIIIe au XVIe siècle,* Éd. Calmann-Lévy, Paris, 1967. *(N.d.E.)*
2. *The Idea of Usury,* Chicago, The University of Chicago Press, 1969.

Deutéronome, qui tolère ou éventuellement prescrit positivement la perception d'un intérêt aux dépens d'un étranger, comme une dérogation au principe général, explicable dans les circonstances exceptionnelles de l'invasion de Canaan par les tribus d'Israël : en réclamant aux idolâtres qui seraient tombés dans la situation fâcheuse d'avoir à solliciter auprès des Hébreux une avance d'argent, de restituer à l'échéance venue une somme supérieure à la somme prêtée, les Hébreux, dans la situation exceptionnelle de l'occupation de la Terre sainte, faisaient la guerre par d'autres moyens.

Au XIIe siècle, Gratien, l'auteur de la première compilation connue du droit canonique — et d'autres décrétistes à sa suite —, élargit la nature contingente et datée de la permission mosaïque selon l'exégèse d'Ambroise et en élargit la signification. Il déduit du même texte la licéité de la retenue d'un intérêt (de l'usure, puisqu'il n'y a pas de distinction entre usure et intérêt) dans tous les cas où la belligérance est l'état normal des relations entre les groupes auxquels appartiennent respectivement l'emprunteur et le prêteur. Autrement dit, les chrétiens qui doivent faire preuve d'esprit de fraternité les uns envers les autres ne peuvent pas prêter à intérêt ; en revanche, aux Juifs qui sont des ennemis des chrétiens, il est licite de prêter à intérêt. Il y a droit d'usure là où il y a droit de la guerre. L'usure, c'est la guerre par d'autres moyens. Cette notion paradoxale sous-entend qu'il est considéré comme licite de la part des Juifs de faire preuve d'hostilité continuée à l'égard des chrétiens.

Cette double notion (usure et hostilité) est présente dans l'ensemble des représentations collectives médiévales. Un seul exemple : dans l'édit par lequel le roi catholique Ferdinand d'Aragon et son épouse Isabelle de Castille décrètent l'expulsion des Juifs d'Espagne, du moins dans l'une des versions de cet édit, il est fait référence expressément à cette hostilité continuée de la part des Juifs à l'égard des chrétiens, hostilité marquée par leur pratique du prêt à intérêt, étant entendu que l'expulsion constitue une manière de mesure d'autodéfense face à cette attitude permanente d'hostilité : « Les Juifs dévorent la fortune et les moyens d'existence des chrétiens, exerçant contre eux de façon inique et impie la dépravation usuraire comme à l'encontre d'ennemis et en les regardant comme idolâtres. »

Bref, d'un même mouvement, le mental médiéval conserve la distinction du frère et de l'étranger, montre à partir de cette distinction que les Juifs pratiquant le prêt à intérêt marquent leur hostilité à l'égard des chrétiens, et en même temps entérine la licéité de ce prêt.

Deuxième chef d'accusation qui apparaît plus nettement à la fin du Moyen Age, notamment dans l'Italie du XVe siècle : les clercs que leurs origines, leur sensibilité, leur type de formation, rendaient particulièrement attentifs aux difficultés des couches populaires, dénoncent les effets néfastes du commerce de l'argent. Autrement dit, le commerce de l'argent juif appauvrit ceux qui y ont recours. Évidemment, les pouvoirs publics peuvent avoir intérêt à entériner le commerce de l'argent dans la mesure où il donne prise à une imposition plus que proportionnelle, mais s'ils veulent créer un autre type de régulation avec les couches populaires, il leur faut faire cesser ce commerce.

Face à ces mises en accusation, quelles sont les réponses juives ? On peut en trouver, dispersées et fragmentaires, dans les commentaires bibliques, mais aussi, de façon plus ramassée, dans les textes polémiques. Bien entendu, on pourrait considérer que ces textes polémiques juifs n'ont d'autre but que de recenser des arguments qui devraient désarmer l'hostilité extérieure et donc rendraient mal compte des sensibilités et des comportements des Juifs eux-mêmes. Je crois pourtant qu'une analyse menée avec précaution devrait permettre de reconnaître à travers cette littérature les attitudes typiques des Juifs qui en étaient les lecteurs et qui sont en même temps des prêteurs.

On peut distinguer dans ces textes trois types de considérations. L'un, paradoxalement est une pure et simple revalidation, dans les termes mêmes de la logique du décret de Gratien, de la distinction du « frère » et de l' « étranger » dans le cadre de la problématique d'Ambroise. La base scripturaire est sollicitée par les auteurs dans le sens d'une ethnologie midrashique : par leurs origines, Juifs et chrétiens sont frères, *a'him,* les Juifs descendant de Jacob et les chrétiens, selon le *midrash,* descendant d'Esaü ; les Juifs doivent donc faire preuve d'esprit de fraternité à l'égard des chrétiens, et s'interdire des pratiques usuraires qui seraient assimilées au droit de la guerre. Mais on connaît la rivalité entre Jacob et Esaü.

Autre type d'argument, plus intéressant, fondé encore sur la discrimination deutéronomique entre *a'h* et *nokhri,* mais ici la revalidation a pour base la distinction entre justice et charité. On le trouve, par exemple, chez Radaq (R. David Qimhi, Provence, c. 1160-1235) et Abrabanel (Espagne et Italie, 1437-1508). Pour eux, l'autorisation de prêter à intérêt à l'étranger est essentiellement différente du vol, de la spoliation, de la fraude qui sont absolument interdits, universellement ; quant au prêt gratuit, sans intérêt, c'est un acte de générosité, faveur spéciale envers le bénéficiaire dont les Juifs n'ont à faire preuve qu'envers leurs coreligionnaires. Autrement dit, dans le cas des relations entre Juifs et non-Juifs, les Juifs n'enfreignent pas le code de moralité universelle en prêtant à intérêt, puisque la prise d'un intérêt n'est pas du vol, mais ils sont liés par le devoir de charité et de générosité envers les membres de leur propre groupe. A partir de là, Abrabanel reprend la distinction entre justice et charité dans le cadre suivant : le Code de l'Alliance ordonne de ne pas prélever d'intérêt sur le miséreux et de rendre au pauvre chaque jour au coucher du soleil le vêtement qu'il a cédé au prêteur en gage probatoire (Ex. 22, 25-27). Il n'y a pas là simple commandement d'équité, mais de charité, devoir d'aider son prochain en difficulté par une donation à titre gratuit, par un acte de miséricorde. Il n'y aurait en effet rien à redire, du point de vue de la stricte justice, au refus du créancier de rendre le gage en sa possession à la tombée de la nuit. Mais faut-il considérer que c'est à l'égard du pauvre qu'on doit faire preuve de générosité, du pauvre non juif comme du Juif pauvre, la distinction entre le riche et le pauvre ne recoupant pas celle du Juif et du non-Juif ? Abrabanel ne tranche pas, mais réaffirme qu'il est interdit d'exiger un intérêt de tout Juif, qu'il soit riche ou pauvre. Donc, revalidation de la distinction deutéronomique.

Avant d'aborder le troisième type d'argument, il me faut ouvrir une parenthèse concernant la distinction entre justice et charité. Le milieu des *'hassidim* rhénans des XIIe et XIIIe siècles[1] cherche à étendre la sphère d'application de l'acte de charité et à interdire toute retenue d'intérêt, fût-ce à l'égard du non-Juif, et demande aux Juifs de travailler le sol dans la mesure où cela leur est possible. En même temps, les *'hassidim* rhénans connaissent de façon fort précise les raisonnements et arguments avancés par les juristes canonistes et théologiens chrétiens de leur temps pour légitimer et autoriser la retenue des intérêts, mais ils les repoussent. Il y aurait là un relatif archaïsme de ce milieu juif par rapport à la réflexion sur l'économique en milieu chrétien. Mais ces *'hassidim* ashkenazes sont en même temps conscients que la pratique d'activités commerciales ou autres permet moins que le prêt à intérêt de libérer les espaces de temps nécessaires pour se consacrer à l'étude de la Torah[2].

Il y a là une réflexion qui sera reprise au XVe siècle où nous trouvons un texte rabbinique qui affirme que mieux vaut pour les *talmidé 'hakhamim* se livrer à l'usure, car c'est la meilleure manière de se consacrer de façon privilégiée à l'étude de la Torah. Cette affirmation met en jeu l'ensemble des relations qui sont le fond même de nos interrogations sur économie et valeur. On en trouverait le pendant dans l'Espagne du XIVe siècle où un Juif de Tolède, prêteur sur gages, demande à un sage venu du sud de la France, d'Alès si je ne me trompe, à être exempté d'impôt par sa communauté, en excipant du fait qu'il pratique le prêt sur gages et qu'il se livre de façon continue, « jour et nuit » selon le verset biblique, à l'étude. La demande est validée comme légitime : mieux vaut pour un *talmid 'hakham* se livrer au prêt sur gages et disposer d'un quasi plein temps pour se consacrer à l'étude de la Torah. Il faut ajouter — mais cela sort de notre sujet — que les communautés ne reconnaissent pas toujours le droit du *talmid 'hakham* à l'exemption, d'où toute une série de luttes communautaires.

La troisième catégorie d'arguments relève donc de la

1. Dont l'ouvrage majeur, *Le Guide des 'hassidim*, a récemment été traduit en français par E. Gourevitch (Éd. du Cerf, coll. « Patrimoines », Paris, 1988). *Cf.* Jacob Katz, *Exclusion et tolérance*, Paris, Lieu commun, 1987. (*N.d.E.*)

2. A noter que, dans un tout autre contexte (Europe de l'Est, XVIIIe siècle), le rabbi Dov Baer de Mezeritz suggérait à ses *'hassidim* de se livrer à l'agriculture pour pouvoir, durant les longs hivers, étudier et visiter le rabbi. (*N.d.E.*)

necessitas. On en trouve notamment la trace chez Méir ben Shimon (Narbonne, XIIIe siècle), qui nous a laissé un ouvrage polémique comportant en particulier une épître adressée à Saint Louis à la suite de l'édiction par le roi de la prohibition du prêt à intérêt. Particulièrement intéressante est la controverse, à la fin du XVe siècle et en présence d'Hercule II de Ferrare, qui oppose des dominicains et des franciscains à Abraham Farissol qui nous en a laissé le compte rendu écrit. Or, dans ces discussions, on trouve de façon extrêmement curieuse une série de considérations par lesquelles Abraham Farissol cherche à convaincre ses interlocuteurs qu'ils ont le droit de tirer des impôts des Juifs. La logique de la démarche est la suivante : Hercule d'Este — comme avant lui bon nombre de souverains chrétiens, comme par exemple Henri III de Brabant dont la veuve s'adresse à ce sujet à saint Thomas d'Aquin — s'inquiète du sort réservé à leur âme du fait qu'ils se feraient complices de l'iniquité de l'usure juive en tirant des revenus des impôts juifs. Autrement dit, le pouvoir, en transformant le crédit juif en éponge qui permet d'absorber les surplus de numéraires, se rendrait complice d'une industrie scélérate et les souverains compromettraient leur vie éternelle. Cette inquiétude, recensée sur de très longues périodes, oblige le pouvoir à choisir à l'occasion entre deux politiques : ou bien programme de « productivisation » (Pierre le Vénérable au XIIe siècle, Louis IX et Édouard Ier d'Angleterre au XIIIe siècle, ou encore tel souverain castillan au milieu du XIVe siècle, cherchent à interdire aux Juifs la pratique du prêt et à les engager dans ce qui relève du labeur manuel) ; ou bien l'expulsion. En fait, la plupart des souverains, s'ils sont convaincus de l'interdiction de tirer des impôts des Juifs, passent d'une politique à l'autre. Ainsi, Édouard d'Angleterre qui, en 1270, interdit aux Juifs de pratiquer le prêt à intérêt, alors que, forts créanciers, ils avaient déjà été auparavant décapités par des taxations surproportionnelles — il n'était donc plus intéressant de conserver des créanciers — éponges desséchées — puis, lorsque la tentative de leur déplacement vers le secteur primaire fut mal engagée, expulsion en 1290.

On comprend par là la position d'Abraham Farissol. Pour son argumentation, il fait appel à un texte de saint Thomas d'Aquin, celui précisément où il répondait à la comtesse de Brabant dont je parlais tout à l'heure. Saint Thomas apaisait les scrupules de la comtesse arguant que les taxes levées sur les Juifs et qui ont pour origine l'usure, sont fondamentalement restituées à leurs victimes dans la mesure où il en est fait usage pour le bien public, pour l'*utilitas communis*. La notion de bien commun autorise donc d'imposer les revenus de l'usure, et, par voie de conséquence, légitimerait la pratique du prêt à intérêt par les Juifs qui, indirectement ou à terme, servent ainsi le bien commun par les ponctions fiscales dont ils sont l'objet.

Ce qui me paraît intéressant dans cette troisième batterie d'arguments qui concerne l'intérêt commun, c'est qu'elle ne partage pas un état d'esprit qui mettrait l'accent sur l'utilité fondamentale du prêt à intérêt juif. Et cela, Abraham Farissol le sent bien, lorsque, ayant fini d'aligner les arguments destinés aux interlocuteurs chrétiens, il conclut sur une note destinée à son lecteur juif : « Si tu le peux, en fin de compte, si tu peux échapper à la malédiction de l'usure, mieux le vaut. Et mieux vaut pratiquer une occupation manuelle. »

Je conclurai en constatant que les trois types d'arguments que nous trouvons dans le cadre de cette littérature polémique font état, dans les différentes situations que j'ai examinées, d'une incertitude fondamentale au niveau des valeurs. Quant à la licéité du prêt à intérêt, elle apparaît comme la dimension économique du malheur exilique de la *Galouth;* le prêt à intérêt est considéré par le Juif médiéval comme la forme que revêt l'exil dans sa dimension économique. Il est considéré comme imposé. Pour le reste, il serait difficile de trouver dans les textes de l'époque les éléments d'un *ethos* économique spécifiquement juif qui se situerait ailleurs que dans le partage des notions qui sont le bien commun du monde médiéval.

Débat

Introduisant le débat, M. H. Morsel déplore la pauvreté de l'historiographie sur l'activité de l'argent chez les Juifs dans la période contemporaine au regard de la richesse des travaux consacrés au Moyen Age ; l'historiographie contemporaine semble « tributaire au regard des autres, du regard de Sombart » et des problématiques posées par Max Weber.

M. Benjamin Dymetman demande quelle est l'origine des capitaux que prêtaient les Juifs. Selon M. M. Kriegel, cette question soulève le problème complexe des circonstances mal connues d'une mutation que l'on ne peut que constater : les Juifs, entre le IXe et le XIIe siècle, ont pratiqué le grand commerce, un commerce administré, lié à l'État et à la haute Église ; entre le Xe et le XIIe siècle s'opère un déplacement du grand commerce international vers le prêt sur gages.

M. Claude Riveline remarque que les explications courantes sur la concentration des Juifs sur le prêt sur gages (seule activité qui leur soit autorisée) se trouvent ébranlées par l'exposé de M. M. Kriegel. A partir de là se posent une série de questions : la position de l'Église entre un concile de Latran relativement laxiste et un saint Thomas d'Aquin prononçant une condamnation franche du prêt sur gages pratiqué par les chrétiens, paraît avoir été plus fluctuante qu'on ne le supposait ; d'autre part, l'Église et les ordres monastiques, notamment les cisterciens, disposaient de capitaux importants : il est difficile d'imaginer que ces capitaux ne furent pas placés d'une manière ou d'une autre, ce qui implique de nécessaires relations, de rivalité ou de complémentarité, entre l'Église et les Juifs. Qu'en fut-il ? Enfin, les Juifs étaient-ils réellement cantonnés à cette seule activité ? Y eut-il, ou non, prêt à intérêt de Juif à Juif? Les débats halakhiques sur le prêt à intérêt étaient-ils à usage interne du monde juif ou des exposés d'arguments pour des disputations avec le monde non juif ? Et qu'en est-il de l'argument courant, et peut-être faux, selon lequel le prêt sur gages est le métier qui permet le plus facilement de se déplacer en emportant son patrimoine ?

M. Léon Abramowicz demande des précisions sur les institutions, étatiques ou ecclésiastiques, qui eurent recours à l'emprunt auprès des Juifs. M. Jonathan Davis demande comment l'on fixait les taux d'intérêt et comment l'on régulait la concurrence entre les différentes communautés juives.

Sur les activités permises aux Juifs, Mme Sonia Fellous apporte des précisions quant au cas de l'Espagne : le recueil de Pilar Leontelio sur les *Judios de Toledo* montre qu'entre le XIIe et le XVe siècle, les Juifs ont été loin d'être cantonnés à l'usure. Au XVe siècle, ils n'ont plus le choix : le statut de Valladolid (1412) leur a fermé l'accès à certaines professions. Il y a eu mutation fondamentale.

Sur la *détermination des taux d'intérêt,* M. M. Kriegel répond qu'elle se faisait essentiellement par le marché de l'argent. Les autorités communautaires intervenaient néanmoins pour tenter de réguler les rapports entre les communautés juives créancières et leurs débiteurs; au XIIe siècle, Rabbenou Tam fait état de décisions communautaires révisant à la baisse le taux de l'intérêt fixé par les conditions du marché afin de mettre un frein à l'hostilité suscitée par le prêt à intérêt. On trouve des exemples d'interventions analogues au XVe siècle en Italie, au XVIe siècle dans le Saint-Empire. Mais cette régulation n'implique pas des taux d'intérêt uniformes : dans la France de Saint Louis, le loyer de l'argent est de l'ordre de 30 à 40 %, mais il est de 70 % en Autriche à la même époque. Cet écart illustre la différence d'avancement économique et de liquidités mobilisables entre les deux pays.

Quant à la *concentration sur le prêt sur gages,* il est difficile de savoir si elle fut due à une intervention extérieure éliminant les Juifs des autres formes d'insertion économique par une réglementation explicite, ou si celle-ci ne fit que sanctionner une situation établie. Sur les *textes halakhiques* mentionnés dans l'exposé, M. M. Kriegel répond qu'ils sont essentiellement polémiques et destinés à l'extérieur. La *halakha* à propos du prêt sur gages peut suggérer des interprétations différentes mais également plausibles. La première place l'interdiction biblique du prêt à intérêt aux Juifs dans le domaine des commandements divins dont les raisons ne sont pas données. La seconde est plus complexe, et la discussion talmudique aboutit à interdire également le prêt à intérêt en direction du non-Juif comme du Juif ; mais cette interdiction est assortie de deux titres de licéité qui rendent possible, sous certaines conditions, le prêt à intérêt au non-Juif : si le prêt à intérêt est l'ultime recours lorsque toutes les autres formes d'insertion économique sont fermées aux Juifs, ou si le prêt à intérêt est pratiqué par des hommes sages qui ne risquent pas, en fréquentant des non-Juifs, de perdre leur identité. Au XIIe siècle, la notion est élargie : Rabbenou Tam indique que le poids de l'imposition arbitraire qui frappe les communautés juives, les obligeant à mobiliser des ressources mobilières à court terme, les force à pratiquer le prêt sur gages, devenu ultime ressource ; le prêt à intérêt apparaît comme la dimension économique de la condition exilique en tant que condition dominée, le problème de la contrainte extérieure, le problème du monde chrétien. Point de vue que l'on retrouvera chez les penseurs de l'époque de l'Émancipation. En fait, on ne peut savoir si les Juifs se sont effectivement tournés vers cette activité afin de pouvoir étudier la Torah ou s'il s'agit d'une explication *a posteriori* avancée alors que les Juifs étaient déjà relégués dans la pratique de l'usure.

Les Juifs dans l'économie : images et réalités

Par David S. Landes
professeur d'économie
et d'histoire économique à l'université Harvard

En 1911, l'historien économiste allemand Werner Sombart publia un livre sur *Die Juden und das Wirtschaftsleben* (édition française, 1923 : *Les Juifs et la vie économique*). C'était, il faut bien le dire, un drôle de bouquin. Il portait tout l'appareillage du livre savant : des références en une demi-douzaine de langues, des citations à n'en pas finir, des dissertations nuancées sur des points subtils et abstrus, des élucubrations théologiques. Le seul problème : c'était un énorme non-sens, un méli-mélo d'erreurs, de bourdes, de partis pris, de sophismes, superstitions et idéologie en guise de science.

Pour Sombart, du moins dans ce livre (car il devait écrire plus tard deux autres monographies également monomanes : *Le Luxe et le capitalisme* et *La Guerre et le capitalisme*), l'origine efficace du capitalisme moderne se trouve dans le rôle novateur des Juifs, ce peuple déraciné, donc exempt de toute contrainte autochtone et traditionnelle, partant, libre de s'adonner à l'inlassable poursuite du lucre. C'est ce peuple juif qui aurait substitué le calcul impersonnel, donc impitoyable, du marché à l'éthique (la moralité) humaine des obligations réciproques ou collectives ; qui aurait inventé ou perfectionné les instruments commerciaux et les institutions bancaires et spéculatives nécessaires à l'exécution des transactions mercantiles à grande échelle ;

qui aurait implanté les besoins matériels par le développement de toutes les techniques publicitaires — bref, qui aurait créé la société de consommation telle que nous la connaissons.

Or, il faut reconnaître qu'un tel étalage de réalisations n'équivaut pas nécessairement à une mise en accusation. La valeur qu'on donne à l'avancement des techniques commerciales dépend de ce qu'on pense du commerce et de son rôle économique, et ainsi des commerçants (des intermédiaires) et de leur rôle. Mais il est évident, à tout lecteur de son livre, que Sombart, lorsqu'il imputait aux Juifs la création de ce qu'il entendait par « capitalisme moderne », n'avait pas en vue de leur jeter des fleurs — pas plus que Napoléon aux Anglais quand il les appelait peuple de boutiquiers. Pour Sombart, comme pour beaucoup de ses contemporains de la fin du XIXe et du début du XXe siècle, le capitalisme, c'était le triomphe du matérialisme et de la cupidité sur tout ce qui est généreux et beau. Et s'il voulait en attribuer l'origine (en fixer le blâme) aux Juifs, c'était pour accabler le capitalisme de la résonance négative attachée, surtout en Allemagne, à l'image des Juifs ; et inversement d'accabler les Juifs de toutes les connotations négatives associées au capitalisme[1].

Quant aux sources de ce comportement caractéristique des Juifs, Sombart (encore comme beaucoup de ses contemporains) cherchait une explication raciste, remontant à un médecin espagnol du XVIe siècle (Juan Huarte de San Juan, dans « son livre splendide », *Examen de ingenios*) pour une théorie « lysenkiste » (avant la lettre) de l'incorporation des expériences de l'exode d'Égypte dans l'hérédité juive : les quarante années sèches de la traversée du désert ajoutées à un régime alimentaire spécial — la manne et de l'eau très pure — auraient irrémédiablement changé la consistance des « humeurs » cardinales de façon à fixer ce tempérament ardent et pourtant calculateur et rusé qui se

1. Il faut noter en plus que Sombart destinait sa monographie à servir de réponse à l'essai justement mieux connu de Max Weber sur *Die protestantische Ethik und der Geist des Kapitalismus,* essai qui assignait au calvinisme un rôle primordial dans la formation du comportement rationnel nécessaire à la création et à la conduite de l'économie capitaliste.

trouverait à la base de la vocation commerciale des Juifs[1].

Je dois dire, en tant que bon Américain, que le système capitaliste ne m'a jamais fait peur, surtout par rapport aux autres systèmes économiques. Au contraire, il a été et reste, avec tous ses défauts, le système le plus productif qu'on ait jamais connu, et nous lui devons tous l'abondance de notre niveau de vie, tout inégale qu'elle soit. (Je me tiens, à cet égard, au point de vue exprimé par Marx et Engels dans le *Manifeste communiste,* qui reste un des éloges les plus éloquents du rôle révolutionnaire de la bourgeoisie.) Ainsi, rien ne me conviendrait mieux, en tant que Juif, que d'accepter la thèse de Sombart, tout en reconnaissant et condamnant son caractère malveillant.

Mais en tant qu'historien économiste, je dois reconnaître que Sombart, pour ses fins, exagère énormément. Il voit les Juifs partout. Ce fin limier, au pif inspiré, dépiste les Juifs les plus inattendus, soit par la courbe de leur nez (il s'en doute même en ce qui concerne la famille royale française — on connaît tous le nez imposant, majestueusement aquilin, de François Ier, dont les cousins successeurs, pareillement pourvus, nous ont valu l'expression de « nez bourbonien »), soit par la consonance de leur nom (ainsi le bon vieux nom hollandais de Coen devient le nom d'un descendant d'Aaron, frère de Moïse). Un exemple encore, pour mémoire et pour rire : il parle de John Law (que les Français appellent souvent *Lass* parce qu'on écrivait le *w* à l'époque comme deux *s*), ce bon *projector* écossais qui devint contrôleur général des finances de la France et qui, en créant la Compagnie française des Indes, engendra la plus spectaculaire spéculation de son époque, de la façon suivante (p. 92-93) :

> Whether he was himself a Jew (on a prétendu que Law = Levy [cet « on » est nul

1. La première fois que j'ai lu ces niaiseries (j'étais *graduate student* à l'époque), je me suis demandé comment on pouvait prendre un tel livre au sérieux. J'avais été invité à en faire le compte rendu, et je me rendais compte qu'il fallait récuser ce bouquin, soit en deux mots (*a piece of rubbish*), soit en le traitant de façon satirique. J'ai choisi la deuxième voie, mais j'ai fait l'erreur d'en montrer le texte manuscrit à un professeur d'histoire économique (Juif en l'occurrence), qui m'a déconseillé de le faire publier sous prétexte que l'antisémitisme du livre n'en était pas partie intégrante. Après tout, me dit-il, il y en a qui aiment leur potage avec des nouilles et d'autres qui l'aiment sans. Et je me suis laissé persuader. *Mea culpa.*

autre que Édouard Drumont !]) I have been unable to discover. It is, however, quite possible. Was not his father a « goldsmith » (and banker) ? He was, it is true, a Christian, but that is not necessarily proof of his non-Jewishness. The Jewish appearance of the man in portraits (for example in the German edition (1720) of his *Money and Trade Considered*) rather supports the thesis that he was a Jew. On the other hand, the peculiar mixture of the lordling and the adventurer which characterized his nature is against the assumption.

Or, en dépit de cette imagination débordante, il faut reconnaître que le rôle des Juifs dans la formation et le développement de ce capitalisme commercial montant (époque allant du Moyen Age jusqu'à la fin du XVIIIe siècle) a été forcément limité, du fait même de leur longue interdiction et de leur distribution géographique. Plus ou moins absents (jusqu'aux dernières décennies du XVIIe siècle) de l'Angleterre, d'où ils avaient été expulsés au XIIIe siècle ; toujours exclus d'une bonne partie de la France et de la plupart des villes commerciales allemandes ; interdits dans la péninsule Ibérique et dans les Pays-Bas espagnols — les Juifs ne trouvaient asile dans les centres de commerce qu'aux Provinces-Unies (ou ils vinrent d'abord en chrétiens/marranes ibériques) et dans certaines villes allemandes ou, par cause d'interdiction de résidence, dans leurs faubourgs. Ce n'est donc pas par accident que les grandes fortunes juives de l'époque moderne (jusqu'au XVIIIe siècle inclus) se trouvaient concentrées sur les deux places d'Amsterdam et Francfort (où les Juifs étaient pourtant confinés dans un ghetto).

Tout de même, ces fortunes, pour promises que certaines d'entre elles fussent à un grand avenir, arrivaient rarement à l'époque à dépasser un niveau secondaire par rapport à celles des négociants non juifs. Ce n'est pas les Juifs qui ont fondé les compagnies des Indes, ni la Banque d'Angleterre, ni les autres piliers du capitalisme commercial ; ils ont été largement le fait de négociants et banquiers parfaitement chrétiens.

Mais que dire des quelques Juifs qui sont arrivés à sortir du rang ? L'exception qui confirme la règle ? Plutôt les signes avant-coureurs d'un esprit d'entreprise depuis longtemps comprimé. Cela dépend du pays. Ici c'est l'anticipation de la liberté ou, pour employer le mot consacré, de l'émancipation — le début d'une ouverture : et puis après, c'est l'entrée dans la liberté, la sortie presque grisante d'un état d'infériorité et d'humiliation. Ailleurs, comme dans les pays slaves et ottomans, c'est l'assomption d'un rôle que l'indigène n'est pas en état d'assumer.

Notez que ces cas de réussite sont souvent le résultat d'une recherche de possibilités. On n'attend pas l'émancipation ; on va à sa rencontre. Si certains Juifs réussirent à se tailler une place, cela s'explique paradoxalement par les expulsions et les exclusions dont ils souffraient dans les secteurs traditionnels. Sans droit de séjour, ils devaient de force se tenir prêts à partir, ce qui imposait une préférence pour des commerces et des marchandises plutôt liquides, comme les perles et les pierres précieuses. Et puis leur séjour, tout précaire qu'il fût, était soumis à toutes sortes de restrictions. Partout on leur interdisait la propriété terrienne, voire toute propriété immobilière ; aussi étaient-ils quasiment exclus de l'agriculture, de loin le secteur le plus important à l'époque[1]. De même, le caractère quasi religieux des corporations des arts et métiers leur barrait l'accès à toutes les branches établies du commerce et de l'industrie.

Il n'est pas surprenant, donc, que les Juifs, en tant que nouveaux venus, aient cherché les créneaux et les nouveaux champs d'activité, ceux qui n'étaient pas encore clôturés (commerce des denrées coloniales, par exemple) ; ni qu'on les ait souvent choisis comme agents, libres qu'ils étaient des obligations et préjugés reçus.

Et puis ils avaient des avantages (il ne faut pas les oublier), qu'ils partageaient d'ailleurs avec d'autres minorités dispersées :

1. Du fait de leur origine et de leur identité communes, ils se connaissaient à travers les frontières. Dans un monde commercial où le bon crédit valait l'or et où les informations

1. Notez en revanche qu'ils pouvaient — exceptionnellement — servir comme régisseurs de domaines ou affermer des terres ; mais que la différence des religions devait compliquer et remettre en question tout exercice d'autorité. De même plus tard pour la gérance d'usines.

manquaient, cette connaissance réciproque était un atout précieux.

2. Pour les mêmes raisons, ils pouvaient mobiliser des capitaux.

3. Ils formaient en effet un collectif de formation et de sélection commerciales. Ainsi, on plaçait les enfants chez des coreligionnaires, pour qu'ils apprennent le métier et pour connaître leur valeur.

Bref, ils étaient actifs, ils contournaient et pénétraient les barrières, et ils se faisaient remarquer. On les voyait paraître pour la première fois depuis des siècles (depuis les grandes expulsions du Moyen Age) dans les grandes places. Quand John Toland écrivit en 1714 sa défense des Juifs, les *Reasons for Naturalizing the Jews in Great Britain and Ireland,* il reconnaissait la vocation du Juif comme intermédiaire : il y a des gens, dit-il, qui sont naturellement porteurs, mineurs, fabricants, boutiquiers. Pas les Juifs. Les Juifs, dit-il, peuvent être appelés les *brokers* (courtiers) du monde, qui, « où qu'ils aillent, créent les affaires tout en les gérant » :

> Yet it is neither by any national Institution or Inclination (as many ignorantly believe) that they do now almost entirely betake themselves to business of Exchange, Insurances, and improving of money upon Security [à noter qu'il ne parle pas de « money-lending »] ; but they are driven to this way of Livelihood by mere Necessity ; for being excluded everywhere in *Europe,* from public Employments in the State, as they are from following Handicraft-trades in most places, and in almost all, from purchasing immovable Inheritances, this does no less naturally, than necessarily, force 'em to Trade and Usury, since otherwise they cou'd not possibly live.

Le texte cité montre qu'il était déjà nécessaire pour un défenseur des Juifs de répondre à des accusations qui reprenaient de vieux thèmes et les relançaient dans le contexte d'une économie en voie de transition, donc sujette à des tensions et des conflits d'intérêts. Pour cette partie de la population qui avait des contacts matériels avec le Juif, cet étrange personnage, souvent distinctif par ses habits et par sa physionomie, faisait figure d'intrus rusé qui savait exploiter à son profit l'innocence du bon chrétien. C'était l'opposition entre le travail, vertueux et productif (à la sueur du front), et le trafic, vil et improductif. Le Juif pouvait être simple colporteur ou marchand de bestiaux (bien plus nombreux que les négociants et les fournisseurs à la cour [les *Hofjuden*]) : il était par nature fourbe, malhonnête et, en dépit de toute apparence, riche mais en même temps avare. (Il est vrai que les quelques Juifs qui étaient effectivement riches étaient souvent taxés de prétention et de prodigalité. Mais cette contradiction apparente du réquisitoire ne troublait personne, pas plus que plus tard la double accusation du Juif comme exploiteur capitaliste et agitateur communiste.) Il pouvait être (comme en Alsace) la seule personne à bien vouloir prêter au paysan, et cela sous des conditions qui interdisaient de prendre la terre en gage : il était par définition l'usurier avide et impitoyable.

Toutes ces préventions étaient renforcées en Europe centrale et orientale par le rôle spécial joué par une petite poignée de Juifs en tant qu'agents du pouvoir, de receveurs d'impôts, de régisseurs de domaines seigneuriaux, d'usufruitiers de monopoles. (Notez que l'immense majorité des Juifs de ces régions étaient bien pauvres et vaquaient à des tâches humbles, souvent sales [les fourrures] et misérablement payées.) Toutes ces fonctions étaient oppressives, et par leur origine et par leur caractère, d'autant plus que la seigneurie dans ces régions étaient souvent allemande, dans un monde paysan slave. Ce rôle des Juifs ne leur a pas valu que des profits. Il n'est jamais aisé de faire le sale travail des autres, de jouer le paratonnerre. Si quelques-uns de ces Juifs s'enrichirent, c'est la communauté entière qui en fit les frais.

Mais tout cela (ce rôle de bourgeoisie factice ou opportuniste) reste bien loin du rôle primordial attribué par Sombart dans son explication du capitalisme moderne. Ces Juifs étaient au fond des handicapés économiques qui s'efforçaient de compenser leurs désavantages par leur assiduité, leur ténacité, leur astuce. Ils ramassaient les restes de la table économique, écoulaient les choses laissées pour compte, éludaient les règlements des corporations (nous avons remarqué d'ailleurs qu'ils en étaient exclus), vendaient en dehors des marchés, sacrifiaient la qualité au bas prix. Ce faisant, ils finirent par s'attirer la haine des marchands et des fabricants établis, ceux qui avaient pignon sur rue et se dépensaient depuis des siècles en campagnes incessantes contre tous ceux qui leur faisaient une concurrence définie comme illicite ou déloyale, c'est-à-dire une concurrence concurrentielle[1]. Les Juifs n'étaient pas seuls à défier ainsi le bon ordre commercial ; loin de là. Mais aucun groupe n'était aussi visible et vulnérable, donc aussi « visable » par rapport à la masse.

Sombart, il faut bien le reconnaître, avait une idée tronquée du capitalisme moderne. Pour lui, les caractères fondamentaux de ce système économique consistaient en ses aspects commerciaux. Weber — et Marx avant lui — voyaient mieux que l'aspect central du nouveau système était sa technologie de transformation et de production : le machinisme, l'emploi de l'énergie non animale, le travail en usine — bref, ce que nous appelons la Révolution industrielle. Quant au reste — le négoce à l'échelle mondiale, les sociétés coloniales et maritimes, la spéculation et l'agiotage —, il précéda de loin le capitalisme moderne, remontant pour certaines de ses techniques jusqu'au Moyen Age et fournissant matière aux romans et à l'histoire romancée. On comprend que Sombart en fut obnubilé. Mais ça le détournait du cœur de l'affaire.

On connut la Révolution industrielle d'abord en Angleterre, d'où elle se répandit aux pays du continent et à l'Amérique du Nord. Elle redéfinit la modernité. Elle transforma le mode de production et les relations des classes, ainsi que les rapports entre les États et les peuples. Ceux qui parvinrent à suivre l'exemple anglais et qui réussirent leur révolution industrielle surent garder leur autonomie et une place paritaire dans le concert des nations. Les autres, les

1. Le principe économique qui régissait le commerce de détail était justement l'élimination des effets du marché. Il y avait une sorte de contrat social : chacun son boulot, chacun sa vie. On suposait un *zero-sum game :* la croissance de l'un impliquait la diminution de l'autre. Ainsi tout effort pour s'attirer des clients, par la publicité par exemple, ou par les bas prix, était immoral par définition.

demeurés, durent accepter une infériorité matérielle qui se traduisit souvent en dépendance économique et politique.

Le rôle des Juifs dans cette transformation était minime, et par leur nombre et par leur importance. Ils avaient peu de présence en Angleterre et en Belgique (le premier pays du continent européen à s'industrialiser) ; ils étaient plutôt marginaux en France, nuls en Suisse, quasi nuls aux États-Unis. Ce n'est qu'en Allemagne qu'on les trouvait en nombre, et là leur apport était limité par une longue histoire de mépris et d'oppression qui les diminuait au point de les exclure presque du patronat. Ils manquaient d'autorité sur des ouvriers chrétiens, et ce par leur identié même, et on voit peu de fabricants juifs sauf dans des circonstances spéciales — par exemple, dans des cas de patronage noble, royal ou impérial, où le patron juif agit au nom de son maître.

Non, en dépit de la direction du développement (l'industrie manufacturière comme secteur de pointe), les Juifs restèrent plutôt cantonnés dans les secteurs familiers qu'étaient le commerce et la banque : d'où toute la comédie humaine, depuis le colportage et la *Wechselstube* jusqu'à la haute banque internationale, depuis le maquignon de Galicie et le prêteur d'argent villageois en Alsace jusqu'au Rothschild/Nucingen de Londres ou de Paris. La différence par rapport à la période antérieure ne consiste pas tant en un changement de rôle qu'en une croissance d'échelle, en un bon usage de certaines techniques (de communication, entre autres) et en la promotion de certaines maisons qui surent dépasser un patronage local pour s'insérer dans les grands courants d'affaires.

C'est l'histoire par exemple des Rothschild et de tout un peloton d'autres maisons de commerce et de change, pour la plupart nées en Allemagne, berceau et école de la finance juive internationale. Elles se hissèrent d'abord au rang de prêteurs et fournisseurs aux innombrables cours de l'Europe centrale (les *Hofjuden*) ; et puis, avec la fortune et surtout avec les fils de famille, elles s'implantèrent dans les nouveaux centres commerciaux et bancaires, créant de ce fait le genre de réseau familial qui offrait d'énormes avantages dans un monde de renseignements limités et de méfiance illimitée.

Tout cela, remarquez, n'avait rien de neuf : qu'on se

rappelle les dynasties italiennes du Moyen Age ; et la diaspora huguenote des XVIIe et XVIIIe siècles. Mais c'était le tour maintenant des Juifs, frayant leur chemin parmi les maisons chevronnées de Baring à Londres, de Hope à Amsterdam, de Bethmann à Francfort, de la « haute banque protestante » de Paris, Genève, Bâle, et finissant par les dépasser. Pour une bonne partie du XIXe siècle (en Angleterre, en France et en Allemagne, mais pas aux États-Unis), cette banque juive dominait la haute finance : les emprunts d'État ; la création de grandes sociétés anonymes (surtout, au début, les compagnies d'assurances, les mines et les chemins de fer) ; le crédit commercial et le marché monétaire.

Mais à partir du milieu du siècle, à la suite des déboires occasionnés par les révolutions et la crise économique de 1848, de nouvelles entreprises bancaires, anonymes et collectives (mais fondées par des Juifs, entre autres), virent le jour. Elles se taillèrent d'abord une place dans les investissements industriels (on les avait créées pour cela), mais ensuite (c'était à prévoir) dans les activités traditionnellement réservées aux *merchant bankers*. Le pionnier dans cette dépersonnalisation de la banque fut la Belgique (la Société générale de Bruxelles) ; suivirent la France (les Pereire et le Crédit mobilier) et surtout l'Allemagne (les « D-Banken »).

Or, tout en tenant compte de l'apport des frères Pereire, il faut bien reconnaître que le rôle des Juifs dans ces nouvelles entreprises (surtout en ce qui concerne leur administration) était modeste, et en Europe et aux États-Unis. Ce n'était pas leur genre d'affaires. Ils préféraient la structure intime et patriarcale de la *maison,* les rapports personnels avec des clients connus, les confidences et le secret de l'affaire.

Tout cela est très bien, mais le style « maison », banque privée, était voué au dépérissement. A partir du milieu du siècle, la grande banque anonyme, aux agences nombreuses, aux milliers de comptes courants, aux multiples attaches industrielles, domine de plus en plus le marché des capitaux. Pour quelques décennies, les *merchant banks* continuaient de bien travailler à côté de ces nouveaux géants et réussirent même à maintenir leur primauté dans le domaine des emprunts d'État. Mais à la longue elles ne purent résister aux plus fortes ressources des sociétés anonymes.

Au tournant du siècle, les *Grossbanken* commençaient à avaler les grandes maisons d'antan, surtout en Allemagne ; tandis que, parmi celles qui restaient, un nombre croissant commençaient à perdre leur caractère spécifiquement juif. Pour diverses raisons. D'abord et en général, toute affaire familiale a de la peine à assurer la continuité — soit par manque d'héritiers en ligne directe, soit par la diversion des enfants vers d'autres professions plus prestigieuses ou par manque de talent et d'acharnement (les petits-fils ont moins faim et, partant, moins d'âpreté aux affaires). Et puis, considération spécifiquement juive, il y eut un effritement des avantages des minorités dispersées (banalisation et diffusion des informations commerciales) ; et une perte de traditions et d'identité juives, par indifférence, par ambition sociale ou par les mariages mixtes, récompense (ou pénalité) de l'ascension sociale.

Ce qui pose un problème à l'historien qui voudrait isoler et apprécier le rôle et l'apport des Juifs : du moment qu'une entreprise d'origine juive perd son caractère familial et qu'elle se trouve aux mains ou sous la gestion de non-Juifs, serait-elle à reclasser ? Et que faire de ces sociétés anonymes qui n'ont pas de caractère proprement religieux ou ethnique ? Prenons par exemple le géant chimique américain Du Pont, fondé à la fin du XVIIIe siècle par un immigré protestant français et géré depuis par ses descendants — membres de ce qui est devenu une des grandes dynasties d'affaires américaines. Comme il advient tôt ou tard dans les entreprises familiales, la ligne directe s'est épuisée à notre époque, du moins en ce qui concerne les compétences et l'intérêt pour l'affaire (si on est Pierre — « *call me Pete* » — Du Pont, gouverneur de Delaware, on voudrait être plutôt président des États-Unis que de la société Du Pont). Alors on a nommé à la présidence du conseil d'administration d'abord un gendre (Crawford H. Greenewalt, marié depuis 1922 avec Margaret Lammot du Pont) ; et puis, en 1974, quelqu'un qui n'avait aucune parenté avec la dynastie, un avocat du nom de Irving S. Shapiro, Juif dont la famille avait vécu autrefois en Lituanie (nous dirions des « Litwaks ») et qui est désigné dans les publications de la compagnie comme Lituanien. (Il est intéressant de constater cet effort d'enjoliver la provenance. Un Juif de Lituanie était autant lituanien qu'un Juif de Turquie serait turc. D'ailleurs le nom Shapiro est aussi juif que celui de Cohen ; alors, à quoi bon ?)

Est-ce qu'on peut dire que Du Pont est devenue de ce fait une société juive ? un exemple de l'influence juive dans les affaires ? du pouvoir de l'argent juif ? Assurément non, à toutes ces questions. M. Shapiro prit sa retraite en 1981 : est-ce que nous devrions réévaluer le statut de la société Du Pont ? De société juive est-elle devenue non juive ? Encore une fois, non.

Mais depuis... depuis lors un large bloc d'actions Du Pont (20 %) est échu aux mains des Bronfman, famille juive canadienne-américaine à la fortune multimilliardaire, propriétaires de Seagrams (grand holding des boissons alcooliques). C'est une histoire du genre effet inattendu. Les Bronfman avaient acheté une bonne part des actions de Continental Oil afin de s'en emparer *lock, stock, and barrel.* Mais ils n'ont pas réussi leur coup d'O.P.A. : il y avait Du Pont sur les rangs, et c'est elle qui a acheté Continental avec des actions Du Pont. Alors voilà les Bronfman, pourvus de manière inattendue d'un gros paquet de Du Pont, qui entrent au conseil d'administration de cette société industrielle bicentenaire avec une part qui équivaut à un contrôle [1].

Compte tenu de situations pareilles, quel devrait être notre jugement sur la place des Juifs dans l'économie actuelle ?

La réponse n'est pas évidente. Tout ce qu'on peut dire, c'est que la matière a changé : l'entreprise, en sa forme anonyme, a de la peine à garder un caractère personnel ou familial, partant un caractère qui la rattache à un groupe religieux, national ou ethnique. Le capital devient mobile, multiforme, plastique. On achète pour développer, mais aussi pour revendre. Il est difficile de se tenir à jour, et je suis sûr que certaines de mes affirmations d'aujourd'hui ne seront plus valables à la date de parution de cet exposé.

En outre, les structures du capitalisme moderne encouragent les mélanges et les amalgames. Dans ce jeu d'acquisi-

1. A cet égard d'ailleurs, on pourrait multiplier les cas : on vient par exemple d'annoncer que les Pritzker, famille juive de Chicago et propriétaires-gérants d'un holding qui comprend entre autres choses les hôtels Hyatt et la ligne aérienne Braniff, voudraient acheter Pan American Air Lines.

tions, de fusions, de ventes et d'achats, l'origine personnelle des acteurs et les relations qui en découlent ne sont pas des éléments décisifs. Pas insignifiants non plus. Les amitiés, les connaissances, la familiarité, le « piston » — tout cela compte toujours. Mais les effets produits, les conséquences, deviennent de plus en plus insaisissables : quelle différence cela fait-il d'avoir des Juifs là-dedans, ou des protestants, ou des catholiques ?

Et puis il ne faut pas se laisser obnubiler par les cas exceptionnels. Les Bronfman et les Pritzker, bien sûr, comme les Rothschild avant eux (mais cette fois il s'agit de *Ostjuden,* donc d'une nouvelle vague ; nous assistons ainsi depuis deux générations [depuis la Grande Guerre] à un renouvellement des élites au sein de la communauté juive), sont des figures de proue, des vedettes dont les coups financiers et les prouesses économiques éblouissent les observateurs, qu'ils soient admirateurs ou hostiles. Mais derrière eux il y a eu toute une population de Juifs tout frais sortis de générations d'oppression, d'opprobre et d'infériorité civile et contraints depuis longtemps dans leurs choix professionnels. Leur place dans l'économie a été *relativement* grande mais *absolument* modeste et, avec l'émancipation, s'est assimilée à celle de la société générale. Le caractère et le calendrier de cette émancipation ont varié d'un pays à l'autre, ce qui a créé une hiérarchie existentielle de dignité et d'amour-propre, et une hiérarchie chronologique d'ascension sociale.

Ce processus de promotion se répète de pays en pays, de génération en génération. Ces Juifs qui avaient la chance d'habiter les premiers dans des pays libres et de droits égaux comme les États-Unis (sépharades d'abord, ensuite des ashkénazes d'Europe centrale) ou l'Angleterre ou la France, ont si bien fait leur fortune (normalement dans le commerce) qu'ils ont largement fini par perdre leur singularité et par se fondre dans la population générale. Leur judéité s'est vidée de conviction et de contenu, jusqu'à ce qu'ils passent (dans le sens sociologique de la disparition), soit par l'indifférence complète, soit par la conversion ou les mariages mixtes.

Dans ces pays, la communauté juive n'est arrivée à maintenir son caractère spécifiquement juif que par de nouveaux apports, par des vagues d'immigration venues de pays moins tolérants et plus traditionalistes. Il en est résulté des communautés juives stratifiées par la pratique religieuse, les manières, le niveau d'instruction laïque, les occupations, la fortune. On a toute la gamme de situations sociales — depuis les gros riches jusqu'à l'ouvrier en chambre ou la servante. Avec le temps vient l'embourgeoisement, d'abord par la réussite commerciale, ensuite par l'instruction qui mène aux professions libérales.

Ainsi aux États-Unis : la plupart des colporteurs allemands des années 1850 et 1860 sont devenus des marchands avec pignon sur rue bien avant la fin du siècle. On avait affaire à une répartition professionnelle tronquée : peu ou pas de classe ouvrière et, comme toujours, peu d'agriculteurs. Puis le flot d'immigration qui se déversait à la suite des pogroms en Russie a amené une autre faune : des Juifs autrement pauvres, tout un prolétariat, qui trouvaient emploi dans des ateliers et de petites usines typiquement gérés par des coreligionnaires d'origine allemande. Et (petite note) quand ces ouvriers se rendaient compte de leurs intérêts collectifs et s'organisaient en syndicats pour mieux négocier avec les patrons, ceux-ci, convaincus de leur propre générosité et imbus de leur paternalisme, furent si vexés par cette ingratitude qu'ils ont abandonné le métier, laissant la place aux plus entreprenants de ces nouveaux venus. C'est ainsi que la confection aux États-Unis est largement tombée aux mains des Juifs venus des pays de l'Est. Leurs prédécesseurs sont devenus rentiers, banquiers, avocats, voire professeurs — chemin qu'ont suivi les autres, à deux générations de distance.

Le développement des économies modernes, à dominante commerciale et puis industrielle, a nécessairement amené toutes sortes de perturbations dans les rapports sociaux, la répartition des revenus, les valeurs collectives, le pouvoir politique ; et qui dit perturbations, dit troubles. On aime dire en anglais qu'une marée montante soulève tous les bateaux, mais ce n'est pas le cas des révolutions industrielles. Il y a des perdants et des gagnants, sinon en termes absolus, alors en termes relatifs.

La course à la modernisation a donc amené dans son train tout un pêle-mêle de griefs et d'espoirs, de plaintes concernant l'injustice des choses, de regrets d'un passé romancé et de rêves utopiques. Et à leur tour, ces sentiments, de caractère bien disparate, ont été justifiés par des « analyses » et des « explications » des maux de l'époque, souvent exprimées en termes de responsabilités et de responsables.

Qui cherche, trouve. La présence accusée des Juifs sur la scène économique en conséquence de leur « émancipation » civile et politique faisait d'eux un point de mire, un pôle de ressentiments politiques et culturels. A cette fin, l'on se servait de toute une démonologie concernant ce peuple à part, d'un catéchisme et d'un vocabulaire négatifs (jusqu'à la consonance qu'on donnait au nom même de Juif), qu'on apprenait enfant et qui fournissaient un contexte idéologique, une *Gestalt* à toute perception. On a développé ainsi, aux deux extrêmes de l'opinion publique, c'est-à-dire parmi ceux qui condamnaient le *statu quo* par rapport au passé (la droite) ou par rapport à l'avenir (la gauche), des sensibilités racistes qui se traduisaient en images stéréotypées négatives. On parlait des Juifs, mais aussi du Juif, unitaire, homogène, indifférencié.

Deux thèmes dominaient : l'oppression par les Juifs, et leur mauvais caractère. Celui-ci d'abord :

1. Le mauvais caractère des Juifs serait attesté depuis les temps les plus reculés. Peuple obstiné (comment pourrait-il être vu autrement, étant donné son refus répété des dieux des autres ?), paresseux (qui passe un jour de la semaine à ne rien faire), mobile (voyez comme il est dispersé), exclusif, avide, radin, mais aussi m'as-tu vu dépensier et prétentieux. Dans une économie à dominante agricole, le Juif est l'intermédiaire par excellence, qui gagne sans travailler. Dans un monde où le prêt à intérêt est interdit, c'est l'usurier par définition, d'autant plus redoutable qu'il est indispensable. Nul chrétien ne pourrait lui tenir tête, si ce n'est par ses scrupules religieux.

Si, dans ces conditions, le Juif fut toléré dans l'Europe chrétienne, c'est surtout à cause de sa fonction d'éponge monétaire : il s'attirait la richesse qu'un système fiscal primitif dans une économie imparfaitement monnayée ne savait pas dénicher, et on la lui extrayait ensuite. A cet égard, le Juif, en tant qu'étranger toléré, n'avait pas de droits : il payait une part des impôts bien au-delà de son nombre (y compris des taxes délibérément humiliantes et vexatoires), en plus de levées arbitraires. Tant que les communautés juives remplissaient cette fonction d'éponge, elles étaient les protégées des princes. Du moment qu'on trouva de nouvelles sources de revenus et de prêts, on les chassa. La bonne tactique toujours était de leur extorquer le maximum par des menaces d'expulsion — c'est ainsi qu'on faisait sortir les derniers sous des cachettes — et puis adieu.

C'est cette image du Juif comme chacal ou rapace, vivant en parasite parmi ses victimes, qui dominait jusqu'à l'époque contemporaine (jusqu'au XIXe siècle). L'idée d'une grande puissance juive, ouverte ou occulte, ne serait pas venue à l'esprit, car elle était manifestement en contradiction avec la faiblesse de ce peuple. Au contraire, c'était l'humiliation même des Juifs qui était la preuve évidente de leur chute, voire de leur punition : d'où tout un mélange de règlements somptuaires (dans une société où l'habit devait traduire ou exprimer le statut personnel), conçus pour leur imposer la posture et l'apparence requises. On ne pouvait permettre à un Juif le confort de la beauté ni de la suffisance.

Cette image caractérielle ne s'est jamais éteinte. Elle était indépendante des faits, détachée de la réalité. Auparavant on reprochait au Juif sa cupidité : nul autre ne serait si âpre au gain, si acharné dans les transactions. En anglais, le nom *Jew* était devenu un verbe : si on faisait baisser le prix à un vendeur, c'est qu'on *jewed him down*. Au XIXe siècle, l'accusation s'est inversée : c'est le Juif qui aurait tué le commerce des autres en réduisant ses marges, en vendant moins cher, en compensant les bas prix par la quantité. Tout le petit commerce conspuait ainsi les colporteurs juifs d'un côté, les grands magasins juifs aux prix affichés (au lieu des prix débattus et à la tête du client) de l'autre. Il s'agissait de deux images superficiellement contradictoires, mais en fait superposées [1]

1. Ce n'est pas un accident que, dans différents pays européens, le petit commerce ait été une des sources principales des mouvements racistes et fascistes : ainsi en Allemagne pour les nazis, et en France pour les supporters de démagogues comme Poujade et Le Pen.

A la fin, l'image s'est dissociée du Juif même, pour devenir métaphore. Notez à ce propos que l'usage de cette métaphore n'était pas le seul fait des milieux traditionnels ou réactionnaires. Le meilleur exemple en est donné par l'essai bien connu de Karl Marx sur les Juifs : d'après lui, les Juifs auraient légué à tous les autres leur esprit de lucre ; et l'émancipation tant prônée serait l'émancipation collective, le renoncement à l'esprit mercantile et au culte de Mammon, autrement dit, la déjudaïsation de la société.

Bien que beaucoup de bien-pensants socialistes aient de la peine à en convenir, cet aspect vicieux d'une opinion qui se voulait progressiste ne devrait pas surprendre. Comme nous avons déjà pu le remarquer, le XIXe siècle, époque de transition s'il en fut, fit plus que sa part des victimes du nouvel ordre et des nouvelles mœurs économiques. Bon nombre de ces perdants se rangèrent du côté gauche de l'opinion, pour embrasser divers socialismes — utopique, romantique, soi-disant scientifique. Ils y trouvèrent le réconfort idéologique qu'ils cherchaient, assaisonné d'une grande dose d'antijudaïsme (d'antisémitisme avant la lettre) — bien plus d'ailleurs en France (*cf.* Fourier, Toussenel, Proudhon) et en Allemagne (Marx et Engels) qu'en Angleterre ou aux États-Unis[1].

2. Au XIXe siècle, un amendement crucial à l'image reçue : le Juif serait devenu riche et puissant, au point de dominer l'économie par le pouvoir de son argent et son caractère transnational. C'est l'image du Juif pieuvre, à bras multiples qui touchent à tout, arrachent tout. Le Juif, en tant que trafiquant, spéculateur, profiteur, n'a pas changé. Mais maintenant, grâce aux concessions naïves accordées par la trop bonne société chrétienne, il travaille avec ses coreligionnaires à l'assujettissement du monde.

Des deux côtés, donc, de la gauche aussi bien que de la droite, l'image des Juifs en tant qu'acteurs économiques tendait à confondre Juif et argent, Juif et capital, Juif et

1. Le côté antisémite de la gauche française, ou du moins du communisme français, a persisté jusqu'à notre époque. Voir les citations tirées de *L'Humanité* par Pierre Birnbaum, *Un mythe politique : la « République juive » de Léon Blum à Pierre Mendès France* (Paris, Fayard, 1988), ch. IX : « Gros capitaliste et petit révolutionnaire. »

pouvoir économique. On connaît les slogans : la féodalité financière ; les Juifs, rois de l'époque ; la haute finance internationale ou apatride ou cosmopolite (mots de code pour les Juifs déracinés, sans fidélité aucune, autre qu'au veau d'or), etc. Birnbaum cite un tract poujadiste des années 50 qui arrive à réunir plusieurs de ces thèmes, tout en promettant et en préparant la vengeance :

Français honnêtes ! Français de vieille souche.
A vos torches... Ça brûlera
L'argent des Juifs, c'est la misère des autres.
N'achetez plus rien aux Juifs.
Dépistez leurs combines. Établissez vos dossiers.
Sachez que Mendès (dit France) vient de vendre Paris
à la juiverie internationale[1].

La prémisse implicite (et souvent explicite) de ce modèle politico-économique est celle d'une haine inexpugnable de la part des Juifs envers les chrétiens, haine qui remonterait aux origines du christianisme et au refus juif du salut apporté par le Christ. D'après ce raisonnement, donc, la richesse juive sert à subjuguer les chrétiens et à se venger de leur bonheur.

Ces mythes caricaturaux suivent leur cours. Ils tirent leur évidence à la façon de Sombart. On cite les cas à sensation, compte comme Juifs ceux qui ne le sont plus (racisme c'est racisme), en fabrique d'autres, mais surtout on cite ce qu'on ne sait pas comme preuve de ce qu'on sait. Après tout, les conspirations sont par définition secrètes. La Seconde Guerre mondiale et la Shoah n'ont guère changé les convictions des croyants ni étouffé les calomnies. Il est vrai que la clientèle a un peu changé : parmi les plus crédules à ce propos, les pays arabes, qui veulent croire, et qui sont actuellement la plus grande source de distribution de tracts antisémites comme les « Protocoles des sages de Sion ». Mais les autres demeurent : ainsi ce curé dont on a pu lire les propos dans *Libération* à propos du petit « détail » de Jean-Marie Le Pen concernant l'Holocauste et les fours crématoires. « Depuis quarante-cinq

1. Birnbaum, *Un mythe politique...*, p. 272.

ans », affirme cet homme de Dieu, « ils [les Juifs] tiennent la France en dictature, ils contrôlent les médias et la banque, ce sont eux qui ont monté toute cette affaire[1]. »

En attendant, la réalité ne cesse pas de changer. La place relative des petites sociétés et des entreprises personnelles se rétrécit. Les sociétés anonymes ont plus de ressources. Il est vrai que certains changements des techniques industrielles et commerciales donnent des chances renouvelées aux petites et moyennes entreprises, et que des niveaux de vie plus élevés encouragent les fournisseurs de produits et de services spéciaux pour consommateurs exigeants. Il y a bien — il y aura toujours — des créneaux pour les nouveaux venus.

Or, il y eut un temps où de telles possibilités auraient eu une résonance auprès des Juifs sortis de leurs villages et ghettos. Moins maintenant. La séquence esquissée plus haut — l'ascension sociale par la réussite économique et le remplacement par le bas — suppose une offre continue d'entrepreneurs en herbe, et pour les Juifs embourgeoisés, souvent assimilés, ça risque de tarir. Les réservoirs d'antan se vident.

Ce qui ne veut pas dire qu'il n'y aura plus de *businessmen* juifs. Certains sans doute entreront dans les affaires, mais comme les autres, de moins en moins en tant qu'entrepreneurs indépendants, de plus en plus en tant que cadres des sociétés anonymes, souvent en diplômés des bonnes *business schools.* (S'il est de bon ton d'aller dans une *business school,* il faut s'attendre que les Juifs y aillent aussi.) Et parmi eux certains s'enrichiront. Comme d'autres.

C'est Heinrich Heine qui a dit que les Juifs sont comme les gens parmi lesquels ils vivent... mais en plus. Il n'y aurait rien de spécifiquement juif au rôle économique des Juifs, que les mythes de leur particularité et de leur puissance subsisteraient. Les mécontents, les malheureux en ont besoin. Étant donné l'héritage occidental — la religion, le folklore, les plaisanteries, la démonologie — qu'est-ce qui pourrait les remplacer ?

« Peuple d'élite, sûr de lui et dominateur », disait de Gaulle. C'était un exemple de ce que les psychologues

1. *Libération,* 5 et 6 décembre 1987, p. 23.

appellent la projection : il aurait préféré dire ça des Français, pour qui ç'aurait été un compliment. Pour les Juifs en l'occurrence, c'était l'écho d'un vieux, tenace, profond reproche. En même temps qu'un prétexte. La raison du plus fort est toujours la meilleure.

Débat

Plusieurs interventions portent sur le rôle historique et politique, volontaire ou involontaire, qu'a pu jouer, dans différents contextes, l'argent détenu par des financiers juifs. Ainsi, pour le XIXe siècle, M. Patrick Girard pose-t-il une double question : ces financiers se sont-ils montrés plus disponibles que d'autres pour la souscription d'emprunts d'État et ont-ils joué un rôle actif dans la mise en relation de la fourniture des emprunts russes avec une amélioration du sort des Juifs de l'Empire russe ? M. Jacques Halbronn évoque le rôle moteur de l'argent dans l'établissement de colonies juives, en Palestine ou en Argentine. M. René Jentet remonte au XVe siècle pour s'interroger sur les conséquences des décrets d'expulsion des Juifs de la péninsule Ibérique, tant sur l'économie des pays concernés que sur celle des diasporas d'accueil.

M. D. Landes répond qu'il est difficile d'évaluer l'importance relative des capitalistes juifs par rapport aux capitalistes non juifs dans la souscription des emprunts d'État ; on constate en revanche que les banques juives ont refusé de participer aux emprunts russes pour protester contre la persécution des Juifs de Russie. Le cas du financement des colonies juives ne lui paraît pas spécifique : « Il y a deux moyens de s'établir dans des pays étrangers : acheter le terrain ou s'en emparer » ; les Juifs n'avaient, à l'époque, que l'arme de l'argent : ils l'ont utilisée. Quant aux décrets d'expulsion des Juifs de la péninsule Ibérique, ils ont amené en France ou aux Pays-Bas des convertis judaïsants qui, en tant que chrétiens, ont eu accès à des activités économiques fermées aux Juifs ; un phénomène analogue s'est produit dans les colonies ibériques d'Amérique du Sud (Brésil, Mexique...) ; mais il faut se garder de surestimer le rôle de ces Juifs.

L'antisémitisme constitue un second pôle d'intérêt pour les intervenants. Partant de l'exemple de l'Allemagne prénazie où l'assimilation des Juifs, les rendant « non repérables » extérieurement, a exacerbé un certain type d'antisémitisme, Mme Charlotte Wydra se demande, tout en reconnaissant le caractère aléatoire de telles comparaisons, si la situation de la France aujourd'hui ne se rapproche pas de celle de l'Allemagne. M. Robert Goldmann pose le problème de la reprise, par la gauche, le tiers monde et certains dirigeants noirs américains, du vieux stéréotype de la toute-puissance financière juive et de l'oppression des pauvres par l'argent juif. M. Louis Vanier se demande si un certain philosémitisme qui exagère le rôle joué par les Juifs « n'est pas le frère jumeau de l'antisémitisme ». M. Henri Morsel note le caractère cyclique de l'antisémitisme, dont les montées lui semblent correspondre à des périodes de détérioration monétaire et de perte de confiance dans le crédit : témoins, Philippe le Bel, mais aussi, dans la période contemporaine, l'affaire Bontoux en France dans les années 1880, l'affaire Schacht dans l'Allemagne des années 1930. Il se demande si l'on peut lier l'actuelle résurgence des antisémitismes d'extrême droite à la crise économique.

M. D. Landes reconnaît que, dans la mesure où la pensée raciste perdure, « l'argent, la réussite, l'ascension sociale, se traduisent à la longue par une perte de judaïté » pour bien des Juifs ; néanmoins, il faut être conscient de ce que, pour la première fois dans l'histoire de la diaspora, la société contemporaine s'ouvre à l'expression des différences et permet aux Juifs de « vivre comme les autres tout en étant juifs ». Sur le caractère cyclique de l'antisémitisme, M. D. Landes exprime un certain scepticisme : l'histoire offre de nombreux exemples de conjonctures économiques difficiles, voire de récessions ou de malversations financières impliquant des Juifs, qui n'ont pas été marquées de manifestations particulières d'antisémitisme. S'il existe un lien, il est difficile d'y voir « une dynamique d'explosion », et « je ne crois pas à une flambée d'antisémitisme liée à la situation économique actuelle ».

M. Paul Lawton aborde, dans une optique wéberienne, le rapport des catholiques, des protestants et des Juifs à l'argent : « Peut-on voir, philosophiquement, peut-être éthiquement, et certainement matériellement, une convergence entre la pensée historique du judaïsme sur la vertu du travail et la vertu de l'argent » et l'éthique protestante, faite de « peur et de respect de l'argent » ? M. D. Landes pense que la conception religieuse ne se traduit pas, à l'égard de l'argent, dans les mêmes termes chez les Juifs et chez les protestants pour qui la valeur essentielle était l'assiduité au travail, l'argent étant un « sous-produit du bon travail » ; pour les Juifs, c'est l'étude, et non le travail, qui est au premier rang des devoirs absolus.

Des questions très diverses sont également posées. S'appuyant, entre autres, sur l'exemple des frères Pereire et d'Albert Kahn, Mme Ginette Levy s'interroge sur le sens qu'a pu revêtir pour de grands financiers juifs l'encouragement à des innovations artistiques, architecturales, urbanistiques... Mme Judith Pachtweiz insiste sur la possibilité d'investir l'argent des Juifs fortunés dans des « centres d'éducation juive » qui assureraient la pérennité de la tradition juive. M. Benjamin Altmann fait le lien entre argent et études, « les deux seules valeurs que l'on pouvait *trimbaler* le plus rapidement avec soi ». M. Maurice Rubin se félicite que l'on affronte et que l'on mette en avant la difficile thématique de l'argent. Mme Aude Weill-Raynal demande si l'on a étudié la fréquence relative de la délinquance économique chez les Juifs, alors que la délinquance de violence ou de droit commun est faible. M. Claude Riveline pose le problème du sens donné au mot « juif » dans le contexte de l'exposé où il semble avoir indifféremment recouvert des réalités diverses : peut-on considérer dans les mêmes termes un Juif pratiquant les *mitsvot* et très différent de son environnement, comme Isaac Abravanel, « indiscutablement traditionaliste et qui fut le ministre des Finances d'au moins trois souverains », et d'autre part « un Juif de la question juive », dépourvu de référence à sa tradition mais tenu pour juif par le monde extérieur ?

La ligne de partage, pour M. D. Landes, ne passe pas par la pratique religieuse ; elle sépare plutôt le Juif qui se définit comme tel et rattaché au judaïsme par un lien, même ténu, familial ou d'éducation, du Juif défini comme tel par les autres en raison de l'identité de ses ancêtres. « Appeler Karl Marx un Juif est un non-sens » : il n'y a pas de transmission génétique du judaïsme.

Pouvoir de l'argent et éthique

Dialogue préparé et animé
par Raphaël Hadas-Lebel
secrétaire général de la Société nationale Elf-Aquitaine

Exposé de Roger Fauroux

ancien président-directeur général de Saint-Gobain[1]

En bon Français catholique, j'ai toujours eu des relations difficiles avec l'argent, et cela aussi loin que remontent mes souvenirs. Quand j'étais enfant, mes parents me donnaient deux francs chaque fois que j'étais premier en composition, à charge pour moi de les déposer dans un livret de caisse d'épargne et de ne plus y toucher jusqu'à mon service militaire. Mauvais calcul, mauvais investissement ! Du reste, mes parents auraient fait volontiers leur cette formule que l'on prête à un ministre des Finances de la IIIe République : « Moi monsieur, je suis un honnête homme, je n'ai pas de compte en banque. »

Et pourtant, les circonstances ont fait de moi un inspecteur des Finances, puis le directeur financier d'un groupe industriel. Cela n'a pas été sans mal, et, en quittant l'administration pour l'industrie, j'appréhendais la rencontre avec le monde de l'argent. La rencontre a eu lieu mais pas où je l'attendais. D'où ma surprise. Surprise que je voudrais vous faire partager, car elle dure encore.

On m'avait appris à me garder de deux archi-diables : les banques et le capital. Les apprivoiser s'est révélé finalement un jeu d'enfant. Les banques d'abord. En tant que directeur financier d'une compagnie industrielle, pour moi le banquier

1. M. Roger Fauroux, actuellement ministre de l'Industrie et de l'Aménagement du territoire, était, à l'époque du colloque, directeur de l'ENA (École nationale d'administration).

est un fournisseur comme les autres, plus que les autres, parce que, à la différence du fournisseur de gaz, de fuel ou de ciment, la matière première qu'il fournit est une matière première d'un usage universel ; mais aussi un peu moins que les autres, parce que, en raison justement du caractère universel de l'argent, il est plus facile de le mettre en concurrence. Bref, le rapport de domination n'est pas celui qu'on pense, surtout dans un pays où les grandes banques commerciales distribuent les crédits avec la même ponctualité et le même manque d'imagination que les P.T.T. mettent à distribuer les lettres !

Le capital. J'ai connu au cours de ma carrière d'industriel, et sans changer de place, trois types de capitalistes. D'abord, un groupe familial rassemblé autour de la Société Pont-à-Mousson depuis plus d'un siècle. Puis, le public, conforté par l'actionnariat d'un groupe financier important qui se trouvait être d'ailleurs la Compagnie financière de Suez. Enfin, dans une troisième phase de 1981 à 1986, l'État. Eh bien ! là encore, dans aucun cas de figure je n'ai senti le pouvoir de l'argent défini comme la propriété capitaliste des actions. Je n'ai pas senti qu'il pesait sur le pouvoir de l'entrepreneur justifié par la compétence, c'est-à-dire par la connaissance d'un métier. Et même le dividende, qui est la rente capitaliste par excellence, l'argent donné à l'argent, avait un montant déterminé le plus souvent par des calculs parfaitement objectifs fondés sur des critères empruntés à des manuels financiers. C'était beaucoup une affaire d'arithmétique et très peu une question de pouvoir ou d'éthique.

Par contre, l'argent, et nous y venons, si peu visible dans les lieux où la mentalité commune cherche à le débusquer, est partout présent et d'une manière absolument obsédante à plusieurs niveaux.

D'abord, comme unité de compte. Dans une entreprise industrielle, le calcul des prix de revient est indéfiniment raffiné, subdivisé, analysé. Autrement dit, l'évaluation en francs, en yens ou en marks de la rentabilité des capitaux investis et de l'argent emprunté ou placé, constitue un réseau, une espèce de filet à mailles très serrées, qui détermine toute la vie de l'entreprise. Dans l'industrie tout s'évalue. Tout, absolument tout, a son poids en argent. Et j'exagérerai à peine en disant que la gratuité se réduit finalement à une imprécision de calcul, à la limite à une scorie qu'une comptabilité mieux faite élimine au profit d'une parfaite transparence des comptes.

Je suis tout à fait conscient que ce type de procédure, parce qu'il ne s'agit de rien de plus que d'une procédure managériale, peut aisément devenir un vecteur de matérialisme. Évaluer en termes d'argent le travail humain, évaluer, peser les minutes qui passent — le temps c'est de l'argent — n'est sûrement pas un exercice innocent. On dit qu'un homme n'a pas de prix, que le temps n'a pas de prix. C'est vrai. Un livre n'a pas de prix, c'est vrai aussi ; mais comment être éditeur ? Une musique n'a pas de prix. Il faut quand même éditer les disques.

Permettez-moi de faire deux remarques très banales. D'abord, l'argent a, me semble-t-il, un pouvoir fantastique d'élucidation. Voyez l'immense cafouillage qu'ont introduit dans les économies communistes ceux qui ont banni l'idée du juste prix.

Deuxièmement, et là j'illustre simplement ce que j'ai entendu cet après-midi, l'argent a un incomparable pouvoir d'apaisement et de refroidissement des passions. Je vais vous citer un exemple qui m'a beaucoup frappé. J'ai été amené dans ma carrière à plusieurs reprises à démettre de leurs fonctions des cadres supérieurs, et parfois des cadres très supérieurs, ce qui n'est jamais une besogne agréable, bien entendu ; mais en France, c'est une opération horrible. Parce que la passion, l'amour-propre, l'orgueil, enfin ce que nos classiques appelaient la gloire, l'emportent de beaucoup sur le calcul objectif des intérêts en cause. Il m'est arrivé de faire la même chose aux États-Unis et de demander sa démission au président d'une filiale américaine importante de Saint-Gobain. Et, à mon immense surprise, la chose s'est passée le plus aimablement, le plus honnêtement du monde, sans cris ni gémissements, parce que dès le départ le débat s'est centré sur l'essentiel qui était le calcul en dollars de l'indemnité qu'il fallait donner à ce monsieur pour qu'il s'en aille. Ce qui me conduit à dire, d'une manière peut-être un peu provocante, que l'argent au cours de l'histoire a fait finalement couler beaucoup moins de sang que l'honneur, ou du moins que l'idée que les gens s'en font.

Et puis, et c'est mon deuxième point, si j'ai eu rarement le sentiment de jouer mon salut ou celui de Saint-Gobain en me livrant à cette mise à prix de toute chose que j'ai essayé de décrire, il m'est sûrement arrivé de trembler en prenant la décision d'investir ici ou là l'argent de l'entreprise. Et je crois que c'est là le vrai risque à la fois éthique et économique de l'industriel. Jérôme Seydoux a écrit un jour que gagner de l'argent est vertueux. Peut-être. Moi, j'ai plutôt le sentiment que dépenser l'argent est vertueux ou ne l'est pas.

Je voudrais vous donner deux exemples très ordinaires mais cruciaux au sens le plus littéral du terme !

Faut-il privilégier l'équipement ou l'emploi ? Eh bien, dans les conditions socio-économiques du moment en France, en 1987, tous les calculs démontrent que, de tous les investissements, le plus rentable est celui qui permet la suppression d'un poste de travail, c'est-à-dire d'un emploi. Et tous les industriels au cours des cinq, dix dernières années ont usé, et abusé pour certains, de cette logique de la productivité. Elle a sa justification lorsqu'il s'agit de survivre, mais il est clair qu'elle n'est pas la seule logique et qu'il faut choisir entre cette logique et quelques autres si l'on veut être un chef d'entreprise responsable.

Plus difficile et subtil encore est le choix entre une politique financière et une politique qui consiste à investir dans des placements financiers le cash-flow de l'entreprise ou, ce qui revient au même, à réduire son endettement, et puis la politique industrielle qui consiste à s'équiper en investissements. Or, le niveau actuel des taux d'intérêt a atteint des sommets tels qu'il recommande aujourd'hui « sans appel » l'investissement financier au détriment de l'investissement industriel. Car aucun investissement industriel, quel qu'il soit, ne peut aboutir à un rendement de même ordre que celui d'un investisement d'un achat de bon de caisse de banque. Il reste que l'industriel a été créé et mis au monde pour remplir un seul devoir que j'appellerai, en citant un assez joli terme du pape Paul VI, le devoir de magnificence. Au sens littéral, c'est-à-dire le devoir de faire plus grand. Alors que l'argent placé ne produit rien sinon d'autre argent, l'argent de l'investissement retranché sur la consommation d'aujourd'hui produit à terme plus de biens et plus de services. Il magnifie ce qu'il a reçu. Pour emprunter à Claude Gruson une expression que je trouve assez belle, c'est ce qu'il appelait « la charité du futur ».

En conclusion de cette partie, je voudrais faire deux remarques. D'abord, être un manager dans l'industrie, c'est, en dehors de toute glorification médiatique, faire le ménage et rien de plus ! C'est-à-dire être ménager de son argent, être ménager de son temps et s'efforcer de contrarier cette tendance naturelle qu'ont les choses à tourner mal si on n'y veille pas. Or, cette tendance malicieuse des choses — et ce voudrait être ma deuxième remarque — depuis quelques années s'est aggravée. J'ai connu une époque où, quelque erreur que l'on puisse commettre en décidant un investissement, elle était gommée par deux années d'expansion. Aujourd'hui, une erreur d'investissement coule une entreprise à pic.

D'autre part, il est très bien de mesurer, de tout comptabiliser, de tout peser. Mais encore faut-il que l'unité de poids soit fixe. Or, depuis que le dollar est monté sur une balançoire, il n'y a plus de mesure fixe, partant, plus de calcul économique qui vaille. Quand j'étais enfant et que le sentiment de l'instabilité du monde me prenait à la gorge, je cherchais en pensée refuge au pavillon de Sèvres où l'on m'avait dit que régnait, immuable, un étalon ; l'étalon métrique en platine iridié : or, aujourd'hui, l'étalon monétaire est en caoutchouc.

En conclusion un peu longue de mon exposé, je voudrais maintenant vous faire part de quelques réflexions personnelles ou de quelques ouvertures que j'emprunterai à ma propre tradition religieuse. Je n'ai pas la prétention ni les moyens de dresser un panorama de l'attitude chrétienne ou plutôt des attitudes chrétiennes vis-à-vis de l'argent, car elles sont innombrables et souvent contradictoires, depuis l'espèce de superbe indifférence des moines orientaux face aux réalités mondaines, jusqu'à l'espèce d'obsession utilitariste des puritains de Nouvelle-Angleterre, en passant par tous les détours des subtilités scolastiques.

Je crois qu'en fait, les Églises chrétiennes ont toujours entretenu des relations conflictuelles avec ces trois immenses réalités — immenses et redoutables parce qu'elles rapprochent les hommes et les divisent — que sont la sexualité, le travail et l'argent.

Je me contenterai donc de vous raconter une expérience que j'ai faite récemment et qui m'a beaucoup frappé. elle est insignifiante en elle-même, mais ne la prenez pas pour autre chose qu'une parabole qui serait vraie. Quand j'étais président de Saint-Gobain, il n'y a pas si longtemps, je rencontrais à intervalles réguliers une religieuse qui appartenait à une congrégation mi-contemplative, mi-active dans le monde des plus déshérités. Elle passait les deux tiers de sa vie dans des endroits impossibles, parmi les gens les plus pauvres de la planète, et le tiers restant à rendre visite à des hommes d'affaires ou à des banquiers, catholiques, juifs ou agnostiques, pour leur demander quelque argent. Elle avait vraiment le plus beau panel de relations qui puisse exister dans ces deux mondes si éloignés l'un de l'autre. Les choses allaient donc le mieux du monde, lorsqu'un beau matin cette religieuse est venue me voir en me disant s'être aperçue que sa congrégation avait dépassé le seuil de pauvreté, qu'elle nous remerciait beaucoup de ce que nous avions fait pour elle, mais qu'elle ne voulait plus de notre argent ! Je dois dire que j'ai été tout de même stupéfait parce qu'on n'a jamais vu et on ne verra probablement jamais un abonné à une subvention y renoncer de son plein gré. Pour le coup, j'ai trouvé que la petite religieuse avait marqué un point vis-à-vis de moi, car son geste avait une valeur prophétique qui m'impressionnait. Mais j'ai quand même commencé aussitôt à discuter, et je crois avoir marqué, moi aussi, un point vis-à-vis d'elle. Parce que je lui ai tout de même expliqué que nos relations n'auraient jamais existé s'il n'y avait pas eu entre nous une affaire d'argent ; que la gêne que j'éprouvais en demandant à la comptabilité de Saint-Gobain de faire un chèque pour elle et la gêne certainement équivalente qu'elle ressentait en le recevant de ma main deux fois par an, avaient donné à nos rapports une espèce de densité et de poids qu'ils n'auraient jamais eus si nos relations avaient été d'une nature simplement amicale ou même spirituelle. Et du coup, nous avons terminé comme il convenait, sur un compromis.

Cette histoire m'inspire deux commentaires quasiment en

sens opposé et en tout cas complémentaires. C'est vrai que le renoncement à l'argent est compris dans la tradition chrétienne comme l'annonce prophétique du retour du Messie et de l'avènement de son royaume. Et qu'épouser la pauvreté, comme j'ai entendu le cardinal Lustiger le dire à des séminaristes, c'est se rendre disponible pour le service de Dieu. Ce n'est pas pour rien qu'à la suite des Juifs, nous disons : « Toi seul es le Seigneur ! » Et à chaque grande période de l'Église on a connu cette espèce d'arrachement que le geste de la religieuse évoquait. Au début du XIIe siècle, les cisterciens ont rompu avec les splendeurs de Cluny, et deux siècles plus tard les ordres mendiants se sont voulus en rupture avec la puissance de l'ordre bénédictin. Aujourd'hui, ici ou là en Amérique latine, ce que font certains théologiens de la libération me paraît alimenté aux mêmes sources. D'autre part, il est certain que la figure du pauvre qui a ses racines profondes dans la Bible, est très prégnante pour les Évangiles, et cela depuis le premier Noël dans la crèche de Bethléem.

Mais en même temps il faut reconnaître qu'il est beaucoup question d'argent dans les Évangiles. On passe son temps à compter des sicles et des talents. On y voit de mauvais riches, ce qui laisse supposer qu'il existe aussi de bons riches. Tout cela plutôt, me semble-t-il, dans la perspective d'un partage que pour exalter la pauvreté en soi. Il y a un épisode dans les écrits de saint Paul par lequel je voudrais terminer. C'est ce qu'on appelle la collecte de Jérusalem. Entre 46 et 48 de notre ère, il y a eu sur le pourtour de la Méditerranée une grande famine. Et la communauté judéo-chrétienne de Jérusalem a été particulièrement frappée. Aussi Paul a organisé d'une manière très rationnelle, avec beaucoup de méthode, une collecte d'argent à travers les autres communautés, d'origine pagano-chrétienne, pour venir en aide à cette Église mère en détresse qu'était la communauté judéo-chrétienne de Jérusalem. Tout cela est très banal et s'est malheureusement bien souvent renouvelé au cours de l'histoire. Mais ce qui, je crois, est moins banal, c'est l'interprétation théologique que Paul donne à ce texte et jusqu'au vocabulaire qu'il emploie. Pour lui, collecter l'argent et le répartir (je m'excuse de parler grec, mais c'est un grec où l'hébreu affleure à niveau de vocabulaire), le répartir c'est faire une *koinônia,* ce qui veut littéralement dire : « faire communion ». Certains traduisent, d'une manière un peu plate, « manifester sa solidarité ». Et d'autres tout bonnement disent : réaliser la collecte. Et je crois que ces derniers ont aussi raison parce que faire la quête et réaliser la communion, en bonne orthodoxie paulinienne c'est la même chose.

Exposé de Gérard Worms

directeur général adjoint de la Compagnie financière de Suez

Quand mon maître Claude Riveline m'a téléphoné cet été pour me dire que, sur une suggestion commune de Roger Fauroux et du comité préparatoire, j'étais prié de venir parler des problèmes d'éthique qui pouvaient se poser aux hommes d'argent, j'ai eu un réflexe d'incompétence. L'homme d'argent est celui qui travaille avec ses sous, comme disait Sylvain Floirat, et moi je travaille avec ceux de mon entreprise ; je ne suis donc pas un homme d'argent au sens où l'on peut l'entendre communément. D'autre part, s'agissant de problèmes d'éthique dans un colloque d'intellectuels juifs, même si mon désir est plus vif que jamais de m'enraciner dans la tradition juive, ma connaissance des textes et ma familiarité avec la tradition sont si faibles que je me sens tout à fait déplacé. Double aveu d'incompétence donc. Mais l'on m'a dit qu'il s'agissait de parler du point de vue de ce financier que je suis et qui, en tout cas, côtoie très souvent les hommes d'argent et peut constater quels sont les problèmes d'éthique qui se posent à eux.

J'ajoute toutefois qu'après avoir assisté à l'ensemble de la soirée d'hier et de la journée d'aujourd'hui, je me suis trouvé relativement réconforté : je me suis dit, en effet, que j'allais, effectivement, parler de choses qui, pour appartenir à une catégorie il est vrai très différente parce que profane, recoupaient tout de même assez largement et en tout cas assez fréquemment les propos qui avaient pu être tenus jusqu'ici.

C'est ainsi que le Pr Halpérin a fait d'emblée allusion à la crise financière et boursière actuelle en citant notamment un article de Jacques Le Goff. Voilà qui me replaçait tout à fait dans mon élément. De même, lorsque Claude Riveline nous a expliqué qu'en définitive le judaïsme cherche des limites à la fluidité de l'argent, je me suis retrouvé là aussi en terrain familier, puisqu'un des problèmes des financiers contemporains est justement de trouver comment s'adapter à cette fluidité extraordinaire, et sur laquelle je reviendrai, de l'argent moderne.

La journée d'aujourd'hui a, elle aussi, suscité en moi de forts échos, que je suis tenté de vous soumettre. Lorsque le rabbin Guedj, par exemple, commentant la loi du talion, a montré son cheminement de la loi du talion pur et dur à sa matérialisation dans des versements compensatoires, incluant toutefois une sorte de clause de sauvegarde permettant l'utilisation de la violence à l'encontre de celui qui abuserait de ce recours aux versements compensatoires, il a conclu que cet itinéraire avait pour objet de contenir la violence dans certaines limites, l'homme étant naturellement violent. Je me suis dit, au cours de cet exposé, que les problèmes de la finance moderne étaient bien de cette même nature. La finance moderne est, elle aussi, naturellement violente, et la question qui se pose est aussi : comment la contenir ?

Lorsque — j'ai ici le sentiment de toucher à des choses plus sacrées encore, par conséquent je m'aventure avec beaucoup d'humilité — le rabbin Botschko a décrit la richesse des trois patriarches en évoquant en particulier l'une des motivations fondamentales de cette recherche de la richesse, à savoir la nécessité de créer, de créer un peuple, de créer une terre, de créer une maison, je me suis dit que beaucoup de ces financiers que je rencontrais et dont j'allais vous parler ce soir avaient aussi, mais dans un tout autre domaine bien sûr — comparer l'un et l'autre serait blasphématoire —, cette motivation profonde de créer, dans leur cas de créer des empires.

Lorsque André Fraenckel a parlé de ce trésor qui se déplaçait, comme on l'a vu dans le passage de *Pessa'him,* et qui avait donc au fur et à mesure des conquêtes franchi bien des frontières, ce trésor qui se déplaçait d'un pays à l'autre, j'ai pensé à une autre migration : celle des « économies-mondes » décrite par Braudel, passant de Venise à Amsterdam, puis Londres, puis New York et dérivant désormais vers le Pacifique. Il y a là comme une sorte de basculement semblable à celui décrit dans *Pessa'him*.

Quant à l'exposé du Pr Landes, il se rapprochait bien plus encore de notre sujet de ce soir, faisant allusion notamment à des entreprises qui changeaient de main, au point qu'on ne pouvait plus savoir si telle entreprise était juive ou pas. Et c'est bien, poussée à l'extrême, cette mobilité du capital des entreprises actuelles, liée à l'anonymat de leurs actionnaires, qui est devenue l'une des caractéristiques de notre système financier.

Enfin, lorsque Emeric Deutsch a opposé les deux fonctions permanentes de l'argent, la fonction de médiation et la fonction d'agression, je me suis dit que, là encore, nous n'étions pas très loin des contradictions du monde financier dont j'avais à vous parler.

Ce monde financier, dont je dois maintenant tenter de vous décrire les problèmes éthiques, je voudrais l'aborder sous deux angles.

D'abord, celui que, dans le jargon de la science économique, on appellerait l'angle macro-économique : il s'agit là des dérèglements de l'économie financière mondiale et des problèmes d'éthique qui en résultent pour la vie collective de notre monde et de ses soixante-dix nations. Je me placerai, dans un deuxième temps, sous l'angle micro-économique, c'est-à-dire que, passant de la sphère financière globale aux choix individuels des financiers de notre temps, j'essaierai d'évoquer les problèmes d'éthique qui se posent à eux. Nous verrons d'ailleurs qu'en dix ou vingt ans, par rapport à la fresque des hommes de finances qu'a tracée le Pr Landes, les problèmes ont changé de dimension, et parfois même, en changeant de dimension, ont changé de nature.

Considérons donc, tout d'abord, ce que je viens d'appeler les dérèglements de l'économie financière mondiale. Je ne vais pas, bien sûr, faire ici un cours d'économie, parfaitement déplacé en ces lieux, même si, comme nous allons le voir ensemble, l'économie est moins éloignée qu'on ne le pense des problèmes d'éthique. Mais il faut se rendre compte d'un premier fait. Aujourd'hui, chaque fois qu'il s'échange un dollar pour payer une marchandise qui passe d'un pays à l'autre, il s'en échange quarante, je dis bien quarante fois plus sur le marché financier sans que ces transactions correspondent à un échange de marchandises. Autrefois, l'argent servait à payer des marchandises. Aujourd'hui, il n'y a donc que 2,5 % des transactions monétaires quotidiennes qui correspondent à cette fonction ancienne de l'argent, c'est-à-dire le paiement des marchandises. Tous les autres transferts sont effectués par des opérations financières sans que cela s'accompagne d'un échange physique de marchandises.

Comment en est-on venu là ? Par une évolution progressive mais rapide. L'argent, comme je l'ai rappelé, servait initialement à payer les marchandises. Il a ensuite servi à monter des financements plus compliqués pour les exportations, que l'on a dénommés les crédits acheteurs, les crédits fournisseurs, etc., conduisant à plusieurs opérations financières pour un seul échange de produits. Et puis sont nés — sans qu'il y ait lieu bien sûr d'exposer ici en détail toutes ces innovations — les euromarchés, les arbitrages de trésorerie d'un pays à l'autre, les pétro-dollars. Sont apparus aussi dans certains pays des excédents financiers très importants, en regard de déficits non moins importants dans d'autres.

Enfin, on a vu fleurir des produits financiers abstraits et plus nouveaux encore, ces options à terme par exemple, dont un de nos collègues d'hier demandait d'ailleurs si le Talmud les avait prévus. Je pense qu'il n'a pas pu avoir une réponse complète et je serais bien incapable de la compléter. Il est clair en tout cas que tout cela a débouché en vingt ans sur une internationalisation, une accélération et même une immédiateté des transactions financières, engendrant une masse gigantesque de capitaux flottants, dont nous voyons bien aujourd'hui le côté quelque peu déréglé.

Il faut ajouter que, depuis une dizaine d'années, les vieilles règles économiques ne fonctionnent plus. Autrefois, quand un pays connaissait un déficit de ses échanges, il dévaluait sa monnaie et cela lui permettait de rééquilibrer sa balance commerciale. Inversement, quand un pays était en excédent, il réévaluait sa monnaie et sa balance se trouvait progressivement rééquilibrée. Or, depuis dix ans, cette vieille règle ne fonctionne plus, ainsi que nous le constatons dans un sens pour les U.S.A., dans l'autre pour le Japon ou l'Allemagne.

Je citerai une deuxième règle qui a perdu sa validité. Autrefois, on disait : face à la spéculation sur une monnaie, il faut avoir des réserves. Il y a encore vingt ans, la Banque de France, grâce à ses réserves d'or, considérait qu'elle pouvait tenir six mois devant la spéculation sur le franc. C'était même ainsi qu'était énoncée la règle : il faut disposer de six mois de réserves ! Aujourd'hui, la Banque de France a encore augmenté ses réserves puisqu'elle dispose de soixante-dix milliards de dollars de réserves, mais comme il peut circuler en une seule journée cent cinquante à deux cents milliards de capitaux flottants basculant d'un pays à l'autre s'il y a spéculation sur une monnaie, cela permet à la Banque de France, bien que ses réserves soient très supérieures à ce qu'elles étaient il y a vingt ans, de tenir seulement quelques heures.

Les principes en vigueur il y a à peine deux décennies ne permettent donc plus ni de faire face à la spéculation, ni de rééquilibrer des échanges. Et l'on pourrait donner d'autres exemples pour illustrer cette sorte de désarroi qui saisit actuellement les opérateurs financiers. Plus personne, dans ce nouveau contexte, ne s'étonne de voir se manifester des attitudes qui, il y a peu, auraient été jugées contraires au bon sens. C'est ainsi que l'on voit critiquer ou même vilipender des exportateurs comme le Japon ou l'Allemagne qui, à force de travail et d'épargne, ont sécrété de forts excédents, et à qui ces excédents sont vigoureusement reprochés.

De même, de très nombreux financiers éminents en arrivent à exhorter un pays, les États-Unis d'Amérique, à fabriquer de la récession. Tout cela reflète un véritable désordre intellectuel auquel s'ajoute, si je reviens progressivement vers les problèmes éthiques, un désordre moral. Si j'ai en effet déjà cité deux des grands déséquilibres affectant l'économie mondiale, à savoir le déficit américain et l'excédent japonais, il en est un troisième qui soulève des problèmes à la fois économiques et moraux, c'est la dette du tiers monde. Cette dette du tiers monde qui est de mille milliards de dollars, j'y ai pensé chaque fois qu'au cours de ce colloque il a été discuté du prêt à intérêt. Le terme de *néchekh,* la morsure, qui a été utilisé à ce sujet dans la Torah, ne peut-il, en effet, mieux s'appliquer qu'à ce problème de la dette du tiers monde que tout le monde fait semblant de croire remboursable, et qui dans un grand nombre de cas ne l'est pas ? Ce problème des prêts aux pays du Sud ne relève-t-il pas, dans une certaine mesure, de la discussion qui a eu lieu à plusieurs reprises dans cette salle sur la condamnation des prêts à intérêt ?

Un autre constat qui nous rapprochera de la Bible à propos de ces graves dérèglements économiques est que, face à eux, nombreux ont été ceux qui, comme dans le passé, ont cherché des boucs émissaires à qui les imputer.

Comme l'a dit le Pr Landes, personne ne soutient plus que les Juifs, à l'échelle de ces problèmes, soient des boucs émissaires plausibles. Mais on en cherche d'autres, tout aussi vainement : on invoque ainsi parfois encore les « gnomes de Zurich », qui seraient les manipulateurs diaboliques de ces masses de capitaux flottants, depuis des bureaux mystérieux de la rue de la Gare à Zurich, et qui spéculeraient d'une monnaie à l'autre, d'un pays à l'autre. Mais il n'y a pas non plus de gnomes de Zurich ! Les gens qui font ainsi mouvoir des capitaux, ce sont des gestionnaires très convenables de fonds de pensions non moins convenables, situés parfois à Zurich, mais surtout à Londres, à Paris ou New York, et qui gèrent des masses considérables de placements de titulaires de contrats d'assurance ou de futurs retraités, en tenant compte de ce que Lionel Stoleru appelle le taux d'arbitrage, c'est-à-dire la combinaison du taux d'intérêt d'un pays et du risque de change dont il faut affecter sa monnaie. Et ces gens-là ne sont, pour leur grande majorité, pas plus diaboliques que vous et moi ! Il n'est donc pas possible, devant tous ces problèmes, de repérer les fautifs.

Et pourtant, comme je l'ai dit, tout cela soulève de graves questions collectives. Le Sud ne pourra pas supporter indéfiniment les turbulences dont il est la victime, et même l'économie des pays développés rencontre, on le voit bien, des difficultés qu'il ne faut pas dramatiser, mais qui sont sérieuses. Il me semble qu'il y a quelque chose du Golem dans tous ces automates qui ont été progressivement créés. Le Golem, en effet, tant qu'il reste dans le cercle que le Maharal lui a fixé, joue un rôle positif et contribue, comme le Maharal d'ailleurs l'a voulu, au progrès collectif. De même, au début de cet exposé, tous les mécanismes financiers nouveaux que j'ai décrits ont servi et serviront le progrès collectif. Mais, de même que le Golem peut sortir du cercle et devenir néfaste, de même ces automates que sont les grandes salles de marchés peuvent aussi, et parfois l'ont fait, sortir du cercle.

Il faut donc que la communauté financière mondiale établisse de nouvelles règles permettant de maintenir ses automates à l'intérieur du cercle dans lequel ils seront positifs pour le progrès du monde. Ces règles ne seront pas trouvées en six mois. Elles ne surgiront pas de la prochaine réunion de tel ou tel sommet de chefs d'État ou de ministres, qui relèvent de l'économie-spectacle, même s'ils ont leur utilité. Mais ces règles, je le crois profondément, seront trouvées dans l'avenir. Il y aura un jour une sorte d'institution plus large et plus puissante encore que le Fonds monétaire international, incluant les pays du Sud, incluant les pays arabes, incluant les grandes nations développées et qui s'efforcera — certaines propositions ont été d'ailleurs lancées dans ce sens — d'inventer de nouveaux mécanismes régulateurs pour le concert des nations. Ces mécanismes auront un aspect éthique, pas seulement vis-à-vis du Sud, mais vis-à-vis des devoirs de chacun face à cet argent dont il faut contenir la violence.

Je vais maintenant aborder ce que j'ai appelé l'aspect micro-économique ou, pour dire les choses plus simplement, individuel de ces problèmes : il s'agira désormais, non de la sphère financière tout entière, mais du financier moderne en tant que personne, et des problèmes d'éthique qui se posent à lui.

Demandons-nous d'abord si le financier moderne est vraiment différent des puissants banquiers d'autrefois, ceux que le Pr Landes a évoqués tout à l'heure, des Vénitiens aux protestants en passant par les Juifs. Une remarque au passage : j'ai trouvé que, partant d'une nécessaire démystification de la finance juive que l'on charge parfois de tous les péchés du capitalisme moderne, ce qui est en effet très excessif, le Pr Landes a parfois été jusqu'à en minimiser le rôle dans l'histoire. Je trouve qu'il y a eu pas mal de grands banquiers et financiers juifs, de Warburg à Fould, de Pereire aux Rothschild, et que leur rôle dans la croissance du capitalisme financier n'a pas tout de même été si modeste.

Mais les financiers modernes, qu'ils soient juifs ou non, et je crois que ce que je vais dire n'est pas spécifiquement lié à leur judéité, me semblent différer assez profondément de ces grands banquiers d'autrefois, du fait même de la croissance de la sphère financière dont je parlais tout à l'heure. Il y a des changements d'ordre de grandeur. Certes, les banquiers d'autrefois maniaient des sommes très considérables par rapport à l'économie de leur temps. Mais les effets de levier, comme on dit maintenant, sont devenus bien plus considérables encore. On a vu, dans l'euphorie financière des deux ou trois dernières années, un homme comme Carlo de Benedetti lever deux milliards de dollars en douze mois, sur la lancée de son succès comme gestionnaire d'Olivetti. On a vu des *raiders,* qui à partir d'une fortune personnelle faible, mais grâce à des montages financiers très sophistiqués jouant à plusieurs étages de ces fameux effets de levier, racheter d'énormes affaires. Sur une seule opération financière, une O.P.A. sur une société de pneumatiques, Jimmy Goldsmith, pour ne citer que lui, a gagné soixante-dix millions de dollars. D'autres grands financiers américains, que le livre de Dominique Nora[1] décrit très bien, ont gagné plus encore sur une seule transaction de quelques jours.

De surcroît, là où ces gigantesques coups de dés étaient réservés autrefois à quelques hommes d'influence, pour la plupart de grands banquiers nourris au lait de leur banque familiale et disposant de vingt ou trente ans d'apprentissage, on a vu se multiplier ce qu'on a appelé les *golden boys,* des garçons ou des filles de trente ans, n'ayant ni

1. Dominique Nora, *Les Possédés de Wall Street,* Paris, 1987, Éd. Denoël.

l'expérience ni le recul spirituel des grands banquiers juifs ou protestants d'autrefois, et constituant donc une vraie novation quant au profil de ces financiers et à leur nombre.

Il est arrivé à certains de penser, face à ce foisonnement là aussi un peu déréglé des financiers modernes, que la crise boursière récente pouvait être comme une sorte de punition, en ce sens qu'elle rend, et pour longtemps je crois, caduques certaines attitudes tendues vers le gain facile et immédiat ; le temps du profit financier facile pour tous, jeunes ou moins jeunes, est en effet révolu pour de nombreuses années. Mais le pouvoir de ce qu'on appelle l'argent liquide, lorsque les financiers en ont, est plus grand que jamais, même après la crise. On voit ainsi les journaux s'interroger sur ce que va faire M. Goldsmith de son « trésor de guerre » ! Il y a, en vérité, des hommes qui détiennent effectivement un pouvoir considérable par la masse d'argent qu'ils ont pu « lever », comme on dit maintenant, ou en tout cas dont ils ont la maîtrise.

Qui sont ces financiers modernes ? Je crois qu'ils se divisent en trois sortes de personnages, en essayant de simplifier. Il y a d'abord, comme dans le passé, des bâtisseurs d'empires financiers. Autrefois, ces hommes s'appelaient Horace Finaly, Jack Francès. Aujourd'hui, ils s'appellent par exemple Carlo de Benedetti et ils s'intitulent eux-mêmes des *builders*. Des gens qui veulent construire et qui de fait construisent ou reconstruisent des groupes industriels ainsi que des réseaux d'alliance industrielle ou financière à travers l'Europe. C'est la première catégorie. Elle a toujours existé. Elle est faite d'hommes à la fois de réflexion et d'action, en prise directe avec l'économie réelle.

Il y a une deuxième sorte de personnages, et je ne cherche pas là à les décrire d'une façon péjorative, qui n'ont pas la même motivation que les précédents : ce sont des hommes de « coups » financiers purs, des *raiders* qui rachètent une entreprise, éventuellement la revendent par morceaux, ce qui d'ailleurs — et ils le font valoir — n'est pas forcément mauvais pour cette entreprise dont la gestion était parfois somnolente avant leur irruption, mais qui en tout cas sont des errants du point de vue de l'endroit où leur capital se localise, alors que ceux de la première catégorie sont plus stables. On ne voit pas bien un *builder* changer d'un seul coup l'ensemble de son portefeuille d'activités, alors que c'est la logique même — et je ne dis pas qu'elle est mauvaise, je dis que c'est la sienne — d'un Jimmy Goldsmith. Cette seconde logique comporte en effet la possibilité d'opérer brutalement de grands changements de cap dans ses activités. Mais, là encore, il y faut une forte dose de fulgurance.

Puis, il y a une troisième catégorie d'acteurs, parfois émules des gens de la seconde : ce sont les spéculateurs purs, à la manière des *golden boys* dont je parlais tout à l'heure, qui achètent et revendent des paquets d'actions. On retrouve chez eux des traits évoqués plusieurs fois cet après-midi, notamment par Emeric Deutsch. C'est-à-dire que dans bien des cas ils sont davantage poussés par le désir que par les motivations industrialo-financières que j'évoquais précédemment. Et il est bien vrai que l'argent entraîne des perversions fétichistes. Elles conduisent par exemple un certain nombre de gens, quand ils ont atteint une fortune de cent millions de dollars, à ne plus rêver que d'une chose, c'est d'en avoir deux cents ! Non pas parce qu'ils auront de ce fait plus de plaisir, mais parce que cela devient une sorte d'obsession.

Les plus grands financiers, de la première ou de la seconde catégorie, ne sont pas mus par un tel fétichisme. L'interview de Carlo de Benedetti dans la revue *Débat* montre que sa motivation est tout à fait ailleurs que dans l'obsession de l'argent. Certes, pendant la guerre il a vécu des moments qui lui ont fait désirer mettre sa famille à l'abri des problèmes d'argent, mais ses motivations sont tout autres. Elles sont plutôt inspirées par le désir de conquête et de puissance. D'autres mènent des croisades. On nous dit par exemple que Jimmy Goldsmith prépare une croisade sur le nucléaire ou sur le SIDA.

Mais il reste que, même chez les plus grands, il peut y avoir des mégalomanes de l'argent. Nous savons bien à quoi a abouti la quête effrenée de Howard Hugues aux États-Unis. Et là encore, on peut retrouver le mythe ou le thème du Golem. L'argent, à un moment donné, peut rendre les hommes fous et être effectivement la version négative du Golem, celle qui débouche sur des explosions.

Si j'exclus de la suite de mon propos cette sorte de

mégalomanes qui sont bien loin de se poser des problèmes éthiques — encore que Howard Hugues s'en soit posé à sa façon —, quels sont les problèmes éthiques qui se posent à tels financiers ? D'abord, et je crois que cela différencie l'argent du financier de l'argent de l'industriel dont parlait Roger Fauroux, il y a le pouvoir corrupteur de l'argent. Plus encore que dans l'industrie, on peut corrompre dans la finance. Pourquoi le peut-on plus facilement que dans l'industrie ? Dans l'industrie, lorsqu'on veut en quelque sorte mettre de l'argent dans sa poche, il faut le prendre à l'entreprise. Il faut donc devenir pratiquement un escroc par rapport à son entreprise. Dans la finance, cela n'est pas nécessaire. On n'a pas besoin d'appauvrir l'entreprise pour enrichir sa fortune personnelle. C'est par exemple le cas, lorsque ayant eu dans une banque d'affaires vent d'une O.P.A., ce qui est le métier de certains financiers, on achète ou on fait acheter par des complices des actions de l'entreprise qui va être bientôt l'objet de cette O.P.A. et dont en conséquence les actions vont augmenter ; on ne fait pas de tort à sa propre entreprise. Mais on sait où mène ce genre d'opérations. Dans le cas d'Ivan Boesky, à deux cents millions de dollars, puis à la prison. En tout cas, c'est un exemple du fait qu'il est assez facile hélas, dans ce métier, de s'enrichir par des voies détournées. Et il est encore plus facile, maniant des comptes bancaires anonymes, de proposer à d'autres ces mécanismes corrupteurs. Par conséquent, le premier problème éthique qui me paraît se poser, c'est celui de l'argent corrupteur.

Je crois qu'il y a deux réponses à ce problème. L'une qui relève du gendarme, c'est-à-dire de tout ce que peuvent faire et devraient faire davantage encore les diverses institutions régulatrices des mécanismes boursiers, pour prévenir un certain nombre de ces manipulations. L'autre relève de la morale personnelle et de ce que l'on appelait autrefois la morale des affaires. C'est une notion beaucoup plus fortement répandue dans les milieux financiers qu'on ne le croit parfois ailleurs. La morale des affaires existe. Et je crois que la sphère financière ne pourrait pas fonctionner si la plupart de ses membres n'avaient précisément, certains pour des raisons d'exigence liées à leur morale juive, mais d'autres — les plus nombreux — pour des motifs de morale personnelle, une grande capacité de résistance à ce type de perversions. Sinon, tout cela se serait écroulé depuis longtemps dans l'indignation générale. Il reste qu'il y a en permanence ce risque lié au pouvoir corrupteur de l'argent.

Il y a un deuxième problème éthique. C'est celui que j'évoquais déjà en disant qu'une bonne partie de ces métiers de l'argent sont déconnectés de l'économie réelle et sont parfois considérés comme parasitaires par rapport à l'économie productive. C'est la distinction qui a été faite cet après-midi, à propos de Max Weber et de la religion protestante, entre l'argent né du travail et l'argent né du trafic. Et il est vrai que même les *raiders* éprouvent le besoin de s'expliquer vis-à-vis de l'opinion, comme je le disais tout à l'heure, lorsqu'ils attaquent une entreprise, ils font valoir — et ce n'est pas toujours faux — que c'est dans l'intérêt même de l'entreprise qu'il faut remplacer un management inefficace. Mais lorsque, au-delà de ce remplacement, l'entreprise est totalement démantelée, il n'est pas toujours vrai que cette action soit vraiment positive pour l'intérêt général et pour l'économie réelle.

A fortiori, la spéculation pure sur les marchés à terme ne peut guère être considérée comme relevant de l'économie réelle. Et même si individuellement elle ne présente aucun caractère immoral, elle soulève les problèmes de déséquilibres globaux que j'ai évoqués en commençant. En d'autres termes, nous retrouvons là les problèmes d'éthique collective. Je ne crois pas qu'on puisse faire reproche à des financiers d'utiliser les nouveaux outils, les nouveaux systèmes de spéculation qu'on leur met à disposition puisque c'est leur métier même. Je crois qu'en revanche il appartient aux gouvernements, aux institutions, aux entreprises elles-mêmes qui emploient ces financiers, de fixer des règles. Et on voit bien qu'entre une maison comme Volkswagen qui a laissé son trésorier opérer de façon frénétique sur ces marchés et d'autres entreprises qui l'interdisent, il y a toute la gamme des règles internes, sans même parler d'éthique, que l'on peut sécréter ou ne pas sécréter.

Le troisième problème éthique qui se pose aux financiers, après ceux de leur pouvoir corrupteur et de leur éventuelle déconnection par rapport à l'économie réelle, c'est un problème qui a souvent été évoqué à propos de la finance juive, celui du cosmopolitisme. Est-il convenable pour un financier qui détient les actions d'une entreprise de les vendre à l'étranger, au mépris des intérêts nationaux ? Il y a là une question difficile à trancher, portant sur la dose de patriotisme, pour employer un mot un peu inadéquat, que l'on peut ou doit inclure dans un raisonnement d'actionnaire. Le propos que je tiens là a l'air mythique ; il ne l'est pas du tout dans le cas de l'Allemagne ou du Japon. Si quelqu'un veut aller lancer une O.P.A. en Allemagne, en proposant aux gestionnaires de fonds de retraite ou aux banquiers allemands de payer vingt pour cent de plus que le cours du marché pour acheter leurs actions, et si ce quelqu'un n'est pas allemand, il n'a guère de chances, dans l'état de la culture financière allemande, d'obtenir lesdites actions. Et tant pis pour les assurés, qui d'ailleurs s'étonneraient peut-être qu'on ait livré leurs actions, fût-ce à vingt pour cent de plus que le cours. Ce même patriotisme existe au Japon, sous la forme d'un tissu complexe de relations entre la banque et l'industrie. Il n'existe guère, en tout cas sous cette forme, dans le capitalisme à l'anglo-saxonne. Et les Français en quelque sorte sont entre deux chaises. C'est-à-dire qu'ils sont plutôt portés depuis quelques années vers les règles du capitalisme anglo-saxon, mais ils souhaitent aussi, et je crois qu'ils ont raison, tisser entre leurs industriels et leurs financiers des liens de la nature de ceux, souvent subtils, qui existent en Allemagne ou au Japon. Je pense que ces types de solidarités sont effectivement nécessaires, si l'on ne veut pas verser dans une indifférence totale aux problèmes de fragilisation des tissus industriels nationaux.

Enfin, le quatrième problème que j'ai recensé chez les grands financiers — mais celui-là est beaucoup plus classique —, c'est que, lorsqu'ils gagnent beaucoup d'argent, ils ont un devoir de citoyenneté, un devoir de mécénat. On a évoqué le mécénat à propos de ce que Roger Fauroux disait tout à l'heure de ses rapports avec une religieuse. Je crois qu'effectivement, plus on accepte que l'argent ne rende pas coupable, plus on se sent le devoir d'en consacrer une part aux œuvres d'intérêt général. C'est ainsi que les grands financiers juifs qui en définitive, et Claude Riveline entre autres l'a bien montré hier soir, ne trouvaient pas dans leur tradition de motifs de culpabilité par rapport à l'argent, ont été corrélativement de grands mécènes. L'exemple des Rothschild, mais aussi de nombreux autres, est là pour en témoigner. La plupart des grands financiers américains, Rockefeller en tête, ont adopté cette attitude. Je crois que ce devoir de mécénat est une sorte de réflexe éthique assez répandu, même s'il n'est pas général et même si, en France en particulier, il est loin d'être aussi systématique que chez les financiers ou les industriels américains.

Pour conclure, après ces quelques réflexions sur les problèmes éthiques des financiers, dont vous voyez qu'ils sont essentiellement de caractère laïc et qu'ils se posent donc de la même façon à un Juif qu'à un non-Juif, je voudrais tout de même revenir sur quelques réflexions davantage reliées à ce que m'apporte personnellement la tradition juive dans mon propre vécu de l'argent.

D'abord, je pense que nous avons quelque part en nous un sentiment de précarité qui fait que nous ressentons vis-à-vis de l'argent une distance, la distance bien nécessaire dont parlait Emeric Deutsch, mais qui nous est quasiment naturelle. Nous avons forcément en tête le livre de Job, et bien d'autres catastrophes plus proches de nous qui fondent ce sentiment de précarité. Je crois que cela nous donne un peu de recul, un peu de distance, par rapport à l'argent, et que cela est très sain.

Deuxièmement, nous sommes, consciemment ou inconsciemment, porteurs d'une exigence morale d'une tout autre nature que tout ce que j'ai évoqué, et qui n'est pas pour rien dans la façon dont on peut vivre ce problème de l'argent. Et tout ce que j'ai entendu aujourd'hui m'a personnellement beaucoup apporté de ce point de vue.

Troisièmement, la tradition juive comporte une compréhension assez naturelle du côté dialectique de l'argent. On l'a dit toute la journée, le profit est sain mais l'argent est corrupteur. Il faut libérer les échanges mais ne pas gommer les visages — selon la belle formule de Claude Riveline hier soir. Nous savons donc bien que l'argent a à la fois, comme cela a été souligné, une fonction de médiation, d'apaisement, de pacification, mais qu'en même temps il est objet et source de violence. Et par conséquent nous sommes habitués à cette sorte de dialectique que l'argent incarne, comme, plus généralement, à tout mouvement dialectique de la nature de ceux que le Maharal de Prague, mieux que quiconque, nous a fait découvrir.

Je repensais d'ailleurs tout au long de ce colloque au livre d'André Neher sur *Faust et le Maharal de Prague*[1]. De fait, l'argent évoque irrésistiblement le mythe de Faust. Le pacte avec le diable, la volonté de puissance, l'argent, tout cela est très faustien. Mais André Neher montre qu'il y a des différences entre le mythe de Faust et celui du Golem qui font que, pour moi, l'argent évoque en définitive au moins autant le Golem que Faust. Je dis cela d'abord parce que le problème de Faust par rapport à Méphistophélès est un problème d'assouvissement individuel de ses désirs, alors que le rapport du Maharal au Golem est au contraire un rapport d'utilité collective. Or, je crois que l'argent, comme j'ai tenté de le montrer dans la première partie de mon propos, est effectivement un outil à partir duquel une économie efficace peut se construire, ou au contraire se délabrer, et qu'il porte donc au moins autant un thème de progrès collectif qu'un thème d'assouvissement du désir individuel.

En second lieu, il me semble que l'argent a, avec l'homme, une relation qui fait plus penser à celle du Golem par rapport au Maharal qu'à celle de Méphistophélès par rapport à Faust. Méphistophélès et Faust sont, en effet, comme le rappelle André Neher, deux êtres distincts qui se trouvent certes compagnons de route, mais liés par un pacte. Dans le cas du Golem, le Golem est une créature qui est en quelque sorte issue du Maharal, et qui peut contribuer au bien collectif tant qu'il reste enfermé dans un cercle, comme aussi devenir diabolique lorsqu'il en sort. Mais le Golem reste un outil créé par le Maharal, du moins pour ceux qui pensent, et je sais que cette thèse n'est pas unanimement acceptée, que celui-ci en est le père. De même l'argent, à travers tout ce que j'ai tenté

1. Paris, P.U.F., Coll. « Questions », 1987.

de décrire, cet argent qui naît comme monnaie de compte après l'économie de troc, n'est en définitive qu'une création de l'homme, qui peut encore, et ce sera ma conclusion, demeurer sur le versant positif du Golem en tant qu'outil de progrès, comme il peut, au contraire, et souhaitons qu'il n'en soit rien, lui échapper chaque jour davantage.

Débat

A propos des *raiders,* M. Emeric Deutsch cite une disposition halakhique visant les joueurs (et qui n'est pas unanimement admise) : le joueur, celui qui considère toujours qu'il va gagner — et, s'il perd, l'autre s'approprie du gain sans l'accord du perdant —, le joueur est sanctionné du fait qu'il ne participe pas au développement de la société ; il ne peut être juge ou témoin au tribunal. S'étant placé hors du cycle de production, le joueur ne saurait être à même de comprendre les hommes d'affaires qui viendraient lui exposer leurs problèmes. Cette attitude envers les non-productifs exclus de certains droits de citoyenneté suscite une vive réaction de M. René Jentet qui s'inquiète de ses conséquences potentielles : Qu'advient-il des chômeurs, « scorie économique de nos sociétés » ? M. Deutsch précise que seuls sont visés ceux qui ont délibérément *choisi* un métier non créateur de richesses et non ceux qui sont *empêchés* de produire.

M. Gérard Worms, élargissant le problème, met en doute l'idée que, dans le contexte contemporain, les industriels et financiers qui se livrent à la spéculation pure tiennent une fonction uniquement parasitaire ; certes, les marchés d'instruments financiers, outils spéculatifs, ne contribuent pas, en soi, à créer une richesse réelle, mais, dans le contexte de vaste dérégulation et d'internationalisation de la finance moderne, un pays qui s'interdirait ce type d'action se verrait « court-circuité ». Il est vrai que cette démarche relève du jeu, mais d'un jeu qui, M. Roger Fauroux le rappelle, a eu pour rôle original d'assurer la stabilité du marché.

MM. Jonathan Davis et Léo Hamon se replacent dans la perspective de la moralité des affaires. M. J. Davis s'inquiète, à la suite de l'affaire Guiness où sont impliqués deux importants donateurs de la communauté juive britannique, du rapport établi par ces personnes entre leur moralité en affaires et leur moralité en tant que Juifs ; il s'inquiète également des conséquences potentiellement préjudiciables d'une imbrication du monde de la communauté juive et du monde des affaires.

M. Léo Hamon émet trois réflexions. Il constate d'abord l'existence en France, à côté de la tradition catholique, de deux autres traditions profondément ancrées : la tradition socialiste de sévérité à l'égard de l'argent et la tradition du service public où « le fonctionnaire, l'universitaire, construisent une carrière hors des grandes récompenses de l'argent ». Il note à ce propos que les universitaires juifs, privilégiant l'étude au détriment des affaires, se situent, consciemment ou non, dans une tradition juive fort ancienne. Il relève ensuite la réalité d'une réhabilitation récente de l'argent qu'il attribue d'une part à l'inefficacité des techniques de rationnement appliquées pendant la guerre et d'autre part à l'échec de la comptabilité hors argent pratiquée dans les États socialistes. Il s'interroge enfin, et interroge M. Fauroux, sur la question de savoir si la réhabilitation de l'argent n'entraîne pas dans son sillage une plus grande demande d'éthique à l'égard du manieur d'argent.

La moralité des affaires, le *business ethics,* répond M. Fauroux, est devenue dans les universités américaines une discipline à part entière. Pour ce qui concerne la tradition catholique d'éloignement des valeurs de l'argent, M. Fauroux souhaite apporter deux nuances à ce qu'il a dit dans son exposé. Saint Thomas s'est beaucoup préoccupé, et avec pertinence, de problèmes d'argent. Par ailleurs il n'est pas sûr, comme le prétend Max Weber, que le succès des économies anglo-saxonnes ou germaniques soit essentiellement dû au protestantisme ; d'autres facteurs, comme les ressources naturelles, ont dû jouer leur rôle. Il faut remarquer également que le comportement de l'Église de France et des catholiques français vis-à-vis de l'argent a certainement été biaisé par la séparation de l'Église et de l'État vécue, à l'époque, comme une spoliation.

Il n'est pas sûr, remarque M. R. Hadas-Lebel en conclusion, qu'il y ait « une attitude spécifique des Juifs vis-à-vis de l'argent ; les circonstances historiques ont joué un rôle important dans ce domaine comme dans bien d'autres ». En revanche, le judaïsme a des choses à dire sur la question. On peut se demander, au regard de la dette du tiers monde, par exemple, s'il ne serait pas opportun de s'inspirer d'institutions bibliques comme la *Shemitah* ou le Jubilé où il y avait annulation totale ou partielle des dettes. De même, faudrait-il peut-être s'inspirer, face à la « tyrannie absolue qu'exerce l'efficacité calculée en termes d'argent », de la préoccupation de la dignité de l'homme qui ne doit jamais être oubliée. L'opposition tracée par G. Worms entre *builders* et *raiders* rappelle à M. Hadas-Lebel la réflexion des sages de la *Mishna* percevant l'homme dans le monde comme un associé de Dieu dans la Création. Les constructeurs ne sont pas nécessairement des constructeurs d'économie ; ils peuvent être aussi des constructeurs de l'esprit. Il remarque enfin le rôle nouveau donné à l'éthique par l'inefficacité constatée des vieilles règles économiques. Le rôle de l'éthique aujourd'hui est de remettre l'argent à sa place qui est de l'ordre des moyens et non de celui des fins, de l'ordre de l'avoir et non de celui de l'être.

Séance présidée
par Sylvie Jessua
professeur de philosophie au lycée Fénelon

Péguy, les Juifs, l'argent

par Alain Finkielkraut
écrivain, directeur de la revue *Le Messager européen*

De Péguy, Daniel Halévy qui fut son ami a dit qu'il était le Nietzsche français. Par cette comparaison, je ne crois pas qu'il ait voulu impliquer qu'il y avait entre les œuvres de ces deux auteurs une affinité de contenu mais plutôt une parenté formelle et une analogie de situations. Péguy, comme Nietzsche, aventure la pensée au-delà du discours philosophique constitué. Il a la plus grande admiration pour les philosophes, mais il n'est pas à proprement parler un philosophe, et, comme Nietzsche, il essaie même de marier — c'est une forme de mariage qui arrive très rarement dans l'histoire — la pensée et la beauté. Chez Nietzsche, ce mariage prend la forme de l'aphorisme ; chez Péguy, d'un style litanique. Mais il y a chez l'un et chez l'autre la même tentative.

D'autre part, l'un des premiers livres de Nietzsche s'intitule *Considérations intempestives* et l'on pourrait regrouper sous ce titre toute l'œuvre en prose de Péguy. La pensée de Péguy est une longue considération intempestive. De ce point de vue, on peut même dire qu'aujourd'hui Péguy est encore plus Nietzsche que Nietzsche. Car le discours philosophique a rapatrié Nietzsche en son sein. Il parlait au-delà de la philosophie, il semblait écrire autrement que ne le font les philosophes, mais ceux-ci ne lui en ont pas voulu. Ils l'ont accueilli dans l'histoire de la philosophie, et la culture occidentale en général (pour l'admirer ou pour le critiquer) lui a fait une place centrale, ce qui n'est pas vrai de Péguy ; celui-ci reste marginal, obstiné, un inclassable, un parent pauvre, et même un laissé-pour-compte de la culture contemporaine. Comme si l'exception qu'il constituait à son époque ne s'était pas encore résorbée, comme si le scandale que pouvait représenter Péguy ne s'était pas apaisé.

D'abord, la philosophie ne lui fait aucune place. On le considère comme un idéologue véhément et comme un poète patriote, archaïquement mort au champ d'honneur. Et même lorsqu'on l'a replacé à l'intérieur du monde de l'idéologie plutôt que du monde de la pensée, on continue à le traiter avec condescendance, voire avec une certaine animosité. Il est vrai que l'histoire des intellectuels a connu en France et en Occident des étapes et des mutations diverses. Mais quelle que soit la façon dont on a battu les cartes, Péguy n'a jamais été dans le jeu. Il n'était pas dans le jeu dans son temps : même au temps où il combattait avec les dreyfusards, il n'avait pas sa place dans l'affrontement qui alors a divisé la France. L'affrontement entre une France moderne qui soumettait les valeurs ultimes à l'individu et une France dite traditionnelle qui soumettait au contraire l'individu à la primauté du collectif, à la primauté de forces qui devaient le dépasser et l'assujettir. Péguy était un *dreyfusard antimoderne.* Ce qui fait que l'on ne savait pas par quel bout le prendre et quelle place lui donner dans ce combat.

L'intellectuel, au sens que nous donnons aujourd'hui à ce mot, est né avec l'affaire Dreyfus, mais Péguy n'a pas pu bénéficier de cette naissance puisqu'il n'était pas l'intellectuel dreyfusard classique. D'autre part, une époque s'est ouverte avec la révolution russe qui est l'époque de l'engagement de l'intellectuel. Cette époque non plus n'était pas favorable à Péguy, parce qu'il y avait quelque chose d'irrécupérable en Péguy : son patriotisme et sa foi, cette référence constante à la France et à la chrétienté dont ne pouvait pas s'accommoder l'internationalisme marxiste.

Certes, dans les années 30 on s'est réclamé de Péguy et c'était notamment le cas de Mounier et du mouvement qu'il a fondé, le personnalisme. Le premier livre de Mounier est une réflexion sur Péguy. Mais il dit déjà : « Il y a dans l'œuvre de Péguy de quoi mécontenter tout le monde. Tous les partisans de tous les partis. Péguy est celui qu'on ne peut annexer. » Et malheureusement pour Péguy, en 1940 le maréchal Pétain tentera de faire cette annexion — et cela scandalisera les rares lecteurs de Péguy, car ils étaient déjà rares à l'époque, comme Bernanos qui écrira : « Le plus naturellement héroïque de tous les Français depuis Corneille, a pu être annexé au parti de la déroute, à l'abjecte mystique de l'expiation par le déshonneur. » Et sans doute, quand on lit Péguy, on comprend que si influence, si filiation il y a, elle va bien plutôt de Michelet à Péguy et de Péguy à de Gaulle, que de Péguy à Pétain. Mais même ceux aujourd'hui qui font profession de se réconcilier intellectuellement ou philosophiquement avec le général de Gaulle et avec l'appel du 18 juin, ne croient pas bon de voir, de citer ou de s'interroger sur cette référence, sur cette filiation. D'une certaine manière, Péguy reste souillé par la lecture abominable et mensongère que le pétainisme en a faite.

Aujourd'hui, la parenthèse ouverte par la révolution russe se ferme. Les intellectuels se désengagent au sens que le marxisme avait donné à l'engagement et se réconcilient avec une morale qui est celle des droits de l'homme et de l'antiracisme. Et l'on pourrait penser que dans un contexte comme celui-là le temps de Péguy est revenu. Et pourtant non ! Parce que cette réconciliation se fait d'un seul tenant et comme s'il s'agissait de la même chose, avec le monde moderne et avec la démocratie. Avec les droits de l'homme et avec le marché. Règne même aujourd'hui l'idée euphorique que le marché et les droits de l'homme, c'est la même chose — idée très bien illustrée par une publicité qui, après avoir eu quelques ennuis, a connu un succès antiraciste considérable, et que je ne résiste pas à l'envie d'analyser deux secondes devant vous. Cette publicité de Benetton qu'on a vue un peu partout, même sur les murs des villes, même sur les agendas ou les cahiers de textes des élèves du primaire ou du secondaire, représente des enfants multiraciaux vêtus de pulls multicolores. Cette publicité s'appelle d'ailleurs « United colours of Benetton », ce qui valut à M. Benetton d'être qualifié récemment par un magazine de « génie du métissage » ! Il y a bien dans cette publicité une sorte de correspondance entre la multiplicité des produits et la diversité humaine. Mais si cette correspondance est possible et si une telle publicité rencontre un tel succès, c'est peut-être parce que nous croyons que s'il y a encore du racisme aujourd'hui, c'est parce que notre société n'est pas encore totalement soumise aux règles du marché. Mais lorsque régnera l'universelle fluidité, l'universelle interchangeabilité, l'universelle négociabilité, alors on pourra dire, heureux et soulagés : « Le racisme est vaincu ! »

Et celui qui, comme Péguy — cela on le sait encore —, vitupère contre l'argent, fait même de l'argent l'Antéchrist, cette homme-là ne résiste-t-il pas justement à l'émergence, à l'arrivée de cette société enfin multicolore ? Et donc ne fait-il pas le jeu du racisme même ? On sait que cette accusation a été proférée contre Péguy dans un livre relativement récent où il était considéré, avec Maurice Barrès, comme l'un des deux piliers de l'idéologie française, c'est-à-dire de l'idéologie du national-socialisme à la française. Autrement dit, l'homme que le marxisme avait exclu, est aussi, et peut-être davantage, l'exilé de l'antimarxisme.

Je crois que l'abandon de Péguy n'a jamais été plus grand qu'aujourd'hui. Ceux-là mêmes qui se réclamaient naguère de lui, aujourd'hui pensent que la grande tâche de la pensée consiste dans la réconciliation avec le monde moderne. Et c'est un peu pour sortir Péguy de cet état d'abandon que je voudrais parler de lui, non pas pour actualiser sa pensée, mais peut-être au contraire pour confronter notre actualité avec ce qu'il y a d'intempestif ou d'inactuel chez Péguy. Si je fais cela, c'est fort de la certitude que nous avons tout à gagner de cette confrontation.

Je commencerai par un texte de Péguy qui est encore assez connu parmi les Juifs et qui s'intitule *Notre jeunesse,* texte où Péguy parle de son dreyfusisme. Il l'écrit en 1911, c'est-à-dire longtemps après l'affaire Dreyfus qui avait enflammé la France de 1895 à 1898. Nous sommes en 1911 ! De nombreuses années après. Et tout le monde pense que Péguy est, lui aussi, loin de l'affaire Dreyfus. Il a publié un livre qui s'intitule *Le Mystère de la charité de Jeanne d'Arc,* long poème religieux et patriotique qui se réfère, comme son titre l'indique, à la grande héroïne du nationalisme et de la réaction. Chez Drumont, à l'Action française, ce fut la joie. Drumont, lisant ce texte, écrit : « Comment un homme comme cela a-t-il pu être dreyfusard ? » L'Action française mesure le chemin parcouru par Péguy depuis l'affaire Dreyfus et, soulignant sa conversion à la foi, au patriotisme, dit même : « Péguy peut devenir demain le grand écrivain du patriotisme. »

Quelques semaines plus tard, Daniel Halévy publie sur l'affaire Dreyfus un livre étrange intitulé *L'Apologie pour notre passé.* Il se demande pourquoi le dreyfusisme « qui en son temps nous a rendus si heureux nous inspire aujourd'hui un mouvement si faible ». Et c'est dans ce contexte, dans ce climat, que Péguy publie *Notre jeunesse.* Il s'agit pour lui de remettre les choses au point face à la droite traditionaliste qui veut le récupérer et face à Daniel Halévy qui semble faire pénitence et s'excuser d'avoir été dreyfusard. Et il dit d'emblée : « Nous n'avons rien à désavouer. On peut publier demain nos œuvres complètes. » Autrement dit, le Péguy catholique, le Péguy patriote, reste le même que le Péguy dreyfusard, il n'y a pas de conversion.

Et pour être encore plus clair, Péguy consacre une grande partie de ce cahier à réfuter très précisément les accusations lancées par les antidreyfusards contre les Juifs, accusations qui ont survécu à l'affaire Dreyfus et qui font, d'une certaine manière, l'essence, le nœud de l'idéologie de l'Action française. Je voudrais m'arrêter un instant sur cette réputation de Péguy parce qu'elle est conjoncturelle en apparence, mais elle va très au-delà de la conjoncture, comme toute la pensée de Péguy qui se nourrit de la circonstance pour dépasser sans cesse la circonstance.

Première accusation : S'il y a eu une affaire Dreyfus, c'est à cause de quoi ? A cause du syndicat juif. Le grand mythe du « syndicat ». Une espèce de force occulte et très organisée qui avait la volonté explicite d'affaiblir la France, de détruire l'armée et qui en avait la puissance. A quoi Péguy répond qu'il y a peut-être une politique juive, mais qu'elle est tout le contraire de ce qu'en pensent ses ennemis. « Je connais ce peuple. Il n'a pas sur la peau un point qui ne soit pas douloureux, où il n'y ait un ancien bleu, une ancienne contusion, une douleur sourde, la mémoire d'une douleur sourde, une cicatrice, une blessure, une meurtrissure d'Orient ou d'Occident. Et ce peuple qui a pris tant de coups, il ne veut plus en prendre. Il veut ne pas faire de bruit. Il veut filer doux dans les siècles et les siècles. Il veut se faire oublier. Ils ont tant fui qu'ils savent le prix de ne pas fuir. Camper dans les peuples modernes, ils voudraient tant s'y trouver bien ! » Et on aimerait que ces phrases soient plus longuement méditées par tous ceux qui aujourd'hui font quelquefois, au nom des Juifs, l'éloge du cosmopolitisme. « Camper dans les peuples modernes, ils voudraient tant s'y trouver bien ! » Il y a un cosmopolitisme des grands hôtels. Il est très agréable. Mais il est clair que l'errance n'est pas agréable à ceux qui la subissent.

« Et eux qui ont peur des coups, qui en ont tant reçu, ils étaient prêts », dit Péguy — et là il rejoint certaines remarques que Léon Blum a faites à propos de Dreyfus —, « ils étaient tout à fait prêts à acheter la paix d'un silence prudent. Ils ne demandaient qu'à sacrifier Dreyfus pour conjurer l'orage. Mais quelque chose s'est passé à l'intérieur de ce peuple, qui a empêché la politique juive de l'emporter. » Une politique que Péguy comprend de l'intérieur, qu'il ne juge pas mais dont il dit qu'elle est tout le contraire de cette politique arrogante et clandestine que lui reprochent les antidreyfusards.

En effet, quelque chose a empêché la politique juive de l'emporter. Quelque chose ou plutôt quelqu'un. Ce quelqu'un, c'est un énergumène, un écervelé, un factieux. C'est Bernard Lazare. Je crois que si nous savons aujourd'hui qui est Bernard Lazare, nous le devons avant tout à Péguy qui est le seul contemporain de Bernard Lazare à avoir dit qu'il était le grand fondateur et l'acteur principal de l'affaire Dreyfus. Et Bernard Lazare n'avait rien d'un membre du syndicat, d'un représentant, d'un officiel de la communauté juive. C'était un poète anarchiste, symboliste, pauvre, qui ne représentait rien d'autre que lui-même.

Je voudrais m'arrêter un instant sur le portrait de Bernard Lazare par Péguy, parce que ce n'est pas seulement un portrait psychologique (dont il n'y aurait rien à dire), mais c'est surtout un portrait métaphysique qui nous renseigne sur l'idée que Péguy se fait de l'humain. D'abord, de Bernard Lazare, il décrit en lui « une si inlassable, si renseignée, si désabusée, si incurable bonté ». Une bonté renseignée. C'est une alliance de mots extrêmement forte. *A priori* en effet, le renseignement, la connaissance, l'expérience, le désabusement, c'est toujours ce qui nous éloigne de la bonté. C'est parce que nous *savons* comment est le monde, que nous sommes devenus réalistes, que nous nous donnons le droit de nous caparaçonner dans notre égoïsme. Pour Bernard Lazare, c'était l'inverse. Il était désabusé, il était renseigné, et pourtant il était bon. Ce qui veut dire que, malgré toutes les raisons que l'expérience lui donnait de se faire passer avant les autres, il faisait passer les autres avant lui-même. « Un cœur », dit Péguy, « qui battait à tous les échos du monde, qui répondait à tous les appels au secours en suspendant l'urgence de ses propres intérêts, malgré l'intelligence, malgré le désabusement, malgré le renseignement. »

Et plus belle encore, cette formule qui dit beaucoup de ce qu'est la religion de Péguy ; il dit de Bernard Lazare : « C'était un athée ruisselant de la parole de Dieu. » Qu'est-ce que cela veut dire ? Cela veut dire — et là, je suis obligé pour comprendre Péguy (mais ce ne sera pas la seule fois) de paraphraser Emmanuel Lévinas —, cela veut dire que pour Péguy, ce n'est pas sous la forme « croire en Dieu » que la religion s'atteste, mais sous la forme de l'inspiration ou du témoignage. Emmanuel Lévinas écrit dans *Autrement qu'être ou au-delà de l'essence* : « Témoigner de Dieu, ce n'est précisément pas énoncer ce mot extraordinaire. » Et « témoigner de Dieu, c'est [et là c'est Péguy qui parle et non plus Lévinas, mais cela pourrait être aussi Lévinas] être prophète ». Péguy dit de Bernard Lazare qu'il est le prophète d'Israël. Le prophète, ce n'est pas celui qui prédit, celui qui annonce, celui qui voit plus loin, mais celui qui laisse retentir en lui, ici et maintenant, la parole éternelle. Celui qui se fait sans atermoiement, sans calcul, sans stratégie, l'énonciateur de l'exigence éthique. Le prophète est donc un homme de mémoire et non d'anticipation ou de divination. Un homme qui rappelle aux autres hommes leur vocation au bien. Il n'est pas l'élu de ces hommes, puisque au contraire ces hommes n'en veulent pas et ne veulent pas l'entendre. Et bien qu'il ne soit pas l'élu de ces hommes, il prend sur lui de leur rappeler leur vocation au bien. Ce qui conduit Péguy à écrire : « La méconnaissance des prophètes par Israël et pourtant la conduite d'Israël par les prophètes, c'est toute l'histoire d'Israël. »

Et c'est maintenant que l'on peut comprendre l'une des rares phrases de Péguy qui surnage aujourd'hui, qui a survécu à la connaissance scolaire qu'on a pu prendre de Péguy : « Tout commence en mystique et tout finit en politique. » C'est une phrase qui, *a priori,* peut inspirer une certaine défiance parce qu'elle prend le parti de la mystique contre la politique. Et l'on se dit : Qu'est-ce que la mystique ? N'est-ce pas le fanatisme ? Et l'on se dit aussi : Au fond, Péguy ne formule-t-il pas, dans son vocabulaire, une distinction qui existe ailleurs, chez Max Weber, entre la morale de conviction et la morale de responsabilité ? Je crois que la comparaison entre la mystique et la politique selon Péguy, la morale de conviction et la morale de responsabilité selon Max Weber, est très éclairante pour dire l'originalité et la profondeur de Péguy par-delà le pathos apparent de cette formule.

Car, selon Weber, qu'est-ce que la morale de conviction ? C'est le refus de compromettre les fins de l'action par des moyens impurs. C'est le fait d'agir au plus près de ses valeurs sans se soucier des conséquences. « Le partisan de cette morale », dit Max Weber, « ne se sent responsable que de veiller sur la flamme de la pure doctrine afin qu'elle ne s'éteigne pas. » Il est, ajoute-t-il, un virtuose de l'amour et de la bonté acosmiques. Car ce que l'intention devient dans le monde, cela n'est pas son affaire. En revanche, celui qui vit dans la morale de la responsabilité répond des conséquences prévisibles de ses actes dans le monde, et donc doit penser à ces conséquences quand il agit. Pour Max Weber, cela signifie qu'il ne sert à rien de dire que la politique doit être morale. Il faut savoir à quelle morale on doit rattacher la politique, et, bien entendu, c'est à la morale de responsabilité. Il y a chez Max Weber une préférence évidente, et d'ailleurs tout à fait légitime, pour cette morale de responsabilité. Et l'on pourrait penser : au fond, oui, c'est vrai, il y a la politique, c'est la morale de responsabilité. Et qu'est-ce que la morale de conviction sinon la mystique ?

Interprétation erronée. Parce que Péguy est tout entier du côté de la morale de la responsabilité. Tout entier. La distinction est différente. C'est Péguy qui a dit — autre phrase qui a survécu à l'oubli scolaire — « Kant a les mains pures mais il n'a pas de mains ». Et c'est Péguy aussi qui reprochait aux catholiques de son époque la faute de mystique qu'ils ont commise. Cette faute de mystique, dit-il, « c'est *le dédain du siècle* ». Il y a beaucoup d'impiété, ajoute-t-il, dans leur ignorance du siècle. Ils se sont retirés du siècle, retranchés du siècle. Ils ont dit : Le siècle se débrouille, la religion c'est autre chose. Et Péguy dit : Mais si Jésus avait voulu se retirer du monde, il n'avait qu'à ne pas y venir ! L'opération chrétienne consistait non point à éviter le monde mais à sauver le monde. Non point à fuir le siècle, à se couper du siècle, mais revenait au contraire à nourrir mystiquement le siècle. La faute de mystique, c'est la disjonction du temporel et du spirituel. C'est le fait de ne pas prendre ses responsabilités.

Il s'agit toujours pour Péguy d'être *efficace* dans la mystique. Il s'agit toujours de s'ancrer, de s'incarner dans le siècle. Simplement, il y a deux manières d'envisager l'histoire. Ce qu'il appelle la mystique, c'est le fait d'envisager l'histoire dans la perspective eschatologique de la rédemption ou du salut. De penser, ou de faire comme si l'on pensait qu'il y a, par-delà l'histoire temporelle avec ses accidents, ses aléas et ses nécessités, une Histoire sainte. Et la politique, c'est de penser l'histoire et de vivre l'histoire — la politique selon Péguy — dans la perspective stratégique du succès.

Max Weber ajoute, dans le texte sur *Les Deux Morales* : « Le chrétien fait son devoir, et en ce qui concerne le résultat de l'action, il s'en remet à Dieu. » Ce chrétien-là, c'est le contraire du chrétien selon Péguy. Le chrétien selon Péguy ne peut s'en remettre à Dieu du résultat de son action car — et on voit là apparaître une sorte de rencontre, de coïncidence, d'affinité étrange entre toute une tradition juive que Péguy ne connaissait pas et le christianisme tel qu'il le vivait — car le chrétien selon Péguy se sent *responsable de Dieu.*

On sait que pour la tradition juive, *le règne de Dieu dépend de l'homme.* Dans son très beau livre *La Persévérance du Mal,* Catherine Chalier cite par exemple cette phrase du Talmud qui concerne le rapport de l'homme à Dieu : « Ne lis pas *banaïkh,* Tes fils, mais *bonaïkh,* Tes bâtisseurs, disait rav Eléazar au nom de rav 'Hanina. » Les hommes sont les bâtisseurs de Dieu. Le poème de Péguy intitulé *Le Porche du mystère de la deuxième vertu* présente une troublante ressemblance avec cette manière de vivre et de penser la religion :

> Voilà la situation que Dieu s'est faite.
> Celui qui aime tombe sous la servitude de celui qui est aimé.
> Par là même.
> Celui qui aime tombe sous la servitude de celui qu'il aime.
> Dieu n'a pas voulu échapper à cette loi commune.
> Et par son amour il est tombé dans la servitude du pécheur.
> Retournement de la création, c'est la création à l'envers.
> Le Créateur à présent dépend de sa créature.
> Celui qui est tout s'est mis, a souffert d'être mis, s'est laissé mettre sur ce niveau.
> Celui qui est tout dépend, attend, espère de ce qui n'est rien.
> Celui qui peut tout dépend, attend, espère de ce qui ne peut rien,
> Effrayant amour, effrayante charité,
> Effrayante espérance, responsabilité vraiment effrayante,
> Le Créateur a besoin de sa créature, s'est mis à avoir besoin de sa créature.
> Il ne peut rien faire sans elle.
> C'est un roi qui aurait abdiqué aux mains de chacun de ses sujets
> Simplement le pouvoir suprême.
> Dieu *a besoin* de nous, Dieu *a besoin* de sa créature.
> Il s'est pour ainsi dire condamné ainsi, condamné à cela.
> Il manque de nous, il manque de sa créature.
> Celui qui est tout a besoin de ce qui n'est rien.
> Celui qui peut tout a besoin de ce qui ne peut rien.
> Il a remis ses pleins pouvoirs.
> ...
> Effrayante liberté de l'homme.
> Nous pouvons faire tout manquer.
> Nous pouvons être absents.
> Ne pas être là le jour qu'on nous appelle.
> Nous pouvons ne pas répondre à l'appel.
> ...

Effrayante faveur.
Nous pouvons manquer à Dieu.
Voilà le cas où il s'est mis,
Le mauvais cas.
Il s'est mis dans le cas d'avoir besoin de nous.
Quelle imprudence. Quelle confiance.
Bien, mal placée, cela dépend de nous.
Quelle espérance, quelle opiniâtreté, quel parti pris, quelle force incurable d'espérance.
En nous.
Quel dépouillement, de soi, de son pouvoir.
Quelle imprudence.
Quelle imprévision, quelle imprévoyance,
Quelle improvidence
de Dieu.
Nous pouvons faire défaut.
Nous pouvons faire faute...

Je voudrais que vous reteniez de ce texte simplement le mot d'*improvidence.* L'improvidence de Dieu, nous serons amenés à en reparler. Donc, pour Péguy, la mystique est quelque chose de très sérieux. C'est le fait de voir l'histoire dans la perspective de la rédemption ou du salut. Et l'enjeu, c'est, d'une certaine manière, la survie de Dieu dans l'homme.

La deuxième accusation qui s'est adressée aux Juifs et qui n'est qu'une reprise ou un élargissement de la première, c'est qu'ils sont les fauteurs, les fomenteurs du monde moderne. Le monde moderne, c'est les Juifs. Il y a un monde moderne qui est déplorable, et la faute, la responsabilité, en revient exclusivement aux Juifs.

Que signifie cette accusation ? D'abord que, dans tout un courant de pensée très fort à l'époque, le monde moderne est opposé à l'ancienne France. Et dans cette ancienne France, dans ce pays béni, dans ce pays d'avant les Juifs, l'homme trouvait la protection d'une condition stable et d'un devoir permanent. Chaque individu se voyait assigné son champ d'activité. Les relations entre les êtres avaient un caractère personnel. Et tout cela, d'un seul coup, brutalement, et puis insidieusement, s'est dissous. Les laboureurs et les cordonniers ont été remplacés par les banquiers et les agents de change. Les Juifs se sont emparés du corps défaillant de la chrétienté. Le calcul et l'intérêt se sont substitués aux relations personnelles entre les êtres, la ville a remplacé la campagne, et la circulation généralisée des choses, des marchandises et des hommes a supplanté l'enracinement.

Un économiste allemand, Werner Sombart, formule les choses ainsi : « La grande ville est le prolongement du désert. Comme le désert, elle est loin de la bonne terre remuée qui fume. Et les Juifs sont les hommes du désert. » Les partisans de l'Action française formulent les choses en des termes très proches, reprochant aux Juifs leur nomadisme, leur imputant toute la dégradation du monde moderne. Péguy pense lui aussi le monde moderne en termes de scandale et peut-être de dégradation. Péguy fulmine contre l'argent. Mais en même temps son discours est tout autre.

D'abord, dans *Notre jeunesse,* il rend hommage au goût des Juifs pour la circulation. D'une certaine manière, il dissocie cette réalité de la circulation monétaire. Il dit que cela n'a rien à voir. Il lui donne, autrement dit, une signification non pas historique et péjorative, mais métaphysique et laudative. « Être ailleurs ! Le grand vice de cette race, la grande vertu secrète, la grande vocation de ce peuple ! Peuple pour qui les pierres des maisons seront toujours la toile des tentes. » Et il raconte qu'il allait voir Bernard Lazare, notamment quand il était malade et pendant son agonie. Bernard Lazare habitait le quartier de l'Europe. Et, dit Péguy, « il se passionnait ingénument pour tout ce qui était voies et moyens de communication ». Il était tout fier d'annoncer à Péguy que la station de métro Amsterdam venait d'ouvrir, parce que, dit Péguy, « le métro lui était une victoire personnelle ».

Un penseur d'Action française dirait à partir de là : « Je vous l'avais bien dit, ces Juifs n'arrêtent pas de bouger. Et parce qu'ils n'arrêtent pas de bouger et parce qu'ils aiment tout ce qui bouge, ils sont le symbole de ce monde de l'abstraction, de l'interchangeabilité, de la circulation généralisée des êtres et des choses. »

Péguy donne, au contraire, à ce trait qu'il croit percevoir, une signification métaphysique. Mais, c'est vrai, il s'en prend également à l'argent. Non pas à l'argent en tant qu'il est juif, mais à l'argent en tant qu'il symbolise le monde moderne, ou du moins à la forme moderne qu'a prise l'argent. Car l'argent a existé depuis toujours. Mais si le monde moderne peut être symbolisé par l'argent, c'est parce que, selon Péguy, l'argent dans le monde moderne est devenu la fin de l'homme, la fin que l'homme se propose. Il ne lui est plus subordonné comme moyen de satisfaire ses besoins matériels. L'argent n'est plus un moyen, c'est une fin. Autrement dit, le monde moderne est le monde de l'argent parce que c'est le monde du profit pour le profit, de la production pour une production indéfiniment croissante. Le monde moderne est celui de l'argent parce que son âme est le besoin d'argent et non le besoin de richesses. Ce ne sont pas les choses qui l'intéressent, mais leur valeur d'échange. Et, pour Péguy, cet état d'esprit bourgeois s'est peu à peu répandu dans la société tout entière. « C'est parce que la bourgeoisie s'est mise à traiter comme une valeur de bourse le travail, que le travailleur lui-même s'est aussi mis à traiter son propre travail comme une valeur de bourse. » Et il dit dans *Notre jeunesse* que la tare du monde moderne, un de ses défauts les plus atroces, les plus criants, c'est la désaffection générale du travail. Il ajoute cette phrase : « L'ouvrier n'aime plus son métier et cela ébranle le monde. »

Il est facile et tentant, en lisant cela, d'accuser Péguy de passéisme. De se moquer avec condescendance, ou même avec agressivité, de sa nostalgie pour l'époque où « le travail était une prière et l'atelier était un oratoire », où travailler, c'était *faire* une œuvre. Se moquer aussi de sa nostalgie pour l'époque où sa grand-mère et sa mère étaient des rempailleuses de chaises. Mais en même temps, on gagne aussi à prendre Péguy au sérieux, et peut-être à essayer de le sortir du purgatoire où il est obstinément maintenu. On gagne à comparer cette analyse faite en termes moraux et dans un pathos véhément avec celle que Marx fait du capitalisme. Car quel est le trait, l'essence du capitalisme selon Marx ? C'est l'indifférence. Il le dit en des termes qui ne sont pas ceux de Péguy, mais il rejoint très exactement son diagnostic. Il est possible qu'aujourd'hui, comparer Péguy à Marx, ce soit aggraver le cas de l'un par l'autre. Je m'y risque quand même.

Marx dit qu'il y a indifférence, et que l'indifférence caractérise le capitalisme à un double titre. C'est l'indifférence du capital à ce qu'il produit, les masses de capitaux émigrent d'un domaine à l'autre, poussées par l'exclusive soif du profit. Et c'est aussi, dit Marx, l'indifférence de l'homme à l'égard de la profession qu'il exerce, dans la mesure où l'on a parfaitement conscience que son travail donne invariablement le même produit : l'argent.

Ce que Péguy voit d'abord dans l'argent, dans le monde moderne comme monde de l'argent, c'est la neutralisation du travail. L'indifférence à l'égard du travail, *le travail qui n'est plus conçu comme fabrication, création d'une œuvre.* La mort de l'œuvre. Mais cette indifférence à l'égard de l'œuvre, cette neutralisation de l'œuvre, ne signifie pas qu'il n'y ait pas de règle, qu'il n'y ait pas de discipline, qu'il n'y ait même pas l'apparence d'une morale dans le monde moderne. Il est intéressant de voir que Péguy, lorsqu'il approfondit l'analyse du capitalisme, de ce qu'il appelle le monde de l'argent, se réfère à Benjamin Franklin. Et là, son analyse qui était proche de Marx lorsqu'il s'agissait de définir le rapport de l'ouvrier avec le travail et la disparition ou la neutralisation de l'œuvre, rejoint Max Weber lorsqu'il s'agit de définir la morale ou l'esprit du capitalisme. Dans *L'Éthique protestante et l'esprit du capitalisme,* Max Weber fait, lui aussi, de Benjamin Franklin le modèle, le paradigme de l'ascétisme capitaliste. Gagner de l'argent, toujours plus d'argent ! Et, dit Péguy, cette discipline, cet ascétisme qui est celui du monde de l'argent, fait du monde moderne un monde d'autant plus dangereux que la morale n'y est pas transgressée, mais en quelque sorte imitée. Autrement dit, l'esprit du capitalisme est pour Péguy une contrefaçon de l'éthique.

> Combien les désordres, combien les débauches paraissent innocentes et vaines en comparaison de cette fausse vertu, de cette fausse règle et de cette fausse loi ! Il y a toujours dans les désordres avoués on ne sait quelle faiblesse qui ne tient pas le coup, qui n'affronte même pas. Elle a autre chose à faire et il lui suffit qu'elle s'amuse dans ces vagues guinguettes. Il lui suffit qu'elle s'amuse dans son coin. On ne court aucun risque qu'elle veuille se substituer à la loi. On sait très bien à quoi elle est bonne. Mais l'avarice et la vénalité modernes sous le nom d'épargne sont autrement dangereux. Car ils sont frauduleusement raides, ils sont frauduleusement durs. Et parce que les lois sont généralement dures, on croit que ce qui est

> dur est forcément une loi. Ce qui est dangereux, ce qui est frauduleux, c'est cette fausse régulation, cette fausse régularité, cette fausse règle. *(Note conjointe).*

Cette fausse règle qui est celle que l'ascétisme capitaliste impose à celui qui vit sous l'exclusif régime du « toujours plus de gain », de l'intérêt, de ce que des philosophes appelleront plus tard la raison instrumentale.

> Parce que cette règle, elle oblige. Elle peut donc être candidate à établir une morale avec obligations et sanctions. Elle aussi a comme un mérite et une dignité. Elle paraît être de l'ordre de la loi. Elle est donc autorisée, elle est comme qualifiée pour essayer de se substituer à la loi. Elle n'y manque pas. Elle se présente avec tout l'appareil.
>
> J'avais dit dans ma première note qu'une morale souple est infiniment plus sévère et plus astreignante et plus exacte qu'une morale raide. Il faut ajouter que les morales ou que les immorales raides, quand elles s'y mettent, sont infiniment plus dangereuses que les immorales souples. Car étant raides, on les prend pour des lois.

C'est à ce moment de son raisonnement que Péguy dit : « L'argent, c'est l'Antéchrit ! » Qu'entend-il par là ? Il entend que *l'argent supprime l'éthique en faisant croire qu'il est une éthique*. Il ne transgresse pas l'éthique comme le fait la débauche ou le péché qui sont un désordre dans l'ordre, en quelque sorte. Non. L'argent — l'esprit du capitalisme, cet ascétisme instillé dans la vie intramondaine — se substitue à la morale et il en a tout l'appareil et toute l'apparence. C'est une règle stricte. C'est une discipline très astreignante. Bien plus que la transgression et le péché. Il peut faire oublier la morale et se faire prendre lui-même pour la morale.

Double neutralisation donc, commise par l'argent dans le monde moderne. Neutralisation de l'œuvre qui disparaît dans l'indifférence du travail. Neutralisation de l'éthique qui disparaît dans la règle même que s'impose à elle-même la raison instrumentale pour arriver à ses fins : toujours plus de profit, toujours plus de gain, pour que le processus ne s'interrompe jamais ! Mais pour être complet dans ce tableau de l'argent selon Péguy, il faut ajouter à ces deux neutralisations, à ces deux indifférences, une troisième indifférence, indifférence du monde moderne, et c'est un paradoxe, à l'égard de l'événement, à l'égard du présent. Parce que l'esprit de Benjamin Franklin, pour Péguy esprit du capitalisme, c'est d'anticiper sans cesse, de sacrifier sans cesse aujourd'hui à la tranquillité de demain.

Alors qu'il est présenté couramment comme un nostalgique, comme un archéophile, comme le rêveur d'un âge d'or, d'un moment révolu de l'histoire, de l'ancienne France, Péguy ne cesse de répéter que le crime principal du monde moderne, c'est d'avoir tué le présent, d'avoir supprimé le présent. La mouvance, la présence du présent. Il n'y a plus, dans un monde ainsi tendu, ainsi régi, réglé, régulé par les mécanismes de l'intérêt, il n'y a plus de place ni pour l'événement qui nous requiert toutes affaires cessantes, *puisque les affaires ne cessent jamais,* ni pour le commencement, pour l'acte inaugural, ce qui est une fois pour toujours, ce qui surgit du processus et qui l'interrompt pour créer. Et le philosophe auquel Péguy se réfère toujours, auquel il s'adosse même dans ses imprécations contre le monde moderne, n'est pas un philosophe de l'ancienne France. C'est Bergson. Tel est le sens du bergsonisme de Péguy. Péguy a lu dans Bergson la philosophie qui rend droit de cité à la présence du présent. Il a vu dans Bergson l'homme qui dégage l'instant du cours du temps mortel. L'homme qui, ce faisant, nous remet, dit Péguy, « dans le précaire, dans le transitoire, dans le dévêtu qui fait proprement la condition de l'homme ». L'homme qui nous aide à penser l'événement et le commencement. La possibilité de s'arracher au processus ininterrompu, soit pour s'exposer, pour accueillir l'événement qui nous vient, soit pour commencer quelque chose.

Si l'on récapitule le réquisitoire dressé par Péguy contre le monde moderne, on y voit au moins deux paradoxes. D'abord, ce n'est pas au nom du passé qu'il dresse son réquisitoire, c'est au nom du présent. Le monde moderne n'est pas le monde qui oublie le passé, qui liquide le passé, qui calomnie le passé. C'est le monde qui oublie le présent, qui liquide le présent, qui calomnie le présent. Et d'autre part, ce monde moderne n'est pas un monde enjuivé. Ce n'est pas un monde que les Juifs ont conquis. Ce n'est pas un monde selon les Juifs. C'est un monde, au contraire, qui est, pour parler sommairement et grossièrement, contre les Juifs, comme il est, dit Péguy, contre toutes les autres cultures. Il y a une obsession, un leitmotiv dans l'œuvre de Péguy, qui fait son urgence et qui en explique le ton de colère constante. La lutte, dit Péguy, est entre le monde moderne et tous les autres mondes ensemble. Du monde moderne, il dit que c'est le premier monde qui paraît prospérer contre toute culture. C'est en cela qu'il le juge *barbare.* « Et ce serait une erreur grossière, ajoute-t-il, d'imaginer que la culture et la liberté ont cause gagnée dans les pays de cette étroite zone occidentale, la nôtre. D'incessants remous de démagogie nous avertissent, au contraire, que nous sommes les héritiers et les administrateurs comptables et responsables d'un domaine incessamment menacé. » Les héritiers et les administrateurs comptables et responsables d'un domaine incessamment menacé ! La culture, mais aussi bien la culture juive que toutes les autres cultures. La mystique juive aussi bien que toutes les autres mystiques.

On pourrait dire que cette imprécation est exagérée. Que Péguy va trop loin et que c'est aussi le monde moderne en tant qu'il est moderne, qui a offert l'émancipation aux Juifs. Je dirai d'abord que Péguy ne revient par sur l'émancipation. Car celui qu'il traite en prophète du judaïsme, ce n'est pas un rabbin orthodoxe d'un autre âge, d'une autre époque. C'est Bernard Lazare, poète anarchiste et symboliste. Et par ailleurs je crois que les calamités qui ont accablé les Juifs au XXe siècle peuvent être lues, si on y fait attention, avec les catégories que Péguy nous offre.

Au début de *Notre jeunesse,* il distingue les périodes et les époques. Il dit : les époques ce sont des temps extraordinaires, des moments de rencontre, d'intersection, d'articulation entre l'éternel et le temporel. Et les périodes, ce sont des moments calmes où le monde se gère lui-même, persévère tranquillement dans son être. Alors, dirons-nous, Péguy a dit que le monde moderne était allergique à l'événement. Peut-être. Mais il n'a pas pu empêcher que beaucoup d'événements lui arrivent, lui tombent dessus.

Justement. Pensons à Vichy et pensons à la manière dont Vladimir Jankélévitch, dans un texte magnifique qui s'intitule *Dans l'honneur et la dignité,* a parlé de Vichy, de cette catastrophe nationale qui n'a été, dit-il, catastrophe nationale que pour certaines catégories bien précises. Pour les autres, la vie continuait. Cela ne s'est pas interrompu. Si je lis ce texte avec les catégories de Péguy, avec le vocabulaire dont Péguy me fait cadeau, je dis : je comprends que Vichy a été une époque qui a été vécue par beaucoup de Français comme une période. Et peut-être les Français depuis lors parlent-ils tant de Vichy parce que, pour beaucoup d'entre eux, ils n'étaient pas au rendez-vous de l'Histoire quand celle-ci leur est tombée dessus.

D'autre part, si je reviens sur cette immorale raide dont parle Péguy, sur cette contrefaçon de la morale que représente à ses yeux la discipline de l'esprit du capitalisme, je suis invinciblement amené à penser à ce grand moment de froideur technique : la « solution finale ». Ce n'est pas un moment de transgression ultime, c'est un moment où des gens se sont soumis à des règles en les prenant pour des lois. C'est précisément parce que cette substitution, ce quiproquo, étaient dans l'ordre que la solution finale a été possible. Et peut-être au fond la solution finale est-elle l'horizon ultime d'un monde où une immorale raide, pour employer le vocabulaire de Péguy, peut totalement se substituer à la morale. D'un monde où tout fonctionne. D'un monde où la continuation triomphe de toute interruption et de tout commencement. D'un monde qui, dirait, Lévinas, sans cesse menace d'être pure persévérance dans son être.

Dans cette critique de l'argent qui émaille les œuvres de la fin de sa vie : *Notre jeunesse, L'Argent, Note conjointe,* Péguy continue, radicalise et approfondit le socialisme de sa jeunesse. La critique du monde moderne est donc le durcissement, l'apothéose d'une critique qui naît de son socialisme. Car il n'y a pas eu chez Péguy conversions successives. En devenant patriote et chrétien, il n'a pas cessé d'être socialiste au sens où il l'était dans sa jeunesse. Je crois qu'on peut faire justice de cette interprétation, car les divergences qui le séparent de la doctrine socialiste, du socialisme officiel, ne résultent pas d'une évolution ou d'une trahison de sa part. Il y avait une divergence initiale qui s'est révélée peu à peu. Il est vrai que la polémique de Péguy avec Jaurès est ce qu'il y a par moments de plus noir dans l'œuvre de Péguy. Il est allé très loin dans l'injure et dans la véhémence. Il a traité Jaurès de « poussah volumineux ». Il l'a même voué à la mort en disant que c'était un traître et que si d'aventure il devait y avoir la guerre, Jaurès était bon pour la charrette ! On n'a pas le droit non plus d'oublier cela chez Péguy. Cependant, il faut faire l'effort de surmonter la répulsion que l'on peut éprouver devant la bassesse et la violence de l'attaque, parce que derrière l'injure, derrière la haine — et une haine qui était très unilatérale, Jaurès ne répondait pas — se cache une polémique d'une extrême profondeur et d'une extrême actualité.

Dans un texte qui s'intitule *Suite à « Notre patrie »*, Péguy traite d'une phrase dans laquelle il voit la quintessence du socialisme selon Jaurès. Phrase toute simple, et pourtant terrible : « Rien ne fait de mal. » Rien ne fait de mal ! Autrement dit, l'histoire progresse par ses mauvais côtés. Toute souffrance, toute horreur est le moyen d'un bien ultérieur. Ou, pour parler encore comme Péguy, « le salut temporel de l'humanité est assuré automatiquement par le jeu bienveillant d'une fatalité accommodée qui penserait pour nous et qui penserait seule et qui travaillerait pour nous aux fins dernières de l'homme et de l'humanité. Il y a deux hypothèses. Deux seulement. La première, c'est celle d'une fatalité bienveillante pour qui, en effet, rien ne ferait de mal, qui assurerait le progrès de la culture dans l'humanité par on ne sait quelle série de déclenchements automatiques ».

L'autre hypothèse, celle que Péguy reproche à Jaurès d'abandonner, c'est l'hypothèse d'une éternelle inquiétude. Cette inquiétude dont il parlait à propos de Bernard Lazare. Le socialisme officiel est coupable, pour Péguy, parce qu'il est une variante sécularisée de l'idée de providence ou de ce qu'on appelle dans un vocabulaire plus techniquement philosophique, la théodicée. Dans la théodicée, conduite de l'homme par Dieu, conduite du monde par Dieu, le bien triomphe par le simple jeu des lois historiques. Le mal est toujours bon à quelque chose. Il n'y a rien d'irréparable.

Il est temps de revenir au poème dont j'ai lu un extrait tout à l'heure, *Le Porche du mystère de la deuxième vertu,* et au mot que je vous avais demandé de retenir, le mot « improvidence ».

La religion, pour Péguy, c'est le régime de l'improvidence. Dieu s'est mis dans un mauvais cas, il a rendu l'homme *libre,* donc tout peut arriver, l'homme peut faire défaut. Le socialisme, en revanche, a absorbé l'homme dans la douceur d'un déterminisme, du schéma linéaire et inexorable d'un progrès rectiligne qui, malgré les catastrophes apparentes de l'histoire, nous mènerait vers un avenir heureux. Et, ajoute Péguy : « Si rien ne fait de mal, alors qu'en est-il, que reste-t-il de tout ce que nous faisons, de tout ce qui est, de tout ce qui fait la vie et l'action ? »

C'est par son « rien ne fait de mal » que l'idéologie socialiste est une idéologie moderne. Autrement dit, il n'y a pas que l'argent qui est moderne dans le monde moderne. Il y a aussi la critique de l'argent quand elle prend la forme de ce socialisme-là. Parce que le socialisme et le capitalisme ont cette vertu ou plutôt ce vice commun de glorifier le processus et de calomnier l'action. Si rien ne fait de mal, que reste-t-il de tout ce que nous faisons ? Que reste-t-il de notre pouvoir de naissance, de notre présence et des enjeux infinis de notre action ? Parce que, si nous pouvons commencer, les choses dans le monde peuvent aussi mourir. Et Péguy est obsédé (d'où encore cette véhémence qui parcourt son texte et qui quelquefois l'amène à basculer, à aller trop loin) par la mort des cultures. Ou la mort des mystiques. La mort de la mystique juive. La mort de toutes les autres cultures.

Péguy oppose l'*improvidence* du Dieu chrétien à la théodicée socialiste, et le tragique de la mort à l'idée jaurésienne que rien ne fait de mal, que rien ne meurt, que tout continue vers le bien. C'est Péguy, le chrétien, qui rappelle à Jaurès, le socialiste, la réalité de la mort !

Une autre forme que prennent la fidélité de Péguy à sa pensée initiale et la divergence avec le socialisme officiel, concerne la question de la misère. Dans les textes ultimes de Péguy, il reprend une distinction, qui parcourt toute son œuvre, entre la pauvreté et la misère : le monde de l'argent est un monde où celui qui ne joue pas le jeu de l'argent, celui qui veut se borner dans la pauvreté, celui-là est incessamment poursuivi dans la retraite de sa pauvreté, il est rejeté dans la misère. On ne peut pas être pauvre dans le monde moderne.

Cette distinction apparaît pour la première fois chez Péguy dans un texte intitulé *De Jean Costes* où il présente un roman sur la vie misérable d'un instituteur. Les réflexions de Péguy l'éloignent radicalement de ce pathos de la souffrance où peut tomber une certaine pensée chrétienne. Nulle idée chez lui d'une rédemption ou d'un embellissement de l'homme par la misère. La misère, dit-il,

> est une altération ingrate, mentale et morale. Ceux qui font de la philanthropie en chambre et qui sont à parler proprement les cuistres de la philanthropie, peuvent s'imaginer que la misère fait reluire les vertus. On peut se demander alors pourquoi ils combattent la misère. Si elle était pierre ponce ou autre produit à faire briller les vertus précieuses, il faudrait la développer soigneusement. En réalité, la misère altère, oblitère les vertus qui sont filles de force et filles de santé. La misère ne rend pas seulement les misérables malheureux, ce qui est grave. Elle rend les misérables mauvais, laids, faibles, ce qui n'est pas moins grave. Un bourgeois peut s'imaginer loyalement et logiquement que la misère est un moyen de culture, un exercice de vertu. Nous, socialistes, nous savons que la misère économique est un empêchement sans faute à l'amélioration morale et mentale parce qu'elle est un instrument de servitude sans défaut. C'est même pour cela que nous sommes socialistes. Nous le sommes exactement parce que nous savons que tout affranchissement moral et mental est précaire s'il n'est pas accompagné d'un affranchissement économique.

Dans cette profession de foi qui se veut encore socialiste, Péguy ne cesse de répéter que sortir les hommes de la misère est un impératif préliminaire, préalable à l'institution de la cité, un devoir social qui vient avant toute chose. Il faut que les hommes puissent passer de la misère à la pauvreté. Après, on discute. Après, la cité peut venir. Pas en même temps. Il insiste sans cesse sur cette disjonction étrange et qu'il est le seul à pratiquer. Car le socialisme classique dit : c'est d'un seul mouvement que nous allons sortir les hommes de la misère et que nous allons les libérer. Non ! Il faut les sortir de la misère pour ensuite poser la question de la liberté, ce que Péguy appelle l'institution de la cité. Il fait là une différence qui me paraît importante et qui est en elle-même une critique du socialisme. Ou une critique d'une certaine idée de la révolution. Dans la misère, les hommes sont tous les mêmes. Hannah Arendt écrit dans son *Essai sur la révolution :* « Le cri du pain est toujours poussé d'une seule voix. » Et Péguy : « Les hommes dans la misère n'ont plus qu'un seul compartiment de vie. L'homme misérable, il est dans sa misère ; au centre de sa misère, il ne voit que misérablement. »

Autrement dit, l'homme dans la misère est réduit à ses besoins. *Ventre affamé n'a pas d'oreilles.* Tous les misérables sont les mêmes. Il y a une homogénéité de la misère. Il faut donc sortir les hommes de la misère pour les sortir de l'homogénéité et que le monde politique, la cité, devienne le monde de la pluralité humaine. Hélas, dit Hannah Arendt, en consonance avec Péguy, la Révolution française, révolution inaugurale, a confondu les deux moments, le moment économique et le moment politique. Elle a vu dans l'unité de la misère l'unité du peuple, et elle a voulu que cette unité du peuple dans la misère soit l'unité politique, soit la catégorie politique du peuple. Elle a fait de l'unité de la misère une catégorie politique. Et donc, elle a pensé un peuple homogène, un peuple un. Et ce faisant, elle a versé dans la Terreur.

« C'est une ambition naïve et mauvaise, dit Péguy, que de vouloir clore l'humanité par la révolution sociale. Loin que le socialisme soit définitif, il est préliminaire. A mesure que la révolution sociale affranchira l'humanité des servitudes économiques, les hommes éclateront en variétés inattendues. » Et pour qu'ils éclatent en variétés inattendues, Péguy instaure ce décalage entre le moment économique où l'on libère les hommes de la misère et le moment politique où on les libère de la tyrannie. Cela ne peut jamais être un seul et même moment. Il faut d'abord avoir sorti les hommes de la misère, et ensuite seulement fonder la cité comme espace de respiration de la pluralité humaine. Ce qui fait dire à Péguy que le monde moderne se caractérise par l'oubli de la cité, oubli, bien sûr, dans les processus de l'argent qui crée de la misère, mais oubli aussi dans cette réponse que le socialisme adresse au monde moderne puisque c'est une réponse inadaptée, puisque l'on confond dans un seul moment le moment économique et le moment politique. Et cet oubli de la cité, il faut le référer à cette inquiétude constante de Péguy : le monde moderne est peut-être, en effet, le monde qui paraît prospérer contre toute culture.

Péguy, si l'on se résume, dit : « L'argent est moderne. » Péguy ajoute : « Le socialisme qui critique l'argent est moderne. Il est moderne de la même façon, parce qu'il ne fait pas de place à l'action, pas plus que l'esprit du capitalisme, que le monde de l'argent. » Mais Péguy ajoute — et cette critique, souvent, incomprise, le rejette dans le camp des idéologues déchaînés et extrémistes : « La pensée moderne, la pensée, la sociologie et l'histoire sont modernes de la même façon. » Et Péguy s'en prend avec une véhémence extrême à ce qu'il appelle le parti intellectuel. Alors, on se dit que ce Péguy, décidément, est infréquentable. Qui, en effet, dénonçait les intellectuels au début du siècle ? Qui, sinon les traditionalistes antisémites et antidreyfusards ? Mais, là encore, il faut se méfier des amalgames. Péguy trace une homologie entre le monde de l'argent, le socialisme et la pensée selon le parti intellectuel, c'est-à-dire la domination de l'histoire et de la sociologie. Mais cela n'a rien à voir avec la critique que les traditionalistes, les nationalistes adressent aux intellectuels.

Ce que Péguy reproche à l'histoire et à la sociologie, dont il dit que ce sont les deux disciplines dominantes, celles qui font époque, c'est de ne pas faire droit à l'action, au commencement, à la création, au nouveau. Ce qu'il reproche à Taine par exemple, c'est de limiter Racine au seul XVIIe siècle alors qu'il est l'une des colonnes de l'humanité éternelle. Autrement dit, dans la sociologie et dans l'histoire, l'événement au sens d'une articulation du temporel et de l'éternel n'a jamais eu lieu. Le nouveau, ce qui est une fois et pour toujours, n'a pas sa place puisque les phénomènes humains sont expliqués de manière exclusivement causale. Autrement dit, l'histoire et la sociologie sont modernes, font système avec le monde de l'argent, même si les historiens et les sociologues sont des gens désintéressés, précisément parce qu'ils traquent la liberté et le risque. Le monde de l'argent rend l'action de plus en plus difficile, de plus en plus aléatoire, et ces disciplines intellectuelles n'ont de sens qu'à fondre l'action dans les processus qu'elle croit interrompre. Cette critique situe Péguy aux antipodes de Barrès. Quand Barrès attaque les intellectuels, il se déchaîne contre la croyance en la liberté : « Le nationalisme est l'acceptation d'un déterminisme. Je défends mon cimetière. La raison humaine est enchaînée de telle façon que nous repassons tous dans les pas de nos prédécesseurs. » Tandis que Péguy reproche aux sociologues et aux historiens de nous faire repasser dans les pas de nos prédécesseurs ou du moins de réduire les comportements humains à des processus. Le monde de l'argent le fait dans la réalité ; l'histoire et la sociologie le font dans la mémoire, et donc dans la réflexion.

Et, dernier avatar du monde moderne selon Péguy : le journal. Il s'en prend au journal en des pages très étonnantes. Le « journal », écrit-il, « la plus grande invention depuis la création du monde et certainement depuis la création de l'âme, car il touche, il atteint à la constitution même de l'âme. Le journal, seconde création spirituelle ou plutôt commencement, point d'origine de la décréation ». Et puis cette phrase tout à fait étrange : « Les mauvais journaux font infiniment plus de mal comme journaux que comme mauvais. »

Une fois encore, on se dit qu'on ne peut pas suivre Péguy jusque-là. Que serait un monde sans journal ? Ce serait un monde *où l'on ne saurait rien.* Un monde où il n'y aurait pas d'actualité, il n'y aurait pas d'événements. Il n'y aurait que des histoires qui nous seraient racontées par nos grands-parents à la veillée, au coin du feu. C'est cela qu'il souhaite ! C'est cela qu'il veut ! Il ne faut pas y revenir. L'obscurantisme à l'état pur ! Et en effet, il faut lire ce texte d'une certaine manière, *cum grano salis,* sans le prendre pour une volonté affirmée de retourner au monde d'avant le journal, d'autant plus que *Péguy est sans aucun doute l'un des plus grands journalistes qu'il y ait jamais eu en France.* Sa prose est intégralement journalistique. C'est à lui qu'aurait dû s'appliquer la formule de Foucault à propos de Maurice Clavel : c'est un journaliste transcendantal. Il y avait chez Péguy une sorte de va-et-vient constant entre l'empirique et le transcendantal. Une aptitude incroyable à déceler dans des événements conjoncturels, périphériques, un enjeu d'éternité. Et il a voulu, après l'affaire Dreyfus, faire un journal vrai, un journal indépendant de la raison d'État et de la raison de parti — parce qu'il y avait déjà une raison de parti dans le socialisme. Les *Cahiers de la Quinzaine,* l'une des plus grandes revues françaises, ont eu un rythme quasi journalistique. Quinzaine. Quinzomadaire, comme on dirait aujourd'hui. Tâchons donc de lire ces phrases en faisant confiance à Péguy et avec l'arrière-fond de sa propre pratique. Ne le condamnons pas trop vite et essayons d'aller jusqu'au bout de sa réflexion sur le journal.

« Les mauvais journaux font plus de mal comme journaux que comme mauvais. » Prenons le cas d'un bon journal. Et demandons-nous en quel sens il peut faire du mal comme journal, en dépit même de son excellence. Ce journal, un des magazines français importants, c'est le *Nouvel Observateur.* Il y a quelques semaines, le *Nouvel Observateur* a publié une interview pathétique de Jean-Paul Aron qui parlait de la maladie dont il est atteint, à savoir le sida. Le titre qui était apparu sur la couverture, « Jean-Paul Aron — Mon sida », laissait prévoir le pire. On était un peu inquiet, un peu gêné par ce scoop. En fait, l'interview elle-même dissipait cette résistance initiale, parce que le face à face de J.-P. Aron avec la mort la délivrait des bavardages, des intrigues, des stratégies, des rivalités, de la *politique,* au sens que Péguy donne à ce mot, la délivrait de l'*inauthenticité,* pour employer le vocabulaire d'un philosophe dont on n'a plus le droit de prononcer le nom aujourd'hui. Ce qui donnait à ce texte non seulement une grande force d'émotion mais une souveraine liberté intellectuelle. Mais en même temps, je crois qu'il a été deux fois pathétique. Pathétique lorsqu'on l'a lu. Puis, ce pathétique a été redoublé par un autre, la semaine suivante, lorsqu'on a acheté le numéro suivant du *Nouvel Observateur.* Une autre « cover-story » avait chassé ou recouvert l'aveu de J.-P. Aron mis dans le cas de survivre à l'oubli de ses mémoires d'outre-tombe puisqu'il les avait confiées au grand véhicule de l'éphémère : le journal.

C'est cela, le journal pour Péguy : la coïncidence rigoureuse, et donc absurde, du calendrier et de l'événement. Avec le journal, « *aujourd'hui* » *s'épuise dans la date d'aujourd'hui.* Il n'y a plus de présent, au sens de ce nouveau qui inaugure, de ce commencement, parce qu'il n'y a plus que le présent. Le nouveau ne peut pas surgir. Rien ou presque ne s'arrache au temporal. Rien ne commence, ne surgit du temps, ne suspend le temps, ne transcende le temps, ne dépasse le temps. Le journal, c'est le temps livré à l'immanence de son propre déroulement. Certes, nous n'avons pas oublié tout à fait ce message, mais déjà il a été recouvert par d'autres messages. Péguy dit : le moderne est un misérable journal. C'est une espèce de mémoire chiffonnée, savatée. Parce que aujourd'hui se confond avec la date d'aujourd'hui. Et c'est dans ce sens que Péguy peut dire que le journal fait époque. Avec le journal quelque chose se passe. On sort du monde de la création pour entrer dans le monde de la dé-création. Car la création, c'est l'instant dégagé du cours du temps mortel et lorsque le rythme de l'événement est imposé par le journal, donc soumis au rythme rigoureux du calendrier, à l'éphémère, eh bien, on ne peut plus rien dégager du temps mortel.

Je vois mieux, maintenant que j'en ai fini avec cet exposé, ce qu'il y avait peut-être d'arrogant ou d'exorbitant à vouloir réhabiliter Péguy. Parce que Péguy s'en prend d'abord à l'argent, au sens large que j'ai essayé de dire, ensuite au journal, qui sont les deux idoles modernes. Donc, je comprends mieux les raisons de l'éloignement tenu, de l'abandon dans lequel il se trouve. Ce dont j'aimerais avoir réussi à vous convaincre cependant, c'est que le destin du judaïsme ne se confond pas nécessairement avec le développement de ces deux idoles. Et que même, si « être juif », comme l'a dit Emmanuel Lévinas, « c'est être en porte à faux dans l'être », alors peut-être faut-il dire et préciser qu'aujourd'hui être juif, c'est être en porte à faux dans une modernité dominée, subjuguée par le journal et par l'argent.

Débat

M. André Wormser appelle à une réflexion sur l'évolution de la conscience collective de la communauté juive à propos de Charles Péguy. Il note que les Juifs ont, dans l'entre-deux-guerres, modifié leur lecture de l'affaire Dreyfus et leur appréhension de certaines valeurs, comme « la justice, le patriotisme, les forces morales », « vertus de 1789 », incarnées en Péguy. C'est qu'entre-temps ces valeurs avaient été détournées et annexées par la droite antisémite tandis que, de leur côté, la jeunesse juive, les intellectuels juifs adhéraient de plus en plus au modernisme. Le socialisme de Péguy plongeait ses racines dans une tradition française de socialisme et Péguy restera jusqu'au bout fidèle à ses valeurs. Mais le socialisme lui aussi avait changé, s'était rigidifié, était entré dans le modernisme. Ce n'est pas Péguy qui a abandonné la ligne de sa jeunesse, mais finalement Jaurès.

M. A. Finkielkraut partage cette analyse et insiste sur la « très forte continuité » de la pensée de Charles Péguy. Mais il souligne dans le même temps que sa critique du socialisme officiel commença très tôt, dès l'affaire Dreyfus, avec les affrontements qui l'opposèrent aux « socialistes qui ne voulaient pas être dreyfusards », en particulier aux guesdistes. Répondant à M. Paul Lawton, qui l'interpelle en tant que philosophe sur la question du « veau d'or socialiste », M. A. Finkielkraut rappelle que Péguy fut socialiste en un sens très précis, « très antique » : il pensait la politique en termes de

« cité », comme le rapport des hommes entre eux « mais dans le cadre d'une pluralité humaine ». La pensée de Péguy ne se situe pas dans l'objectif de la construction du socialisme mais dans la perspective de laisser place, dans le monde où nous vivons, à quelque chose qui ressemble à la cité.

M. Gilles de Saint-Sauveur opère un rapprochement entre Charles Péguy et Emmanuel Lévinas à propos d'un texte du Deutéronome cité à deux reprises par Péguy : « Il y aura toujours des pauvres sur la terre. Il y aura toujours des pauvres parmi vous. » Dans l'interprétation d'Emmanuel Lévinas, ce texte, loin d'être une acceptation ou un renoncement, est une incitation à lutter contre la pauvreté.

M. Darmont replace l'exposé de M. A. Finkielkraut dans la problématique plus générale de la « pénétration de la barbarie au sein même du langage dit moderne ». Et il se demande si cette barbarie est véhiculée par l'argent ou par la politique. « D'une certaine façon, ni l'un ni l'autre », lui répond M. A. Finkielkraut. Mais Péguy peut aider à analyser la « barbarie moderne », incarnée par l'argent, en tant que « profit pour le profit, indifférence, neutralisation de l'œuvre, de l'éthique et du temps », mais non par l'argent seulement. A l'argent, Péguy associe le journal. On est en droit de reprendre la barbarie au sens où Péguy a employé le terme, à savoir la disparition de toute culture. Mais il n'est pas sûr que cette menace prenne aujourd'hui une forme directement politique.

Socialité et argent

par Emmanuel Lévinas
Philosophe

On ne saurait mieux conclure ce volume que par ce texte d'Emmanuel Lévinas. A notre vif regret, il ne lui avait pas été possible de faire bénéficier ce colloque de sa leçon talmudique qui, chaque année, enrichit et éclaire tellement nos débats. Il a bien voulu, en revanche, nous autoriser à reproduire ici le texte de la conférence académique présentée à Bruxelles en décembre 1986 dans le cadre du vingt-cinquième anniversaire du Groupement belge des banques d'épargne, texte qui touche au fond même du thème de ce colloque.

Une réflexion portant sur la réalité sociale ou économique de l'argent n'est certainement pas possible sans une recherche approfondie des données empiriques où cette réalité — ou institution — est appréhendée, sans une vue sur son histoire et sans l'analyse des fonctions que l'argent exerce en fait, de par le dynamisme propre du domaine économique si complexe dans l'extension planétaire qu'il a prise à partir des sciences et des techniques du génie européen. Mais il n'est peut-être pas impossible — ni inutile — de réfléchir sur quelques « dimensions » que l'argent dessine, ou creuse, ou révèle dans la conscience morale de l'homme européen dont les traits principaux remontent aux inspirations bibliques et aux pensées grecques et à leur devenir au sein de la civilisation judéo-chrétienne et de sa fidélité rationaliste.

1° Argent et échange

Quelle que soit la variété des fonctions qu'exerce l'argent dans les multiples conjonctures de l'ordre économique — quels que soient les divers rôles qui lui incombent (et jusque dans ses prestigieuses ou monstrueuses et spectaculaires — et si photogéniques en télévision — accumulations en puissances — ou en « toutes-puissances »), la marque distinctive et sa valeur permanente consistent à pouvoir, sous ses divers avatars, être échangé contre toutes choses et tous services. Ce qui pose l'argent — médiation par excellence — non pas comme possession en acte, mais comme possibilité ou pouvoir d'une entrée en possession. Possibilité laissant ainsi une part d'indétermination et de vie à la volonté encore libre du possédant ouvert à d'autres décisions. Et dans un autre sens encore, par cette médiation, voici une étrange ou remarquable ambiguïté de l'humain : dans l'aventure — ou dans l'anecdote — de l'être, l'homme aura eu, par l'argent, le pouvoir d'acquérir choses et services — choses et travail humain — et d'entrer invisiblement par l'enchaînement de l'économie, par le versement des salaires, comme en possession des hommes mêmes qui travaillent ; mais à la fois, déjà dans l'événement de l'échange — où l'argent s'insère, où il commence seulement son rôle de médiateur et auquel il ne cesse pas de se référer — l'homme *aura eu recours* à l'autre homme dans la *rencontre* qui n'est ni simple adjonction d'individu à individu, ni violence d'une conquête, ni perception d'un objet s'offrant en sa vérité, mais un *tout-contre-le-visage* de l'autre homme précisément qui, déjà silencieusement, l'interpelle et auquel il porte réponse : déclaration de paix dans le *chalom,* ou vœu de bien dans le *bonjour.* Reconnaissance sans préalable connaissance. Salutation. Réponse ou responsabilité originelle, le « s'adresser à » de tout discours. Dans l'argent ne peut jamais s'oublier cette proximité interhumaine, transcendance et socialité qui déjà la traverse, d'unique à unique, d'étranger à étranger, la *transaction* dont tout argent procède, que tout argent ranime.

2º L'intéressement

Argent, pouvoir d'acquérir choses et services, deux ordres hétérogènes, bien que toutes choses recèlent du travail humain. Valeurs hétérogènes à l'intérieur de chaque ordre. Exprimées en unités d'argent — en chiffres de leurs prix — ces valeurs accèdent à l'homogénéité, se laissent comparer et totaliser. Homogénéité, certes, d'emblée paradoxale : elle offusque, dans la valeur, les services humains qu'elle porte — rapportés, à juste titre, à l'utilité et à l'intéressement —, la dignité impayable de ce travail en tant qu'humain, qui comme tel se mesurerait selon d'autres principes ou se voudrait incalculable. Mais par la mesure que l'argent introduit partout, il libère les échanges où il naquit des embarras et des inspirations subjectives du troc : à partir de l'argent, les « biens » constituent un *tout* objectif malgré les surprises — faut-il les mentionner ? — dont la plus-value — ainsi dénommée plus tard — menace les calculs exacts des valeurs du travail.

Total objectif ou monde des valeurs reconnues à partir d'une axiologie primordiale qu'est l'attachement originel des vivants à la vie, tension que sous-tend, si l'on peut dire, la référence, formellement nécessaire, des étants à leur être. Pour les hommes en tant que vivants, il y va certes, dans leur exister, de cet exister même. Valorisation originelle qui s'articule dans les besoins dits naturels ou matériels : attachement à *l'exister,* à l'événement d'être, à l'*esse* même qui importe aux hommes et dont ils se soucient, auquel ils tiennent et où, déjà immanents au monde, ils se tiennent : originel et naturel et naïf inter-essement. L'intéressement comme *immanence :* appétit d'exister ou faim d'*être* à travers les nourritures terrestres, mais déjà respiration de son atmosphère et habitation sur cette terre et sa perception à travers le savoir des choses et des lieux ; prise et *mainmise* sur l'être à travers les êtres ; effort d'être — acte mais aussi, de par cette *prise,* com-préhension de l'être convoité, ontologie instinctive ou montée d'une pensée essentielle. La « phénoménologie » de cette axiologie de l'intéressement — et de l'ontologie qu'elle implique — n'a peut-être pas encore été recherchée systématiquement et on ne peut en indiquer que quelques traits. Elle ne s'explicite pas sans « tours et détours ». L'intentionnalité animant ce goût d'être — cet inter-essement — de façon droite, ne se montre probablement que dans l'angoisse des « derniers instants ». Dans le concret de la vie quotidienne, l'intéressement humain toujours déjà se dissimule — et s'exalte — jusqu'à l'oubli de son originelle et apparemment saine « visée » de l'exister, dans les « agréments » de la consommation et de la satisfaction des besoins où risque de s'égarer *l'appétit d'être* capable ainsi d'aller jusqu'au malsain et au mortel, mais où, en guise de plaisirs, se serait dessiné le nœud singulier du pronom *se* tel qu'il contracte la forme des verbes réfléchis en un *pour soi,* et un égoïsme dans la jouissance appréciée certes « plus précieuse que la vie », mais qui reste néanmoins l'intimité affirmée de l'exister ou de la vie.

Mais l'intention encore saine et naïve de l'intéressement, l'axiologie originelle de l'être ne prolonge-t-elle pas, dans l'humain, la lutte des vivants pour la vie [1] ?

Dans ses formes les plus naturelles, n'est-elle pas d'emblée sans égards pour les autres ? Intéressement qui demeure contraignant à travers les besoins humains. Le *pour soi,* lumière de la conscience, ne reste-t-il pas persévérance dans l'être malgré ses variantes ou poèmes prometteurs, reçus à partir de « l'expérience » d'autrui où le prochain se montre en vérité ou en beauté, sans « décontenancer », sans dénuder, sans avouer son visage ou sa misère ? Dure univocité de l'inter-essement qui se fait haine : émulations entre hommes, compétition dans la rivalité et la concurrence jusqu'aux cruautés et tyrannies de l'argent et la violence sanglante des guerres. Et voilà, de plus, l'homogénéisation par l'argent qui assimile les services humains, le travail, aux choses dans le salaire et oublie le travail amorti dans les objets ; dès lors, toute valeur se reconnaît à travers l'intéressement du besoin et s'approprie par achat. Moment essentiel dans l'avènement d'une civilisation de l'argent. La valeur commerciale des

1. *La lutte des vivants pour la vie,* où se transpose peut-être déjà une *persistance* de l'être dans son être, plus « ancienne » ou plus basse, que l'on discerne — métaphoriquement — dans la solidité et la dureté du solide, dans la *consistance* du matériel — comme si *l'être en tant qu'être* était matérialité et noyautage atomique.

services et du travail humains accrédite l'idée forte de l'*être* totalisé et un, et entré dans l'économie et dans l'arithmétique de l'argent, ordre ou système recouvrant ou dissimulant les désordres des luttes impitoyables de l'inter-essement où l'autre homme s'évalue en argent au prix de son *faire* et de son savoir-faire. Intégration de l'homme au système économique, sa mise à prix aux différentes articulations du développement économique. Quant à l'excellence ou à la dignité de l'homme — souvenir ou promesse de la sagesse biblique de notre vieille Europe —, elle semblerait impossible sans un arrachement au tout des hommes, sans une position philosophique — peut-être « en soi et pour soi » — d'un moi toujours à la première personne ; mais due à l'accumulation d'argent au détriment des autres. Liberté, indépendance de riche. Et, pour les autres, éventualité d'indépendance provisoire et précaire aux heures ou aux jours ou aux années, dégagées en vue de « l'en soi et pour soi » par l'argent de poche, par « l'argent en poche », par l'argent en banque.

3º Dés-inter-essement

On doit cependant se demander si une humanité entrant dans la totalité de l'ordre économique issue de l'inter-essement — mais issue aussi des transactions scellées par l'argent lequel est inauguré dans l'échange entre hommes — serait vouée sans merci à un système totalitaire. La totalité économique des hommes déteneurs d'argent ne ressemble pas à la structure formelle — ou logique — des parties dans le tout qui les absorbe et où elles s'additionnent sans laisser des traces. La totalité d'un ordre économique ne porte-t-elle pas un ensemble où, à la fois, les hommes porteurs d'argent et acheteurs s'intègrent eux-mêmes à la marchandise, mais ne s'essoufflent pas — ne perdent pas leurs âmes — à posséder et à appartenir ? Par-delà l'axiologie de l'inter-essement, par-delà l'appétit d'être, par-delà l'inquiétude de chacun pour sa quiétude, pour son être-*là,* pour sa part dans l'exister, par-delà le souci pour ce qui a été si admirablement appelé *Dasein,* souci que nous lisons dans les besoins dont l'argent rend possible la satisfaction — mais autant les éventuelles cruautés de la « lutte pour la vie » —, l'homme n'est-il pas aussi l'étonnante possibilité — exception à l'ordonnance de tous les modes de l'être ! — de céder sa place, le *Da,* de se sacrifier pour l'autre, de mourir pour l'étranger ? S'est-on jamais assez étonné de cette extra-vagante possibilité de l' « animal humain », plus forte que toute ontologie où dans l'humain — dans le visage de l'autre homme, avant toute Écriture — s'entend, silencieux appel ou impératif, la sainteté : axiologie nouvelle où Dieu vient à l'idée et par laquelle le message du Livre se laisse et traduire et comprendre ?

Nous avons essayé dans d'autres textes, auxquels — à tous — conviendrait le titre d' « autrement qu'être », de décrire cette axiologie du *dés-inter-essement* qui n'est ni l'abstraction nihiliste de la pure négation de la valeur de l'être, ni le premier pas de la synthèse constructive des dialecticiens, mais qui est la bonté de donner : charité, miséricorde et, dans la responsabilité, réponse et discours et, ainsi, la positivité d'un attachement à l'être en tant qu'être d'autrui. Dès lors, une prise au sérieux des besoins d'autrui, de leur inter-essement et de l'agent à donner. Faut-il insister sur l'importance qui revient dans l'axiologie du désintéressement à l'activité financière préoccupée par le *donner?* Rapport à autrui — à l'étranger — qui, de par sa faiblesse, sa misère et sa mortalité, concerne le moi, *me* concerne et précisément ainsi, « me regarde », c'est-à-dire dénude son visage de derrière la « contenance » qu'il se donne, de derrière le masque — la *persona* — que lui prête son apparaître. Proximité de l'étranger, ce qui n'est pas échec d'une coïncidence ou d'une immanence, mais *socialité.* Reconnaissance d'autrui en guise de responsabilité, la socialité dans son excellence irréductible porteuse d'amour. Pensée extra-ordinaire : l'aimé étant toujours l'unique, pensée de l'absolument autre, par-delà l'individu, encore enfoncé dans la communauté du genre, que saisit la perception. Proximité comme axiologie de l'au-delà de l'être, axiologie de la transcendance.

4º Socialité et justice

Mais la socialité débordant celle qui s'exprime dans la totalité de l'économie et l'axiologie de l'intéressement qui la supporte, peut-elle rester étrangère à cette totalité ? La socialité et la paix dans la proximité d'autrui — fût-il le premier venu —, la misère et l'autorité du visage dont peut avoir à répondre le moi qui se définit originellement, non pas par la fermeté d'un « pour soi et en soi », mais précisément par cette possibilité d'être tenu, miséricordieux et charitable, à répondre du prochain, à répondre comme accusé sans culpabilité et sans avoir rien commis — tout cet avènement de l'humain et du dés-inter-essement dans l'être, n'est-il pas, de moi à l'autre, l'inattention au *tiers* ? Ignorance du tiers et de tous ceux qui, aux côtés du *tiers,* sont l'humanité nombreuse unie, à sa façon, en totalité économique à partir de l'argent, mais où chacun me reste aussi « autre », unique dans son unicité, incomparable, et qui devrait me concerner ou, déjà visage, comme on dit, « me regarder ».

Le tiers, autre que le prochain, est aussi mon prochain et prochain du prochain. L'élévation et la sainteté de l'amour du prochain ne sont-elles pas compromises par cette inattention au tiers lequel, dans une totalité anonyme, peut avoir été la victime de celui-là même dont je réponds et que j'approche dans la miséricorde et la charité du dés-interessement ? Il faut, entre les uniques, une comparaison, un jugement. Il faut une justice, au nom même de leur dignité d'uniques et d'incomparables. Mais comparer les incomparables, c'est là, sans doute, aborder les personnes en retournant à la totalité des hommes dans l'ordre économique où leurs actes se mesurent dans l'homogénéité qui tient à l'argent, sans être absorbés ou simplement additionnés dans cette totalité. La sainteté de l'humain s'élevant au-dessus de l'être persévérant dans son être et au-dessus des violences que cette persévérance perpétue, s'annonce dans la miséricorde et la charité répondant au visage d'autrui ; mais elle fait aussi appel à la Raison et aux lois. Mais la justice exige déjà un État, des institutions et une rigueur et une autorité informée et impartiale. Mais déjà État libéral capable d'une législation meilleure. Et des consciences en éveil dans leur unicité aux ressources imprévisibles qui à l'universalité toujours sévère peuvent apporter des grâces non déductibles.

Table

Préface de Jean Halpérin 7

L'argent suspect *par Claude Riveline* 15
Débat 37

Éclairages bibliques
Séance préparée et animée par le rabbin Gilles Bernheim

Argent et violence dans la loi du talion *par Marc Guedj* 41
Débat 49
La richesse des patriarches *par Shaul David Botschko* 51
Débat 61
« ... et ils dépouillèrent l'Égypte... » *par André-Aaron Fraenckel* 63
Débat 75

Éclairage talmudique
Séance placée sous la présidence de Georges Hansel

L'argent entre violence et pacification *par Emeric Deutsch* 79
Débat 107

Deux regards d'historiens
Séances présidées par Henri Morsel et Dominique Schnapper

Les Juifs et l'argent au Moyen Age *par Maurice Kriegel* 111
Débat 127
Les Juifs dans l'économie : images et réalités *par David S. Landes* 131
Débat 151

Pouvoir de l'argent et éthique
Dialogue préparé et animé par Raphaël Hadas-Lebel

Exposés de *Roger Fauroux* et *Gérard Worms* 157
Débat 181
Péguy, les Juifs, l'argent *par Alain Finkielkraut* 187
Débat 213

Séance présidée par Sylvie Jessua

Socialité et argent *par Emmanuel Lévinas* 215

Achevé d'imprimer en novembre 1988
sur presse CAMERON
dans les ateliers de la S.E.P.C.
à Saint-Amand-Montrond (Cher)
pour le compte des éditions Denoël

Dépôt légal : janvier 1989
N° d'Édition : 2874. N° d'Impression : 6056-1952.
Imprimé en France

2874